SABINE KUNZ

Die Saubermacherin

GEFÄHRLICHES DOPPELLEBEN Es ist nicht immer leicht für Millie, in den Häusern und Wohnungen der Wiener High Society zu putzen, vor allem nicht bei zickigen Hausherrinnen mit Ordnungswahn. Ihre spießigen Kunden haben jedoch keine Ahnung, dass Millie nicht nur ihren Nachttisch abstaubt, sondern auch den Inhalt ihrer E-Mails kennt. Sie arbeitet für eine internationale Geheimorganisation von Reinigungskräften. Ihr aktueller Auftrag konfrontiert Millie mit einer Bande skrupelloser Verbrecher, die mit manipulierten Lebensmitteln Einfluss auf die Politik nehmen wollen. Nichts Ungewöhnliches für die toughe Spionin, doch bald läuft der Fall aus dem Ruder. Ihre Freundin liegt nach einem mysteriösen Unfall im Koma, ihre Chefin hüllt sich in verdächtiges Schweigen und der attraktive Max, dem sie während der Mission näherkommt, scheint nicht der zu sein, für den er sich ausgibt …

Sabine Kunz lebt südlich von Wien mit ihrem Mann, einer Katze und vier Hühnern. 2007 hat sie ein Kabarett-Duo mitbegründet, mit dem sie einige Jahre durch ganz Österreich getourt ist und sechs Programme verfasst hat. Außerdem ist sie Co-Autorin des Drehbuchs für den Film »Das kleine Vergnügen«, der 2017 in die Kinos kam und internationale Auszeichnungen erhielt. »Die Saubermacherin« ist ihr erstes Buch.

SABINE KUNZ

Die Saubermacherin

Putzfrauen-Krimi

GMEINER

Immer informiert

Spannung pur – mit unserem Newsletter informieren wir Sie regelmäßig über Wissenswertes aus unserer Bücherwelt.

Gefällt mir!

Facebook: @Gmeiner.Verlag
Instagram: @gmeinerverlag
Twitter: @GmeinerVerlag

Besuchen Sie uns im Internet:
www.gmeiner-verlag.de

Im Ehnried 5, 88605 Meßkirch
Telefon 07575/2095-0
info@gmeiner-verlag.de

2. Auflage 2021

Lektorat: Daniel Abt
Herstellung: Mirjam Hecht
Umschlaggestaltung: U.O.R.G. Lutz Eberle, Stuttgart
unter Verwendung eines Fotos von: © Drobot Dean / stock.adobe.com
und © Zuzha / shutterstock.com
Druck: Custom Printing Warschau
Printed in Poland
ISBN 978-3-8392-2707-7

Personen und Handlung sind frei erfunden.
Ähnlichkeiten mit lebenden oder toten Personen
sind rein zufällig und nicht beabsichtigt.

DIE GATTEN

Das Feuer frisst sich gierig durch den geblümten Lieblingsvorhang meiner Mutter, der im nächsten Moment als Häufchen Asche am Boden liegt. Eine lila Rauchwolke wabert da, wo kurz zuvor noch der Vorhang hing. Ich schnuppere. Eigenartig. Der Rauch riecht nach … Leberkäse?

»Ding Dong Ding. Herbeckstraße, Endstation.« – Was?

Mein Kopf schlägt auf und ich erwache. Mein Hirn braucht ein paar Sekunden, um die aufgenommenen Bilder zusammenzusetzen. Straßenbahn. Morgengrauen. Mann mit Doppelkinn gegenüber von mir, stopft sich die Reste seiner Leberkäsesemmel in den Mund. Ich bin auf dem Weg zur Arbeit. Ein Blick auf die Uhr sagt mir, dass ich zu spät dran bin. Ich stöhne. Wenn ich Glück habe, kann ich mich ins Haus schleichen, bevor »die Gattin« auftaucht.

»Die Gattin« ist meine Arbeitgeberin, montagvormittags und donnerstagnachmittags. Außerdem ist sie eine Geißel der Menschheit, vorzugsweise der Putzfrauen. Die Gattin würde sagen »Reinigungskraft mit Migrationshintergrund«. Aber die geschraubte Berufsbezeichnung verbessert weder die Arbeitsbedingungen noch die Umgangsformen der Gattin. Vermählt ist die Gattin mit dem »Gatten«, einem hohen Tier bei der österreichischen Exekutive. Sie residieren in einer feudalen Jugendstilvilla im 19. Bezirk, die ich jede Woche auf Hochglanz bringe. Mein Name ist übrigens Millie, ich bin 35 und Single.

Ich strecke mich und reibe mir übers Gesicht, um die letzten Reste des Traums zu vertreiben und meinen Kreislauf hochzufahren. Mein Blick fällt auf mein Spiegelbild im Fenster der Straßenbahn. Meine dunklen buschigen Augenbrauen sehen aus wie die von Räuber Hotzenplotz. Mein kleines Damenbärtchen verbessert den Gesamteindruck nicht. Die widerspenstigen schwarzen Haare habe ich am Hinterkopf in einem H&M-Haarkamm zusammengequetscht. Eine Jeansjacke, Marke Kik, ein grüner No-Name-Sweater sowie eine Skinny Jeans und blaue Billigsneakers vervollkommnen mein hoffnungsloses Outfit. Ich wackle mit den buschigen Augenbrauen auf und ab und flüstere: »Spieglein, Spieglein an der Wand, wer ist die Schönste im ganzen Wagon? Das bist du, Millie-Schatz, man kann es nur gerade nicht sehen – Schneewittchen musste schließlich nie um fünf in der Früh aufstehen, um das Schloss zu putzen.«

Mein Gegenüber, dem die letzten Brösel seiner Semmel am Kinn picken, widerspricht mir nicht. Auch die fünf übrigen Fahrgäste verhalten sich ruhig. Zwei davon schlafen offensichtlich ihren Rausch aus, die anderen haben ihre Gesichter in ihren Smartphones vergraben.

Die Bim hält … Zeit auszusteigen. Ich nehme meinen Beutel, hänge ihn mir quer über die Schultern und steige aus. Rechts und links säumt das gute Bürgertum von Wien die Straßen: schöne alte Türen, hölzerne Veranden, große Gärten mit alten Bäumen.

Das »Gattinnenhaus« strotzt vor Prunk, mit Kiesauffahrt und allem Drum und Dran. Sogar einen Dienstboteneingang gibt es. Mit meinem eigenen Schlüssel kann ich mich unbemerkt ins Haus schleichen und gleich in der Waschküche ans Werk gehen. Die Gattin hasst es, in ihrer morgendlichen Ruhe von meinem Arbeitslärm gestört zu werden. »Unauffälligkeit ist die oberste Tugend einer Putzfrau«, höre ich ihre Stimme dozieren, die immer ein wenig klingt, als wäre sie zu weit oben eingeklemmt.

Bügeln kann ich so gut wie im Schlaf, deswegen fange ich damit an. Ich schaufle die 30 gebügelten gestreiften Hemden in einen Waschkorb und mache mich auf den Weg in den zweiten Stock. Der Gatte hat eine Vorliebe für gestreifte Hemden. Er glaubt, sie machen ihn schlank. Ich richte den Stapel Hemden streng geometrisch aus, mit der Kante nach vorne und je fünf Zentimeter Abstand zur Seite, je zehn Stück auf einem Stapel, den letzten Stapel schiebe ich ganz an den Rand. Ich muss lachen, weil ich schon weiß, dass das einen Aufruhr verursachen wird.

Heute sind Bad eins und zwei, die Küche und die unteren Zimmer dran. Ich schnappe mir meine Putzutensilien und mache mich ans Werk. Die Gattin ist offensichtlich in der Mauser, überall liegen ihre Haare rum. Als ich die Armatur im ersten Bad schrubbe, höre ich ihre schrille Stimme: »MIIIIILLLIIIIIIIE!«

Ich lasse sie zwei-, dreimal schreien zum Warmwerden. Dann antworte ich: »Haben gerufen, Frau?« Mein Radebrech hat mir schon das ein oder andere komplizierte Gespräch mit Kunden erspart.

»Ja, Frau Millie – schauen Sie mal. Wie oft muss ich Ihnen das noch sagen?« Die Gattin steht wie eine Domina mit dem Maßband vor dem Hemdenstapel und zeigt auf den letzten, den ich zum Rand geschoben hatte. »Fünf Zentimeter Abstand zu jeder Seite! Wann werden Sie das endlich kapieren?«

»Oooh«, sage ich, »fünf Zentimeter?«, als wäre dies eine Offenbarung für mich. »Ich denken, es sein dreieinhalb. Tschuldigung.« Ich nicke eifrig und beschließe, heute wieder einmal das Küchengeschirr mit dem Klofetzen zu polieren.

Die Gattin zieht fassungslos über so viel Unfähigkeit von dannen. Vermutlich wird sie die nächste halbe Stunde am Telefon mit ihrer Freundin über das miese Personal lamentieren.

Jetzt habe ich freie Bahn. Den Rest des Vormittags wird mich die Gattin nicht mehr belästigen. Manchmal muss man eben Sollbruchstellen einbauen, damit man in Ruhe arbeiten kann.

Bis Mittag verbringe ich einige Zeit im Büro des Gatten und blättere ein bisschen die Post durch, um zu sehen, ob sich was Interessantes in seinem Berufsleben tut. Als ich fertig bin, notiere ich die Stunden in dem »Putzi-Buch« in der Küche und verlasse mit einem lauten »Wiedersehn, Frau« das Haus.

In der Straßenbahn widerstehe ich dem Impuls, mich erneut in den Schlaf wiegen zu lassen, und checke die E-Mails meiner Agentur.

Drei Nachrichten im Posteingang.

Heute Abend, 20.00 Uhr, Einsatz in einer Software-Firma in der Lassallestraße im zweiten Bezirk. Die haben echt einen Vogel bei der Agentur. 16-Stunden-Tage, was ist mit meinem Arbeitnehmerschutz?

In der zweiten Mail wird mir ein neuer Auftrag vermittelt. Eine Familie im sechsten Bezirk. Jüngeres Paar mit zwei Kindern. Er ist Wissenschaftler und arbeitet oft von daheim, sie ist noch im Mutterschutz. Ich lese die Details. Unter anderem legen die beiden besonderen Wert auf ein soziales Umfeld und möchten gern eine junge Mutter mit ihrem Arbeitsangebot unterstützen. Ich kenne solche Anforderungen. Gewöhnlich will da die Ehefrau verhindern, dass der liebe Gemahl sich an der Putzhilfe vergreift. Das ist mühsam, weil ich mir jetzt irgendwo einen Mann und Kinder suchen muss. Ich überlege, ob ich die Fotos von Ioanas Cousine verwenden soll, aber ich habe auch meinen Stolz. Alikis Kinder sind wirklich nicht hübsch. Am Nachmittag hab ich ein bisschen Zeit zum Rumlaufen, da finde ich mir meine Traumfamilie.

Die dritte Nachricht ist eine Funmail von Zladko. Es ist eine Karikatur vom neuen amerikanischen Präsidenten und der Freiheitsstatue im Bett. Ich muss laut lachen. Die Arme schaut wirklich gefickt aus.

IOANA

Ich sitze im Schanigarten eines kleinen Cafés am Brunnenmarkt. Die Sonne knallt herunter, als wäre es August, dabei ist es gerade mal Anfang Juni. Lautes Geklopfe und Getue weht vom Markt herüber. Mein kleiner Blechtisch wackelt ziemlich stark. Ich hoffe, dass sich der naturtrübe Birnensaft nicht über mein Outfit ergießt, ich habe heute keine Zeit zum Kleiderwechseln. Vor mir zuckelt eine kleine schmutzige Taube über den Asphalt auf der Suche nach Krümeln. Irgendwie fühle ich mich ihr verbunden. Ein junger Mann mit quietschblauer Kapuze rennt über den Marktplatz und spricht mit sich selbst. Dann sehe ich das Kabel zu seinem Handy. Wäre eigentlich keine schlechte Methode für Geisteskranke, um zu verbergen, dass sie Selbstgespräche führen. Steck dir einfach ein Kabel ins Ohr, und jeder denkt, du bist ein vielbeschäftigter Mensch. Neben mir sitzt eine Frau in einem indigoblauen Strampelanzug. Wir sind uns sympathisch und lächeln uns zu. Ich frage mich, warum ich immer in faden Jeans rumlaufen muss. Es ist wirklich das einfallsloseste aller Kleidungsstücke.

Da kommt Ioana. Sie ist durchgestylt wie immer. Heute gibt sie die Ganovenschlampe in einem kurzen schwarzen Minirock, einer schwarzen Lederjacke und High-Heels, mit denen ich maximal auf dem Sofa liegen könnte. Ihre Frisur würde bei mir daran scheitern, dass ich es nie früh genug ins Bad schaffe. Sämtliche Männer im Kaffee starren ihr auf die Beine.

Ioana hasst unsere schmucklose Putzfrauenkluft und überkompensiert das in ihrer Freizeit.

Sie lässt sich in den Sessel neben mir sinken und steckt ihre Sonnenbrille in die Haare, um mich zu begrüßen. Ihre Augen sehen verheult aus. Ich habe schon länger den Verdacht, dass zwischen ihr und ihrem Freund Niko der Haussegen schief hängt, aber wenn ich sie frage, weicht sie mir aus.

»Dramatisches Outfit«, kommentiere ich ihre Aufmachung und küsse sie auf die Wange, damit ich nicht ihren blutroten Lippenstift im Gesicht habe. »Leidest du neuerdings unter einer Allergie oder war Niko ein Idiot?«

Ioana verzieht leicht den Mund und murmelt: »Allergie – gegen Männer im Allgemeinen.« Sie bläst sich die Haare aus der Stirn – weitere Fragen unerwünscht – und schnappt sich die Speisekarte. »Schon bestellt?«

»Ich nehm einen Burger. Ich brauch heut blutiges Fleisch, um die Gattin zu verdauen«, murmle ich.

»So schlimm?«, fragt Ioana. »Wie lange musst du denn die Kuh noch aushalten?«

»Mal schauen, morgen geh ich mich bei einer neuen Familie vorstellen.«

Wir sitzen eine Weile stumm nebeneinander und recken zufrieden unsere Gesichter der Sonne entgegen.

Jojo – mein Spitzname für Ioana – ist meine allerbeste Freundin, eigentlich fast eine Schwester. Als ich damals, im Alter von zehn Jahren, in Wien ankam, war ich völlig verschreckt und hätte mich in der neuen Schulklasse am liebsten den ganzen Tag im Spind versteckt. Traumatisiert, würde ein Psychologe sagen. Ich kam direkt aus dem Kriegsgeschehen in Serbien. Meine ganze Familie war unter unserem Haus begraben worden, das von einer Brandbombe getroffen wurde. Die Nachbarn hatten mich auf der Flucht mitgenommen. Keine Selbstverständlichkeit.

Jedenfalls verkroch ich mich in der großen Pause in einer Ecke des Schulhofs und versuchte, so gut es ging, unsichtbar zu sein. Da kam ein sommersprossiges blondes Mädchen auf mich zu, schnappte mich an der Hand und stellte mich in ihren Gummihupfkreis. Als Gummischnurhalterin. Das konnte ich gut. Still stehen und gucken. Sie hüpfte fröhlich ihre Figuren, rechts, links, rechts, links, drehen, über Kreuz und einen Kreisel und das bis auf Schulterhöhe wie ein Gummiball. Für mich hatte das etwas Meditatives und irgendetwas in mir entspannte sich das erste Mal seit Langem.

Damals war Gummihupfen, das man heute Gummitwist nennt, gerade groß in Mode und ab diesem Tag war ich jede Pause eine zufriedene Gummihupfsäule. Und weil ich das so gut konnte, wurden auch die anderen auf mich aufmerksam und nutzten gerne meine Dienste.

So passierte meine Integration. Das Reden kam erst viel später. Als langsam das taube, kalte Gefühl in meinem Körper schwächer wurde.

Ioana ist übrigens mit ihrer großen, lauten Familie aus Rumänien eingewandert. Vier Brüder und eine unübersichtliche Menge an Onkeln, Tanten, Cousins und Geschwistern … Ich glaube nicht, dass sie wirklich alle verwandt sind. Aber wen interessiert das schon? Sie haben mich gleich als eine von ihnen aufgenommen. Ich weiß nicht, wie ich ohne sie überlebt hätte.

Ioana räuspert sich: »Und? Noch was vor heute?«

»Mhm … zuerst muss ich mir einen Mann und zwei Kinder suchen, dann hab ich noch einen Job in einer EDV-Firma«, antworte ich.

»Sehr ambitioniert, wie immer«, witzelt Ioana.

»Irgendeine Ahnung, wo ich die finden kann?«

»Ich nehme nicht an, dass du von der Firma sprichst?« Meine Freundin ist einfach unheimlich hell im Kopf. »Also wenn es um den Mann und die Kinder geht … da würd ich mal bei einem Kinderspielplatz suchen. Vielleicht findest du da ja einen scharfen Alleinerzieher. Warum willst du gleich Kinder dazu? Wie wär's mit eigenen, hm?«

Ich gucke über meine Brillenränder hinweg: »Das wäre ein etwas übertriebenes Engagement, um eine Alibi-Familie für meinen nächsten Arbeitgeber zu beschaffen.«

Ioana begreift: »Ooh, Alibi, alles klar. Warum nimmst du nicht die Kinder von meiner Cousine?«

»Zu hässlich.«

»Ja, das versteh ich, man hat schließlich seinen Stolz.«

Es ist schön, verstanden zu werden.

»Weißt du, du könntest es ruhig mal wieder mit einem echten Mann probieren, finde ich«, schlägt Ioana vor und schaut mich dabei sehr vorsichtig an. Sie weiß, dass das ein heikles Thema bei mir ist. Ich bin Weltmeisterin, wenn es darum geht, Typen von mir fernzuhalten. Anhimmeln aus sicherer Distanz oder völlig unverbindliche Kurzaffären, das geht. Dieses echte Beziehungsding liegt mir nicht so. Ich habe meinen Kater, das reicht.

Ioana erinnert mich noch daran, dass übernächsten Samstag Familienpicknick ist. Die ganze Horde von Ioanas Großfamilie trifft sich einmal im Jahr, um Neuigkeiten auszutauschen. Ich freu mich richtig drauf – vor allem auf Oma Adela. Dann umarmen wir uns und gehen beide unserer Wege.

»Kinderspielplatz«, murmle ich und mache mich auf die Suche. Aber vorher lege ich kurz einen Stopp ein, um Katzenfutter zu kaufen.

DER EHEMANN

Ich finde einen Spielplatz und sehe mich um. Weit und breit niemand. Eigentlich auch kein Wunder, es ist ja erst Mittag an einem Schultag. Als ich mich zum Ausgang umdrehe, sehe ich *ihn*, wie er mit seinen beiden Kindern auf mich zukommt. Mein zukünftiger Ehemann. Er sieht gut aus. Dunkle verwuschelte Haare, Dreitagebart, breite Schultern, aber nicht so peinlich auftrainierte, sondern eine Naturschönheit. Er lächelt seiner kleinen Tochter zu, die ihm gerade irgendetwas mit Händen und Füßen erklärt. Es ist ein süßes verschmitztes großes Jungs-Lächeln. Zum Anbeißen. Fast bin ich ein bisschen traurig, dass ich ihn nicht wirklich heiraten werde. Die Tochter ist sehr energisch, aber niedlich. Und der sichtlich gelangweilte Bruder sieht auch schnuckelig aus.

»Meine Familie«, seufze ich und pirsche mich an.

Ich überlege, wie ich es am besten angehe. Wenn ich einfach drauflosfotografiere, werde ich vielleicht als perverse Kindesentführerin verhaftet. Das wäre kontraproduktiv. Ich entscheide mich für eine direkte Konfrontation, was rein gar nichts damit zu tun hat, dass ich seine Stimme hören möchte.

»Hallo«, sage ich und muss husten, weil ich mich an meinem Sabber verschlucke.

»Hallo«, lächelt mein Zukünftiger mit einem tiefen, leicht heiseren Timbre, so als hätte er die letzten Nächte nicht viel Schlaf bekommen.

»Dürfte ich vielleicht ein paar Fotos von dir und deinen süßen Kindern für unsere Bezirkszeitung machen? Wir schreiben einen Artikel über die kreative Gestaltung der Spielplätze hier im Grätzel.« Ja, ich finde, das habe ich souverän improvisiert, und überlege, ob ich schnell davonlaufen soll.

Mein Prinz blickt verwirrt auf den verwahrlosten Spielplatz mit einer schiefen Schaukel und ein paar alten Autoreifen zum Klettern, die verstreut im steppenähnlichen Gras liegen. »Mhm«, antwortet er dann.

Wahnsinn, wie süß er ist, denke ich und hauche: »Bitte?«

»Ja … in Ordnung …« Sein Lächeln wirkt jetzt etwas verkrampfter. Ich glaube, er hat Angst um seine Kinder.

»Cool.« Ich versuche, das Ganze routiniert anzugehen und gruppiere die kleine Familie vor der Bank. Beim letzten Foto nehme ich den Selbstauslöser, schubse den kleinen Buben zur Seite und schmiege mich ohne Vorwarnung an meinen Ehemann. Wie nicht anders zu erwarten war, duftet er himmlisch. Ach!

»Sopi muss Luluuuuhuuuu«, kräht seine kleine Tochter. Blödes Gör. Sie ist schuld, dass mein Zukünftiger sich aus meiner Umarmung herauswurstelt und sich verabschiedet, weil er mit Sophie ein kleines Geschäft zu erledigen hat.

»Danke«, schreie ich ihnen hinterher, als sie im Gebüsch verschwinden, und fühle mich verlassen. Ich schaue mir kurz die Fotos an und zucke zusammen. Ein wunderbarer Mann und zwei entzückende Kinder lächeln mir entgegen und eine unattraktive Putze mit dicken Augenbrauen. Kein Mensch wird mir je glauben, dass dieser Halbgott mich geheiratet hat. Na gut. Was soll's. Ich habe innere Qualitäten.

ALLTAG

Ich treffe mein Putzteam von der Agency am Eingang der EDV-Firma in einer Seitengasse der Lassallestraße. Hier ist in den letzten Jahren ein ganzes Wohnviertel emporgeschossen wie in einem Science-Fiction-Albtraum. Der Bauaktivität nach müsste sich die Bevölkerung Wiens jedes halbe Jahr verdoppeln. Tut sie aber nicht. Ich frage mich, wie das zusammengeht.

Der Einsatzplan wird übergeben, die Räume aufgeteilt. Jeder von uns hat Routine und wir wissen, was zu tun ist. Ich bin für die Räumlichkeiten des CEO zuständig und alles läuft bestens. Nach zwei Stunden bin ich fertig. Ich sammle die Einsatzberichte zusammen, weil ich weiß, dass ich am nächsten Tag in der Zentrale sein werde, und verabschiede mich. Es ist halb elf am Abend und jeder Knochen schmerzt. Ich will nur noch nach Hause.

Kein Wunder, dass ich keine Zeit für Hobbies habe bei diesem Stundenplan. In der U-Bahn verschlafe ich wieder fast meine Station und eine Dreiviertelstunde später schleppe ich mich die Stiegen meines Wohnhauses hinauf.

Ich sperre die Wohnungstür auf. Slobodan zischt mir zwischen die Füße und miaut herzzerreißend. »Gleich, mein Schatz.« Ich stolpere in die Küche, die aussieht, als hätte eine Mongolenhorde in ihr gelagert. Das Wohnzimmer sieht nicht besser aus. Ich brauche dringend eine Putzfrau. Haha. Ich fülle ein bisschen Katzenfutter und Katzenmilch in Slobos Schüsselchen und wanke weiter ins Schlafzimmer. Hose runter, Sweatshirt aus. Ich glaube, als ich ins Bett falle, schnarche ich schon.

SLOBO

Das Feuer lodert und röhrt und ich kann kaum etwas sehen. Meine Augen brennen vom Rauch. Ich kann nicht atmen, weine und schreie nach meinen Eltern. Da höre ich ein Geräusch. Es klingt wie Musik. Jetzt höre ich es ganz deutlich: »In every life, we have some trouble, but when you worry you make it double, don't worry, be happy.« Dann pfeift ein Typ fröhlich eine Melodie. Diesmal falle ich nicht drauf rein. Das Bild vom brennenden Haus verschwimmt vor meinen Augen, ich wache schweißgebadet auf.

Mein Handy singt vor sich hin. Es ist 5.30 Uhr und ich fluche. Vor lauter Müdigkeit habe ich gestern vergessen, den Wecker umzustellen. Heute hätte 8 Uhr gereicht. Ich bringe Bobby McFerrin zum Schweigen und ziehe mir den Polster über den Kopf.

Das nächste Mal erwache ich, als Slobo mit voller Wucht auf meinem Bauch landet. Er schnurrt wie ein Hubschrauber und lässt sich neben meinem Kopf auf dem Kissen nieder. Mit seinem buschigen Schwanz schlägt er mir rhythmisch ins Gesicht. Dabei schaut er unschuldig einer Fliege hinterher. Er täuscht mich nicht. Ich weiß, dass Slobo hinterlistig, eigensinnig und ein Diktator ist, zu dessen Untertan ich mich erklärt habe, als ich ihn bei mir aufgenommen habe. Das ist zumindest seine Sicht der Dinge.

Also stemme ich meinen Körper mühselig in die Senkrechte. Meine Haare haben die Konsistenz einer Fußmatte und stehen in alle Richtungen. Mein Körper fühlt sich tonnenschwer an. Ich schleppe mich zur Kaffeemaschine und lasse mir einen doppelten Espresso herunter. Dabei schaue ich Slobodan provokativ in seine grünen Schlitzaugen.

»Da schaust du, was?«, nehme ich den mentalen Dialog auf. »Ich bekomme meinen Kaffee, bevor du deine Schüssel bekommst. Und warum ist das so? Weil ich ein Mensch bin und du *nur* eine Katze. Ha!« Slobo hasst es, wenn man ihn Katze nennt.

Der Kater blinzelt und schaut hoheitsvoll in die Gegend. Er lässt mir diese kleine Widerspenstigkeit durchgehen, weil er ohnehin überlegen ist. Dann furzt er ein bisschen und gähnt. Prima. Der Gestank erfüllt die ganze Küche.

Ich kapituliere und fülle seine Schüssel.

Er streckt sich triumphierend und mauzt. »Siehst du? Warum nicht gleich«, sendet er mir telepathisch.

Ich scanne meinen Kühlschrank. Er ist so leer, wie die Abwasch voll ist. Ich seufze und überlege, ob ich Slobos Futter stehlen soll, beschließe aber, erst mal zu duschen und mir beim Café an der Ecke ein Frühstück zu gönnen.

Die Wohnungsaufräumungsarbeiten verschiebe ich auf nächstes Jahr.

ZLADKO

Das Café an der Ecke ist ein türkisches Lokal. Es ist nicht gerade ein Ausbund an Gemütlichkeit, aber es hat guten Çay. Zwei Flatscreens flimmern im Dauerloop türkische Musikclips von der Wand. Stark geschminkte junge Frauen in nuttigen Kleidern räkeln sich lasziv und lamentieren über verlorene Liebe. Zumindest vermute ich das aufgrund der dramatischen Gesten. Der Ton ist zum Glück abgeschaltet. Ich finde Fernsehen ohne Ton hat echt was. Vor allem morgens.

In der Ecke hockt Zladko und runzelt die Stirn über seinem Laptop. Ich lasse mich neben ihm auf die Bank fallen und lehne meinen bleiernen Kopf an seine Schulter.

Zladko schreckt hoch. »Oi, Lutko, du bist's.« Lutko ist das serbische Wort für Puppe, ein Kosename, den er mir gegeben hat. Er umarmt mich und streift mir meine buschigen Augenbrauen glatt.

Er ist vor einem Jahr in die Wohnung neben mir gezogen und wir haben uns auf Anhieb ineinander verliebt ... rein platonisch natürlich. Die Tatsache, dass er schwul und deswegen ungefährlich ist, und auch, dass er ursprünglich aus einem Dorf in der Nähe meines Heimatortes stammt, haben mein Abwehrradar außer Kraft gesetzt. Zladko war damals gerade von seinem Freund verlassen worden, und ich fand ihn abwechselnd in Tränen badend oder völlig besoffen im Stiegenhaus vor seiner Tür, die er nicht öffnen konnte, weil er das Schloss entweder aus seinen verschwollenen Augen nicht sehen konnte oder mit seiner zitternden Hand den Schlüssel nicht ins Loch brachte. Das und die Tatsache, dass wir beide nicht gern über unsere Vergangenheit reden, hat uns zusammengeschweißt. Zladko ist seitdem mein »Quotenschwuler«, wie ich ihn scherzhaft nenne.

Er sieht heute aus, wie aus dem Modekatalog entstiegen. Sein ockerfarbenes Hemd ist lässig aufgekrempelt, seine blonde Haarpracht auf natürlich geföhnt und seine Beine stecken in dunkelbraunen Lederhosen. Ich frage mich, woher mein ständig abgebrannter Freund die nagelneuen Klamotten hat.

»Püppchen«, sagt er sorgenvoll. »Du brauchst einen neuen Job. Deine Augenringe haben epische Ausmaße und du weißt, was ich von deiner Gesichtsbehaarung halte.«

»Ich könnte mir Zöpfchen flechten«, entgegne ich trotzig. Das kann schließlich nicht jeder mit seinen Augenbrauen.

Wir frühstücken und tauschen Neuigkeiten aus. Ich erzähle ihm, dass ich meinen zukünftigen Ehemann kennengelernt habe. Er erzählt mir von Jakob, dem Schlagzeuger in seiner Band, der ihn nervös macht. Jakob ist vor circa zwei Wochen zur Band gestoßen und hat offenbar den süßesten Hintern aller Zeiten. Zladko spielt in einer Combo, die immer wieder bei Hochzeiten auftritt, um Geld zu verdienen. Sie sind wirklich gut, ein bisschen Gipsy Style mit Ziehharmonika und Flamenco-Gitarre. Aber weil sie sich weigern, bei Castingshows mitzumachen, schlagen sie sich gerade so durch.

Wir sitzen noch eine Weile nebeneinander, quatschen über unwichtige Sachen und schlürfen unsere heißen Getränke. Dann küsse ich ihn auf die Schläfe und mache mich auf den Weg zu meinem neuen Arbeitsplatz im sechsten Bezirk.

KARPFEN MAG NICHT JEDER

Ich stehe vor dem Haus meiner neuen Putzfamilie. Es ist eins dieser typischen schönen Wiener Jahrhundertwendehäuser. Ich läute bei Nummer 18.

»Halloooo?«, kräht es in die Gegensprechanlage.

»Komm, gib Mami den Hörer«, ertönt im Hintergrund eine Stimme.

Ich sage laut und deutlich: »PSA Putzagentur, grüß Gott.«

»Oh ja, kommen Sie bitte in den vierten Stock. Sie können den Aufzug benützen.«

Der Aufzug ist ein typisches Exemplar dieser Gründerzeithäuser mit einer edlen schmiedeeisernen Front, die mit einer Schnalle öffnet, dahinter eine kleine gemütliche Fahrkabine aus dunklem Holz mit einem Spiegel an der Wand. Der Lift quietscht, wackelt und ächzt sich die vier Stockwerke hinauf. Er ist wie ein vertrauenswürdiger Großvater, der das schon viele Tausend Male gemacht hat.

An der Wohnungstür erwartet mich eine zierliche rothaarige junge Frau in einem übergroßen Strickpulli und Leggins. Sie hat eine lustige asymmetrische Strubbelfrisur und ein wenig traurige Augen. Auf Anhieb ist sie mir sympathisch. Auf dem Arm hält sie ein Baby und hinter ihren Beinen versteckt sich ein ungefähr zweijähriges Mädchen.

»Grüß Gott«, sage ich noch mal. »Ich bin Millie von PSA.« Wir schütteln uns die Hand.

»Ich bin Pia, das kleine Monster da unten ist Clara und der hier ist Beni. Schön, dass Sie hier sind.«

Ich ziehe meine Schuhe aus und schlüpfe in meine Putzhausschuhe, dann machen wir eine Wohnungsbesichtigung. Es ist eine hübsche Altbauwohnung, ziemlich groß, ich schätze so 150 Quadratmeter, mit hohen hellen Räumen und Parkettböden. Die Küche ist, wie in diesen alten Wohnungen üblich, eher ein schmaler Schlauch, aber trotzdem gemütlich. Von ihr aus hat man Blick auf einen wunderbaren Innenhof mit hohen alten Platanen, meinen Lieblingsbäumen. Am Ende der Besichtigungstour kommen wir zu einem Büro.

Dort sitzt ein großer Mann um die 40 hinter zwei Bildschirmen und Büromaterial versteckt.

»Das ist Stefan«, sagt Pia.

Stefan telefoniert gerade mit einem Headset auf Englisch und nickt kurz in unsere Richtung. Irgendwie passt er nicht zu der freundlichen Pia. Ich kann nicht genau sagen, was es ist, das mich gegen ihn einnimmt. Er ist pummelig und zwischen Kopf und Körper, wo bei anderen Menschen der Hals ist, fehlt etwas. Auf der Tastatur hat er zwei riesenhafte Patschhändchen. Man könnte ihn genauso gut für einen großwüchsigen Jungen halten. Was mir aber wirklich Gänsehaut bereitet, sind seine Augen. Sie erinnern mich an einen Karpfen.

»Büro auch putzen?«, frage ich und Pia nickt. »Mann immer da?«, bohre ich nach.

Pia lacht. »Ja, leider sehr oft.«

Ich seufze, weil das Schwierigkeiten bedeutet.

Pia fügt hinzu: »Gegen Abend geht er oft weg, da haben Sie dann freie Bahn.«

Ich bin erleichtert. »Gut! Ich fangen an.«

Ich durchforste den Abstellraum, finde die notwendigen Utensilien und mache mich erst mal an die Wäsche. Gegen vier habe ich die ganze Wohnung auf Hochglanz gebracht. Bei netten Familien hat das durchaus etwas Befriedigendes. Ich hinterlasse ihnen quasi eine perfekte Version ihres Heims.

Nun fehlt nur noch das Büro. Der Kerl hockt immer noch vor dem Computer. Zeit, härtere Maßnahmen zu ergreifen, denke ich und staubsauge mich lautstark in das Zimmer hinein. Als er nicht reagiert, baue ich mich vor seinem Schreibtisch auf. »Ich putzen hier – jetzt!«

Die Karpfenaugen bekommen einen panikartigen Ausdruck. Ich frohlocke. Das funktioniert bei den meisten Männern. Sie hassen Putzfrauen.

Er sagt: »Gut, aber bitte rühren Sie am Schreibtisch nichts an«, und wachelt mit seinen Pranken über den Tisch. »Ich komme gegen sieben wieder.« Er packt ein paar Dokumente in seine Aktentasche und flüchtet.

Ich lehne die Tür zum Vorzimmer an, damit ich notfalls höre, wenn jemand kommt, und schalte alibihalber den Staubsauger ein. Damit fahre ich wild am Boden herum, während ich die Lage sondiere. Es gibt einen großen Kasten und mehrere Büroschränke voll mit Akten. Außerdem zwei Computer und etwas, das wie eine externe Speichereinheit aussieht. Ich überfliege die Beschriftungen der Ordner. *Buchhaltung*, *Aufträge*, *Korrespondenz* … und ziemlich viele Abkürzungen, mit denen ich nichts anfangen kann.

Ich spechtle zur Zimmertür hinaus. Weit und breit niemand zu sehen. Dann lasse ich den Staubsauger einfach eingeschaltet auf dem Boden liegen und setze mich an den Schreibtisch. Der Computer ist an, aber es gibt eine Bildschirmsperre mit Passwort.

Zum Spaß gebe ich *Clara* ein. Einmal hab ich ja gut und vielleicht ist Stefan, oder »der Karpfen«, wie ich ihn schon in Gedanken nenne, ein Einfaltspinsel. Ist er nicht – Passwort ungültig. Ich hole den Schlüssel-USB der Agentur heraus und stecke ihn in den Port. Wie durch ein Wunder öffnet sich der Bildschirm und ich sehe die Arbeitsfläche. Ein geöffnetes Dokument zeigt Statistiken, Grafiken und Katasterpläne. Es ist auf Englisch verfasst und enthält offenbar irgendwelche Daten aus unterschiedlichen Ländern. Ich klicke mich ein bisschen durch, aber die Zeit reicht nicht, um mich einzulesen. Deswegen kopiere ich einfach die gesamte Festplatte auf den Stick. Der Kopiervorgang startet. Ich überfliege parallel die Papiere auf dem Schreibtisch und fotografiere das ein oder andere Dokument, das mir wichtig erscheint. Die Rechercheabteilung wird mir nachher genaue Anweisungen geben, wonach ich suchen muss.

Ich bin gerade völlig vertieft, da fliegt die Tür auf. Mein Herz macht ein Stolpergeräusch und mein Blutdruck steigt in der Sekunde auf 230. In der Tür steht Clara und lacht vergnügt, weil ihr Erschreckmanöver so toll geklappt hat. Sie schreit: »Kuuuckuck!«

Ich kuckucke zurück und werfe einen Blick auf den Fortschritt der Speicherplatte. 85 Prozent.

Clara kommt hereingehopst und jetzt höre ich Pia rufen: »Clara? Clara, du darfst Millie nicht stören.« Ihre Schritte kommen näher.

Mein Körper schüttet eine Monatsration Cortisol aus. Ich muss mir ganz schnell was einfallen lassen. Ich schnappe das Mädchen, setzte es neben den Stromverteiler und suche das Kabel, das den Bildschirm mit Strom versorgt. Das ziehe ich blitzschnell aus der Steckdose, dann gieße ich Clara Wasser über das Kleidchen.

In dem Moment kommt Pia zur Tür herein. Ich knie neben Clara und warne: »Oje, darfst du nicht spielen mit Steckdose und Wasser, das gefährlich, kleine Mädchen. Macht nix, ich wischen und Mama dir geben neue Kleid.«

Clara brüllt wie am Spieß, weil sie erschrocken ist. Und ich versuche, so gut ich kann, Pias Aufmerksamkeit vom Schrcibtisch abzulenken. Ich hebe Clara auf und halte sie ihrer Mutter hin.

Pia meint: »Oje, oje.«

Ich beschwichtige: »Macht nix. Du machen Clara trocken, ich mache Boden trocken.«

Pia beginnt, sich im Raum umzusehen, und das ist gar nicht gut. »Iiich kennen das«, beginne ich und krame mein Handy heraus, um eine Sekunde später meine glückliche Attrappen-Familie auf Fotos zu präsentieren. Es klappt. Pia ist ganz entzückt von meinen Kindern und gratuliert mir zu dem gut aussehenden Mann. Fast lenkt mich unsere Familienfachsimpelei selber ab. Ich glühe vor Stolz und schaue meinen Mann auf dem Foto ganz verliebt an.

Pia lacht. »Der Glückliche, man sieht, wie sehr Sie ihn lieben.« Sie schnappt sich Clara, die sich durch das Betrachten der Fotos ebenfalls gut ablenken ließ, und trägt sie in Richtung Kinderzimmer.

Jetzt aber rasch. Ich stecke den Bildschirm wieder an. Kopiervorgang beendet, 100 Prozent. Ich nehme den

USB-Stick raus und schalte den Bildschirmschoner ein, so wie er vorher war. Dann schaue ich, ob ich auf dem Schreibtisch keine Spuren hinterlassen habe, und stecke den Staubsauger aus. Nachdem ich rasch das Wasser aufgewischt habe, befreie ich alibihalber noch ein paar Regale von Staub. Männern fällt so was sowieso nicht auf. Schließlich verlasse ich den Raum.

Als alles zusammengepackt ist, rufe ich: »Frau Pia – ich habe fertig!«

Wir vereinbaren, dass ich nächste Woche wiederkommen soll, und sie bestätigt mir die Stunden, die über die Agentur verrechnet werden.

Auf der Straße angekommen würde ich gerne eine rauchen. Aber ich bin Nichtraucherin. Also laufe ich ein paar Straßen weiter und betrete ein kleines Café. Als ich meinen Cappuccino endlich in der Hand habe, sehe ich den Kaffee in der Tasse zittern.

DAS AGENTUR-MEETING

Es ist 18.00 Uhr und heute ist noch das wöchentliche Meeting in der Agentur. Ich laufe die Gumpendorfer Straße entlang, um nicht zu spät zu kommen. In dem Moment, in dem ich in den Hauseingang der Agentur einbiege, bilde ich mir ein, an der Ecke meinen »zukünftigen Ehemann« zu sehen. Als ich mich jedoch nochmals umdrehe, um zu schauen, ob er es wirklich ist, sehe ich ihn nicht mehr. Offensichtlich halluziniere ich.

Ich beeile mich und öffne mit meinem Code die Eingangstür zur Firma. Drinnen herrscht reges Treiben. Frauen unterschiedlichen Alters und verschiedenster Nationalitäten hasten durch die Gänge, telefonieren, diskutieren. Ich übergebe den USB-Stick mit den kopierten Daten und die Einsatzberichte aus der Software-Firma gestern Abend an Radica von der Internen Recherche und wende mich nach rechts, um zum Konferenzzimmer zu gelangen. Als ich eintrete, hat das Meeting gerade angefangen. Ioana sitzt auch schon da. Sie hat mir einen Platz neben sich frei gehalten. Ich quetsche mich durch und begrüße ein paar andere Kolleginnen, die ich gut kenne.

Die meisten sitzen um einen lang gestreckten ovalen Tisch, manche in zweiter Reihe. Wir sind um die 20 Frauen. Auf dem Tisch stehen frisch gebackene Kipferl, ein Gugelhupf und eine Kanne mit frischem Kaffee. Ich liebe Marmorgugelhupf. Das ist einer der Vorzüge der Agentur, man wird immer gut versorgt. An der Wand vorne hängt ein überdimensionaler Bildschirm mit einer Präsentation darauf. Davor steht Evelyn, unsere Chefin.

Evelyn ist eine beeindruckende Frau mit dem Aussehen einer Hexe. Sie hat lange weiße Haare und ihre Ohren sind riesig und stehen durch die Haare hindurch. Ihr Gesicht ist eher schmal und hager, und ihre Nase ist alles andere als ein Stupsnäschen. Alle ihre Gliedmaßen sind lang und schmal. Sie könnte gut als weiblicher Gandalf durchgehen. Ihr Alter ist unmöglich zu schätzen. Sie könnte 45 sein oder 80. Eigentlich will man es so genau gar nicht wissen. Es würde ihre Magie zerstören. Wahrscheinlich ist sie in Wirklichkeit 220 Jahre alt.

Evelyn ist Vorstand der PSA Austria, der Putzfrauen Spy Agency. Allein unsere Agency hat circa 500 offizielle Angestellte, die wiederrum in kleinen Teamstrukturen regional operieren. Im Grunde genommen kann man davon ausgehen, dass fast jede Putzfrau direkt oder indirekt für die Agency arbeitet. Die PSA International hat ihren Sitz in London, sie organisiert die internationale Kooperation. Es gibt so ziemlich in jedem Land weltweit eine eigene Länderorganisation, mit Ausnahme von Mikronesien. Dort putzen sie ihre Häuser selber.

Evelyns Stimme ist genauso speziell wie ihr Äußeres. Es kam vor, dass sie am Telefon für einen Mann gehalten wurde.

»Guten Abend, Ladies. Schön, euch zu sehen.« Sie blickt prüfend in die Runde. Man nimmt ihr sofort ab, dass sie jede Einzelne der über 500 Agentinnen der

Agency mit all ihren Stärken und Verfehlungen kennt. Sie sieht mir in die Augen und ihre rechte Augenbraue wandert in die Höhe: »Millie? Agenturmeetings finden in Zivil statt.«

Ich schaue an mir hinunter und wundere mich. Meine Putzfrauenkleidung habe ich durch einen, wie ich finde, sehr schicken Rock von Zara ersetzt, passend zu einem schwarzen U-Boot-Ausschnitt-Pullover und Sandaletten. Alles sehr zivil, oder?

Ioana grinst mich an und zupft an ihren Augenbrauen. Oh mein Gott – natürlich, die vergesse ich immer. Ich schäle meine künstlichen Augenbrauenbuschen herunter und das kleine Damenbärtchen-Imitat. Verlegen grinse ich Evelyn zu, doch die ist mit ihrer Aufmerksamkeit bereits ganz woanders.

»Wir haben heute eine straffe Agenda. Unser neues Projekt nimmt Formen an und wir haben schon erste interessante Reports und Hintergrundinformationen unseres Forschungsauftrages.«

Forschungsauftrag ist interner Jargon für Spionageaktivitäten.

»Wir haben es unseres Wissens nach mit einer geheimen Vereinigung zu tun, die sich ›The Executive Alliance‹, kurz TEA, nennt. TEA arbeitet weltweit und ist bis dato sehr diskret vorgegangen. Wir wissen, dass es bereits in den 90er-Jahren einzelne Operationen von ihnen gab, aber bislang kennen wir weder ihre genaue Mission noch die Organisationsstruktur.«

Ioana flüstert mir zu: »Ich wollte schon immer mal ein Bond-Girl sein – jetzt ist es endlich so weit.«

Ich flüstere zurück: »Hoffentlich nicht die eine, die immer abkratzt.«

Ioana lacht. »Ja, das wär doof, aber wenn ich vorher Sean Connery vögeln darf, würde ich auch das in Kauf nehmen.«

Evelyns rechte Augenbraue bringt uns zum Schweigen.

Ich fühle ein Prickeln in mir, denn das Ganze klingt nach einem ziemlichen Kaliber von Auftrag. Ich habe zwar schon einige Einsätze hinter mir, doch das waren meist Operationen auf nationaler Ebene, und die österreichische Politik kommt mir ein bisschen wie eine Puppenstube vor, verglichen mit den Ereignissen meiner Vergangenheit.

»Seit Kurzem wissen wir, dass es um Nahrungsmittelmanipulation geht, in die vermutlich auch große Nahrungsmittelhersteller involviert sind«, erläutert Evelyn weiter.

»Das ist ja wohl ein alter Hut, dass die genmanipulierten Nahrungsmittelschund erzeugen und damit den Ackerbau der Entwicklungsländer in die Abhängigkeit treiben«, mosert Bojana, eine Kollegin aus der hinteren Ecke. Ein paar Agentinnen brummen zustimmend.

»Das mag sein«, antwortet Evelyn. »Aber diesmal ist es weitgreifender, denn es geht um Manipulation von Menschen durch gentechnisch veränderte Nahrungsmittel.«

Jetzt herrscht Totenstille. Ich glaube, wir fragen uns alle das Gleiche. Ist das wirklich möglich?

»Ihr fragt euch sicher, ist das wirklich möglich?«, fährt Evelyn fort und ich schlucke. Sie ist auf jeden Fall eine Hexe. »Eine unserer Agentinnen aus Washington hat sich gestern gemeldet. Rachel war bis vor ein paar Tagen Putzfrau der Präsidentenfamilie und hat in ihrem letzten Bericht angedeutet, dass Mister Duck ein Zielobjekt für Manipulation sei.«

Bei PSA werden nie die echten Namen von Personen genannt, sondern immer Synonyme. Die Suche nach dem skurrilsten Synonym ist ein interner Wettbewerb zwischen den Abteilungen. Mr. Duck war die gut gelaunte Kreation der Logistikabteilung. »Die Gatten« als Bezeichnung für meine »Putzkunden« hab ich mir übrigens selbst ausgesucht.

Als nächsten Slide sehen wir die Fratze von Mister Duck, dem 45. POTUS, President of the United States, von dem nie ein Mensch geglaubt hätte, dass er dieses Amt je bekleiden wird.

»Völlig klar, der Mann wurde mit Nahrungsmitteln manipuliert. Das Weizenfeld wächst ihm ja schon oben zum Kopf raus«, murmelt Ioana. Ich gackere vor Lachen und auch die anderen freuen sich über den Kommentar.

Sogar Evelyn schmunzelt: »Bevor wir jedoch Genaueres erfahren konnten, wurde Rachel nach Mexiko abgeschoben – obwohl sie eine Inuit ist. Bis dato haben wir keinen Kontakt mehr herstellen können.«

Das muss ich ein paar Sekunden verdauen. Dass Mister Duck eine Inuit nicht von einer Mexikanerin unterscheiden kann, war vorhersehbar. Aber »kein Kontakt mehr« ist kein gutes Zeichen. Heutzutage kann man fast von überall Lebenszeichen senden, sofern man denn noch am Leben ist. Umso mehr, als es auch in Mexiko ein gut organisiertes Putzfrauen-Netzwerk gibt.

Ich greife mir ein Brioche-Kipferl und löffle Marillenmarmelade drauf. Ahmmmh. Mein Gehirn schaltet um und widmet sich kurzfristig der Geschmacksanalyse. Sehr zart und flaumig und die Marillen beste Wachauer Sorte. Ein Gedicht. Essen hat mich schon immer getröstet. Glücklicherweise komme ich nie zum Einkaufen, sonst wäre ich wahrscheinlich eine Fettkugel. Ich schnuppere an meiner Kaffeetasse und tauche in eine wohlige Parallelwelt ab.

»Ich sagte Millie.« Alle Augen sind auf mich gerichtet.

»Hm? Ja bibbe?« Ich sehe wahrscheinlich aus wie ein Hamster, mit dem Brioche in beide Backentaschen gestopft, um zu sprechen.

Evelyns Augenbraue hat heute viel zu tun. »Millie, die Ergebnisse deiner Recherche bei …«, sie runzelt die Stirn und starrt auf den Bericht in ihrer Hand, » … bei ›dem Karpfen‹ – wurden bereits durchgecheckt und waren ein Treffer. Offensichtlich sind wir hier auf Spuren einer TEA-Operation gestoßen. Allerdings fehlen einige relevante Informationen. Du sollst nach weiteren Detailinformationen zur Mission TEA-BAG suchen. Gute Arbeit.« Sie nickt mir zu.

Ich schaffe es, einen Teil des Kipferlbreis runterzuwürgen, und murmle: »Dampfke.« Ich freue mich, dass die Rechercheabteilung meinen Vorschlag »der Karpfen« als Synonym für den glupschäugigen Stefan übernommen hat.

»Ioana, ebenfalls guter Fortschritt.« Evelyn lächelt Ioana zu. Aus irgendeinem Grund wird Ioanas Zielperson, an der sie seit zwei Wochen recherchiert, nie genannt. In der gesamten Agentur scheinen nur Evelyn und sie zu wissen, wer es ist. Das gefällt mir nicht. Sie nennt ihn immer nur »das Punschkrapferl«. Ich glaube, sie findet ihn süß.

Das Meeting ist mehr oder weniger zu Ende. Es werden noch diese und jene Aufgaben verteilt und ein Folgemeeting für übermorgen vereinbart. Immer, wenn wir in diese Phase eines Projekts gelangen, werden die Meetings wesentlich dichter angesetzt, damit der Informationsaustausch gewährleistet ist.

Ich bekomme davon nicht so viel mit, weil ich mich mittlerweile dem Gugelhupf zugewandt habe, der abartig gut ist, weil er nämlich am Boden sitzen geblieben ist und deswegen nach Schokoteig schmeckt.

Am Abend bekommt Slobo Extrastreicheleinheiten und er nimmt sie huldvoll hin, brummt, grunzt und tatzelt in meinen Bauch hinein. Wir fühlen uns beide richtig geborgen miteinander. Ich scrolle auf meinem Handy rum und sehe ganz zufällig die Fotos meiner Alibi-Familie. Ich vergrößere das sympathische Gesicht meines Mannes, flüstere ihm »Gute Nacht« zu und komme mir ein bisschen pervers dabei vor. Mein Kalender zeigt mir an, dass ich morgen in der Agentur ein paar Neue trainiere. Das ist immer eine angenehme Abwechslung. Mit einem guten Gefühl schlafe ich ein.

Wie so oft wache ich schweißgebadet auf. Es ist 5 Uhr und ich habe keine Lust, nochmals zu meinen Albträumen zurückzukehren. Also steige ich aus dem Bett und weil ich mich trotz des Traums gar nicht so schlecht fühle, beschließe ich, eine heroische Tat zu vollbringen. Nämlich meine Wohnung zu säubern.

Menschen, die keine professionelle Putzfrau sind, können das nicht wissen. Aber es ist etwas völlig anderes, ob man seinen eigenen Mist wegräumt oder den von anderen. Der eigene Mist ist mit zu viel Hintergrundinformation beladen.

DIE NEUEN

Vier Frauen im Alter zwischen 20 und 55 stehen vor mir und sehen mich erwartungsvoll an. Sie kommen aus Brasilien, Österreich, Polen und Belarus.

Bei der Vorstellrunde erzählt jede kurz von ihrer Herkunft, Familie und beruflichen Entwicklung. Ich mag diese bunte Mischung an Kulturen, obwohl sie auch Potenzial für Konflikte birgt. Manchmal frage ich mich, wo ich selber hingehöre. Dank Ioanas Familie weiß ich definitiv mehr über rumänische Gebräuche als über serbische. Zladko ist auch nicht sehr traditionell. Eigentlich fühle ich mich als Österreicherin, obwohl die meisten Österreicher das anders sehen würden. Dafür räche ich mich beim Singen der Bundeshymne mit exzessiven Grammatikfehlern.

»Lang die Berge, lang die Döme, Heimat bist du voll mit Sönne …«

Gebürtige Österreicherinnen gibt es bei uns in der Agentur gar nicht so oft. Astrid kommt aus dem Waldviertel. Sie ist eine Rebellin, das sehe ich gleich. Ihr Vater ist Oberarzt, die Mutter arbeitet für eine Stiftung. Ich habe das Gefühl, dass sie ihnen zum Trotz als Putzfrau arbeitet. Aus dem gleichen Grund hat sie vermutlich einen Nasenring und Dreadlocks. Mal sehen, ob mein Eindruck richtig ist.

Die Brasilianerin, Chica, ist ungefähr 1,50 Meter groß und ein Energiebündel. Sie hat die Angewohnheit, einen dauernd anzufassen, wenn sie mit einem spricht. Wenn sie sehr eindringlich wird, nimmt sie den Arm des Gesprächspartners und schüttelt ihn förmlich durch.

Das sieht besonders lustig aus, wenn sie mit der großen, eher zurückhaltenden Anastasia aus Belarus spricht, die dabei ständig unauffällig versucht, ihre Hand wieder abzuschütteln. Im Zeitraffer würde die eine vermutlich rückwärts durch den Raum kreisen und die andere verzweifelt auf der Suche nach Berührung hinterher. Anastasia sieht aus wie ein Model und ich habe Bedenken, ob sie es schafft, unauffällig zu sein.

Dann ist da noch die Älteste, Wanda. Sie ist eine geschulte Apothekerin und ein Kräuterweiblein par excellence. Die kleine dünne Polin hat ein lustiges Funkeln in den Augen. Ich glaube, sie wurde trotz ihres Alters wegen ihrer Expertise über das Thema Gifte und drogenartige Substanzen ausgewählt. Sie liebt Sprichwörter und hat zu jeder Lebenslage eines in petto.

Ich beobachte mein kleines Grüppchen Rekruten bei der Interaktion und freue mich auf die Woche. Ich mag es, Neulinge in die Kunst der Putzfrauen-Spionage einzuweihen.

»Wir beginnen mit den ersten beiden goldene Regeln einer Putzagentin«, beginne ich die Ausbildung. »Nummer eins: Seid die besten Putzfrauen, die eure Observationsobjekte je gehabt haben. Macht sie abhängig von euch. Sie sollen euch lieben, nicht wissen, wie sie ohne euch zurechtkommen, und euch natürlich ihren Hausschlüssel, den Code ihrer Alarmanlage sowie den Zugang zu allen Räumlichkeiten überlassen. Das erfordert gewisse

Kenntnisse und daher werden wir den Vormittag damit verbringen, eure Putzfähigkeiten zu perfektionieren.«

»Echt jetzt? Ich dachte, wir lernen hier den coolen Stuff, Beschatten, Nahkampf und so weiter«, mosert die kleine Chica neben mir.

»Wer den Dreck nicht ehrt, ist den Besen nicht wert«, lehrmeistert Wanda.

Astrid mault: »Da hätt ich ja gleich bei meiner Mutter bleiben können.«

Anastasia lächelt höflich und unterdrückt ein Gähnen.

Ich grinse in mich hinein. Die Reaktion kenne ich schon. Dennoch ist klar, dass das Putzen eine der wichtigsten Fähigkeiten einer Putzagentin ist. Ich drücke jeder Novizin Putzhandschuhe in die Hand und fange an, die einzelnen Putzmittel zu erklären und welche Tricks es damit gibt. Am Ende des Vormittags glänzen die Toiletten der Agentur und die Küche schaut aus wie neu. Meine Rekrutinnen plaudern laut durcheinander und sind ganz aufgekratzt. »Das mit dem Gebissreiniger gegen Urinstein finde ich echt abgefahren.«

»Regel Nummer zwei: Sei einfältig«, beginne ich die zweite Lektion. »Einfältige Leute sind ungefährlich. Das mag jetzt politisch unkorrekt sein, aber wenn ein Dödel im Raum steht, fängt niemand an zu flüstern. Um diesen Eindruck zu fördern, brauchen wir den Putzfrauen-Radebrech. Sprich möglichst unverständliches Kauderwelsch. Erstens werdet ihr nicht mit neugierigen Fragen behelligt. Zweitens gehen eure Zielobjekte davon aus, dass ihr sie nicht versteht, wodurch sie unvorsichtiger mit ihren Geheimnissen sind.« Ich sehe in die Runde. »Gewöhnt euch daran, dass sie in Nennform mit euch reden, und zwar lauter als notwendig. DU – PUTZEN –

WOHNZIIIMMEEER – JETZT!«, schreie ich Chica an, die fast vom Sessel kippt. »Interessanterweise denken Menschen nämlich, wenn jemand eine Sprache nicht kann, versteht er sie besser, wenn man die Konjugation der Verben unterlässt und in Zeitlupe schreit. Das ist übrigens in allen Sprachen gleich. Deswegen probieren wir das jetzt aus. Chica, du sprichst mit Anastasia auf Portugiesisch, sie auf Russisch mit dir. Wanda auf Polnisch mit Astrid, die bitte auf Waldviertlerisch antwortet. Und schaut mal, ob ihr euch besser versteht, wenn ihr schreit und die Silben in die Länge zieht.«

Kurz danach habe ich vier Frauen, die sich im Infinitiv ihrer Muttersprache anschreien. Ich lache in mich hinein. Mein Tag ist gerettet.

Meine Rekrutinnen sind nach dieser Übung endgültig aufgelockert. Chica fragt mit einem hinreißenden brasilianischen Akzent: »Iche jetze also wieder verlerrrne alle die Scheissdrrreck mit das, der, die?«

Astrid grinst und freut sich, dass sie ab jetzt in einem unverständlichen Dialekt sprechen soll. Wieder etwas, womit sie ihrer »Muada« beim nächsten Telefonat »am Zaga geh konn.«

Wanda sagt tiefgründig: »Einmal entsandt, fliegt das Wort unwiderruflich dahin«, und schaut in die Ferne.

Anastasia lächelt. Diesmal ohne zu gähnen.

Ich entlasse sie mit der Aufgabe, ihren ganz persönlichen Putzi-Radebrech zu entwickeln.

Dann packe ich ein paar Unterlagen zusammen und mache mich auf den Weg nach Hause.

MOJITO MIT FILM

Auf dem Heimweg kaufe ich frische Pfefferminze und ein paar Limetten für einen Mojito. Im Supermarkt vor dem Regal bilde ich mir ein, meinen »Ehemann« in einem der Gänge zu sehen. Aber als ich genauer hinblicke, ist er nicht mehr da. Komisch … das ist jetzt schon das zweite Mal.

Heute ist Heimkinoabend mit Zladko. Seit seiner Trennung haben wir begonnen, einmal die Woche gemeinsam fernzusehen. Zladko sucht gewöhnlich die Filme aus. In letzter Zeit endet der Abend damit, dass ich vor Erschöpfung sanft entschlummere, während Zladko entweder laut und betrunken singt oder laut und betrunken schluchzt, je nachdem, um welchen Film es sich handelt. Heute steht »Yentl« auf dem Programm. Und so wie ich den Film im Kopf habe, kann er dabei beides tun, singen und schluchzen. Ich hoffe, dass ich heute länger durchhalte, denn das will ich auf keinen Fall versäumen.

Ich versorge Slobo mit seinem Abendessen und richte die Zutaten für die obligatorischen Cocktails her. Es hat sich eingebürgert, dass wir bei mir gucken. Einerseits weil Zladko meist pleite ist und sich keinen Alkohol leisten kann. Anderseits, weil er regelmäßig keinen Strom hat. Künstler haben keine Zeit für Banalitäten wie Rechnungen.

Er kommt erst in einer halben Stunde und so habe ich ein bisschen Zeit. Die Erzählungen meiner Rekrutinnen über ihre Familien und Herkunftsländer haben mich nachdenklich gemacht. Ich klicke in Google herum und gebe »Serbien« ein. Ich finde einige Tourismusseiten über Belgrad, Novi Sad und zwei Naturparks, aber auch viele Websites, die sich mit dem Krieg beschäftigen. Schnell klappe ich mein Notebook wieder zu. Genau das wollte ich nie wieder sehen.

Zladko klopft und sieht zum Anbeißen aus. Wenn er nicht schwul wäre, würde er in meine »quick-and-dirty«-Zielgruppe passen. Er hat ein weißes Hippiehemd an und darunter sieht man seinen gut getrimmten Körper. Mit der hellen Flickenoptik-Jeans, den leicht feuchten Haaren und den Lederbändern an seinen Armgelenken sieht er aus, als wäre er einer Eiscremewerbung entstiegen. Ich glaube, auch dieses Outfit hab ich noch nie gesehen.

Er umarmt mich dramatisch und steuert sofort in die Küche, um Cocktails zuzubereiten. Das ist seine Aufgabe … er kann das wirklich gut.

Slobo verzieht sich. Aus irgendeinem Grund mag er Zladko nicht. Ich lebe mit einem homophoben Diktator-Kater zusammen.

Im Pyjama setze ich mich auf die Küchentheke neben die Abwasch. Bei Zladko ist es ohnehin Wurst, was ich anhabe, und nachdem ich vermutlich bald schlafe, brauche ich mich dann nicht mehr umzuziehen.

Zladko trällert vor sich hin, während er den Mojito zurechtschüttelt. Ich mag die gute Laune, die er verströmt, wenn er nicht gerade in ein Drama verwickelt ist.

»Und, Lutko? Hast du nun den hübschen Ehemann flachgelegt?«, fragt er und zwinkert mir zu.

Ich strecke ihm die Zunge raus und erzähle ihm, dass ich schon zweimal das Gefühl hatte, ihn zu sehen.

»Vielleicht stalkt er dich, Lutko ... wenn ich eine Hete wäre, würde ich dich stalken.«

Ich fühle mich geschmeichelt. Dann erzählt er mir ein paar Anekdoten aus seiner letzten Bandprobe.

Wir legen den Film ein und kuscheln uns ins Sofa. Der Streifen ist ziemlich alt und die Hauptdarstellerin ist Barbara Streisand ... hätte ich mir denken können. Sie ist Zladkos Ikone. Eigentlich fühle ich mich heute ganz fit. Vielleicht halte ich ja doch bis zum Ende durch.

Schon beim ersten Lied gibt Zladko alles. Er steht auf dem kleinen Sofatisch und schmachtet und jauchzt. Ich nuckle zufrieden an meinem Mojito und fühle mich gut unterhalten. Mehr durch Zladko als durch den Film.

Dann werden meine Augen aber doch schwer, und als ich wieder aufwache, liege ich allein im Bett und es ist weit nach Mitternacht.

DIE BOMBE PLATZT

Ich stehe wieder vor meinen erwartungsvollen Rekrutinnen. Offensichtlich habe ich gestern etwas richtig gemacht, denn sie sehen sehr motiviert aus.

»Ich präsentiere die Putzfrauenregel Nummer drei: Sei unauffällig. Das, meine Lieben, ist die Königsdisziplin. Eine gute Putzagentin ist quasi unsichtbar … sie verschmilzt im besten Fall mit den Einrichtungsgegenständen ihres Einsatzortes. In Firmen funktionieren Uniformen unheimlich gut. Sie verschaffen einem so gut wie überall Eintritt ohne Fragen. Sollte euch doch jemand erwischen und zur Rede stellen, gilt Regel Nummer zwei. Seid einfältig und erstaunt. Sicher könnt ihr das Wort ›vertraulich‹ nicht von ›zur Entsorgung‹ unterscheiden, weil ihr beides nicht versteht. Im häuslichen Bereich ist Understatement gut. Keinesfalls wollt ihr, dass euch der Ehemann oder der Sohn des Hauses schöne Augen macht. Das beginnt mit eurer Aufmachung. Seid unattraktiv, aber nicht ungustiös, damit sie sicher kein zweites Mal hinsehen.«

Ich zeige ihnen meine Augenbrauen und das Damenbärtchen und verwandle mich in mein Putzagentinnen-Ich.

»Oh mein Gott, das ist ja grauenvoll«, quietschen die Neulinge.

»Na los, nur Mut – ihr habt den Rest des Tages Zeit, um mithilfe unserer Requisitengarderobe drei Putz-Alter-Egos zu entwerfen. Das Beste präsentieren wir am Ende der Ausbildungswoche der Agentur.«

Ich führe sie zu dem Requisitenraum und gebe ihnen Beispielmappen. Dann mache ich mich auf ins Sondermeeting, das wegen der TEA-Sache heute angesetzt ist.

Als ich das Konferenzzimmer betrete, ist es bereits gut gefüllt. Die ganze Rechercheabteilung ist anwesend und Evelyn unterhält sich mit einem Typen, den ich bis jetzt nur aus Videokonferenzen aus der Zentrale in London kenne. Wir sind an die 40 Personen, die sich in dem kleinen Raum zusammenquetschen. Das bedeutet, dass es heute um etwas Wichtiges geht.

Ich suche Ioana und sie winkt mir von der Fensterseite. Ich lächle ihr zu und freue mich, meine Freundin zu sehen. Heute gibt sie die Filmdiva. Sie hat ein leuchtend rotes Sommerkleid an, fast züchtig, zumindest solang man nicht den spektakulären Rückenausschnitt gesehen hat. Ihre blonden Haare hat sie kunstvoll hochgesteckt und die Sonnenbrille wie in einem Blumenbukett darin drapiert.

Einer ihrer Fachbereiche ist Make-up. Sie schafft es, Menschen bis zur Unkenntlichkeit zu verwandeln. Mein Damenbärtchen und die Augenbrauen habe ich ihr zu verdanken. In ihrem persönlichen Look verwendet sie ihre Kenntnisse allerdings immer, um ihren filmreifen Auftritt zu perfektionieren. Wenn ich ehrlich bin, gefällt sie mir in natura am besten. Aber das will sie nie hören.

Wir umarmen uns und lächeln uns an. »Was machen deine Rekrutinnen?«, flüstert sie. »Taugen sie etwas?«

Ich nicke und strecke die Daumen hoch. Sie weiß, dass ich die Schulungen liebe. Sie selber hätte die Geduld nicht und würde die Anfänger spätestens beim Nahkampftraining k. o. schlagen.

Evelyn erhebt sich und es wird still im Raum. »Schönen Nachmittag, meine Damen, danke, dass Sie alle kommen konnten. I want to welcome Ramesh Nidari from the London headquarters. He will present to us some facts from our latest campaign.«

Wir klatschen, um Ramesh zu begrüßen. Einige klatschen besonders eifrig, vermutlich, weil Ramesh der einzige Mann im Raum ist und sexy aussieht. Ramesh begrüßt uns seinerseits. Er hat offensichtlich indische Wurzeln, dichte schwarzblaue Haare und fast schwarze Augen. Sein Anzug ist maßgeschneidert und mit seinem hellblauen Hemd sieht er aus wie die Bollywood-Version von James Bond.

Er spricht englisch und wird von einer Übersetzerin synchron gedolmetscht. »Mitte der 90er-Jahre ist uns erstmals eine Gruppierung namens ›The Executive Alliance‹ aufgefallen. Sie bestehen aus Wirtschaftsbossen, Politikern, Waffenhändlern und Ölmagnaten. Ihr Ziel war es, eine weltumfassende Geheimgesellschaft zu gründen, die die gesamte Menschheit lenken und beeinflussen kann. Ziemlich bald hat TEA begonnen, mit Nahrungsmittel-Mensch-Manipulation zu experimentieren. Die Logik dahinter war, dass die Nahrungsmittelindustrie sich internationalisiert hat und somit immer leichter große Teile der Bevölkerung darüber erreicht werden konnten. Einer der ersten Versuche, einen hochrangigen Politiker über Nahrungsmittel zu manipulieren, fand bereits in den 90er-Jahren statt. George Bush senior sollte mittels Broccoli unter Kontrolle gebracht werden. Er durchschaute das Attentat und verlautbarte öffentlich, dass er von nun an keinen Broccoli mehr essen werde. TEA hat durch die Aktion mit Bush senior erkannt, dass gesundes Gemüse kein geeignetes Massenmanipulationsmittel ist, und daher hauptsächlich auf die Manipulation von Weizen und Milch umgeschwenkt.

Ioana hebt die Hand. »Können wir die Aktion bitte ›Mission Gugelhupf‹ nennen? Ich glaube, unsere Kollegin Millie plant sonst ihren persönlichen Rachefeldzug.«

Alle kuddern, weil sie meine Vorliebe für Gugelhupf kennen.

Evelyn runzelt die Stirn.

Ramesh lächelt und setzt fort: »Zurzeit besteht die Annahme, dass es zahlreiche Regierungsmitglieder gibt, die der manipulativen Attacke von TEA erlegen sind. Mister Duck ist das prominenteste Beispiel, aber auch Rumpelstilzchen aus der Türkei, Tamagotchi in Nordkorea und Prinz Plattensee von Ungarn stehen vermutlich unter dem Einfluss von TEA. Eines der Merkmale einer Übernahme sind Anzeichen von Größenwahn und Idiotie.«

Ioana niest neben mir in ein Taschentuch, weil sie lachen muss.

»Gesundheit«, wünschen 40 Frauen im Chor.

Evelyn schaut streng. Sie hasst Unterbrechungen.

»Wir stehen nun vor dem Problem, dass kaum noch unbearbeitetes Saatgut im Umlauf ist. Bekannte Umweltschutzorganisationen und Saatgut-Aktivisten versuchen vergebens, sich gegen den Saatgutaufkauf zu wehren. Sie werden boykottiert und, wo das nicht möglich ist, unterwandert. TEA hat eine spezielle Abteilung zur Vernichtung neutraler Nahrungsmittel eingerichtet. Deren Mitglieder arbeiten teils als Lobbyisten in gesetzgebenden Regierungskreisen und teils getarnt als Getreidehändler. Diese Händler reisen auf der ganzen Welt herum, um unveränderte Getreide aufzuspüren und zu vernichten. Wir nennen sie die ›Brand-Agents for Grain‹, kurz BAG.«

Ioana mäkelt: »Vielleicht steht BAG ja einfach für böse Agenten, das kann sich auch ein normal begabter Mensch merken … ich meine ja nur … Brand-Agent for grain, tss.«

»Dann wären wir die GAG, die Guten Agenten«, schlage ich vor.

Wir kichern über unsere Wortspielereien. Rameshs dunkle Augen sind interessiert auf Ioana gerichtet. Kein Wunder bei ihrer Aufmachung. Evelyn schießt aus ihren Augen Pfeile zu uns herüber.

»Und jetzt kommen wir zu unserer aktuellen Agenda. Vor Kurzem wurde uns bekannt, dass ein TEA-BAG auf dem Weg nach Afghanistan ist, um dort eine Getreidesorte zu vernichten, die auf einer Hochebene geortet wurde. Wir haben sofort eine unserer Agentinnen nach Kandahar geschickt. Sie soll mit der lokalen PSA-Gruppe das Saatgut sicherstellen. Wir werden uns gleich mit ihr per Videokonferenz zusammenschalten, um den Fortschritt der Aktion zu besprechen. Der Plan ist, das Saatgut über geheime Wege nach Österreich, nach Patagonien und in die Mongolei zu bringen, dort kann man es kultivieren und sichern.«

Es ist totenstill in unserem Konferenzraum. Das Ausmaß dieser Affäre hat selbst die üblichen Zwischenrufer zum Schweigen gebracht.

Evelyn ergreift das Wort. »Wir haben jetzt noch circa eine halbe Stunde für Fragen, bevor wir die Videokonferenz einrichten.«

Ioanas Hand schießt in die Höhe. Sie hat heute offensichtlich Hummeln im Hintern. »Ich finde es interessant, dass Österreich in die gleiche Kategorie wie Patagonien und die Mongolei gereiht wird. Was sind die Kriterien? Alle Länder, in denen man jodelt?«

Spinne ich oder flirtet Ioana mit Ramesh?

Ramesh bedankt sich für die Frage. Ich glaube, er ist der geborene Diplomat. »Wir haben diese Länder ausgewählt, weil die Klimabedingungen dem Getreide entsprechen und weil sie entlegen und politisch eher stabil sind.«

Viele weitere Fragen werden gestellt: »Heißt das, dass wir den manipulativen Auswirkungen des Getreides ausgesetzt sind, wenn wir Brot essen?«

»Ja, das ist der Fall.«

»Wie wirkt das und wie erkennt man, dass man unter dem Einfluss der Getreide steht?«

»Wie kann man sich dagegen schützen?«

Die Fragen prasseln nur so auf Ramesh ein.

Evelyn unterbricht die Fragewelle mit dem Hinweis, dass die Konferenzschaltung bereits aufgebaut wird. Sie kündigt ein Folgemeeting am Dienstag kommender Woche an, in dem es eine Ernährungsschulung geben wird.

Dann bedeutet mir Evelyn, nach vorn zu kommen. Ich bin komplett überrascht und ein wenig aufgeregt. »Millie, du bist die primäre Kontaktperson für die Agentin, die nach Österreich kommt. Radica, du bist die Ersatzfrau. Für die Kontaktaufnahme erhaltet ihr ein spezielles Handy.

Radica und ich setzen uns in die Nähe der Kamera. Ich bin nervös und fühle mich gleichzeitig geehrt. Vermutlich hängt diese Auswahl mit meinen Fachqualitäten zusammen. Ich spreche vier Sprachen und das ist durchaus praktisch bei länderübergreifenden Aktionen.

Die Kamera wird eingeschaltet und zuerst sieht man nur ein Flimmern auf dem Bildschirm. Schließlich erscheint das Gesicht einer jungen Frau mit Kopfschleier. Sie hat ein schmales hübsches Gesicht mit dunklen Augenbrauen und hohen Wangenknochen. Einige Brandnarben auf der rechten Gesichtshälfte lassen mich zusammenzucken. Ich hatte Glück, meine Narben verteilen sich hauptsächlich über meinen Körper, wo man sie nicht sieht. Darüber war ich immer froh, weil ich es gehasst hätte, dauernd die Geschichte ihrer Entstehung erzählen zu müssen.

Ihre Augen wirken ängstlich und gehetzt. Sie sitzt in einem einfachen Steinhaus mit wenigen sehr abgenutzten Möbeln. Im Hintergrund sieht man eine Öffnung, bei der offensichtlich die Tür fehlt.

Ramesh begrüßt sie auf Englisch. Sie antwortet nicht gleich. »Hello? Can you hear me?«, hört man nach ein paar Momenten ihre leise Stimme.

Ramesh antwortet. »Yes, Yasemin, we can hear you and we can see you.« Seine Stimme klingt irgendwie zärtlich, als er sie anspricht.

»Hello, Ramesh.« Yasemin lächelt. »Good to see you. Ich muss mich kurzhalten, weil die TEA-BAGs unseren Unterschlupf aufgespürt haben und sehr bald hier sein werden. Ich habe euch vor Kurzem eine verschlüsselte Botschaft übermittelt. Sie enthält die Kontaktdaten der drei Agentinnen, die sich bereits auf den Weg gemacht haben. Wir konnten das Saatgut in der Ebene von Ouahira sicherstellen und haben die Menge wie vereinbart auf die drei Agentinnen aufgeteilt. Samira, die nach Österreich unterwegs ist, hat ihre Reise gestern angetreten. Sie war in Kontakt mit einer rumänischen Schlepperorganisation und sollte über diese Route voraussichtlich binnen einer Woche in Österreich eintreffen. Es gibt einen Übergabecode, ohne den kein Kontakt zustande kommt. Er ist ebenfalls in der verschlüsselten Botschaft enthalten. Die Agentin mit Destination Patagonien konnte sich dem Konvoi einer argentinischen Hilfsorganisation anschließen. Die andere hat als Putzfrau in der mongolischen Botschaft angeheuert und wird hoffentlich die nächsten Tage das Land mit einer diplomatischen Delegation verlassen.«

Unser ganzer Raum hält den Atem an, denn in diesem Moment sieht man einen Schatten in der Türöffnung. Ein Mann betritt das Zimmer, es folgen ein zweiter und ein dritter. Im Gegenlicht kann man ihre Gesichter kaum ausmachen. Yasemin stößt einen Schrei aus und greift nach einem Messer.

Man sieht, dass sie gut ausgebildet im Nahkampf ist, aber gegen die drei Männer hat sie keine Chance. Nach kurzem Gerangel hat einer der Männer sie in die Knie gezwungen und der andere schreit ihr Fragen ins Gesicht.

Yasemin hat es geschafft, den Bildschirm abzuschalten, aber die Kamera sendet noch. Wir sind gezwungen, Zeuginnen eines grausigen Verhörs zu werden.

Alle im Raum starren geschockt auf den Bildschirm. Ich ertrage es kaum hinzusehen, deswegen schaue ich im Konferenzzimmer herum. Und sehe Ramesh, der sich völlig verändert hat. Er ist fahlweiß und seine Hände klammern sich völlig verkrampft an einen Sessel, während er den Bildschirm fixiert.

Nach ungefähr 30 Minuten Folter hebt der Verhörführer eine Waffe in die Höhe. Yasemin schaut in Richtung der Kamera und ihre Lippen formen »I love you«. Dann fällt ein Schuss und sie sackt in sich zusammen.

Der Verhörführer blickt in Richtung der Kamera und flucht. Als er zum Tisch geht und die Kamera ausschaltet, sieht man zum ersten Mal verschwommen sein Gesicht. Er hat dunkle lockige Haare, ist groß und schlank, sein Alter ist nicht zu schätzen. Man kann ihn nicht besonders gut erkennen. Die Bildauflösung ist zu schlecht. Durch die raschen Bewegungen wirkt alles verschwommen. Dann ist der Bildschirm dunkel.

Die Stille im Raum ist erdrückend. Ramesh gibt einen erstickten Laut von sich und verlässt das Zimmer.

Ich schaue zu Ioana. Die hat mich offensichtlich schon vorher beobachtet. Die Tränen laufen ihr still aus den schockierten Augen. Auch einige andere Kolleginnen heulen. Ich kann nicht weinen. Der Schock sitzt zu tief. Von draußen auf dem Gang hören wir einen gequälten Schrei.

Alle im Raum sehen ratlos umher. Selbst die hartgesottene Evelyn ist versteinert. Wir schweigen für scheinbar endlose Minuten. Gelegentlich durchbrochen durch ein Schluchzen oder Schnäuzen.

Nach einiger Zeit ergreift Evelyn wieder das Wort: »Wir beenden unser Meeting für heute und setzen es gemeinsam mit der Nahrungsmittelschulung am Dienstag fort. Die Leute aus der Analyseabteilung bitte ich, sich noch bereitzuhalten. Wir müssen eine grobe Vorgehensweise definieren. Für alle gilt Bereitschaftsdienst für das Wochenende, für den Fall, dass Aktionen nötig sind. Millie, halte dich unbedingt verfügbar.«

Die Mädels verlassen ungewohnt schweigsam das Konferenzzimmer. Erst draußen auf dem Gang beginnt das ein oder andere Gespräch. Ioana und ich sind uns wortlos einig, dass wir uns zusammen in ein Café setzen, um zu reden. Als wir am Zimmer von Brigitta vorbeikommen, sehen wir Ramesh vorgebeugt auf einem Sessel sitzen. Die maßgeschneiderte Jacke liegt am Boden, seine Hände sind in seinen Haaren versenkt und er starrt in eine Ecke.

Diese wenigen Minuten haben sein ganzes Leben komplett verändert und ich würde ihm gern helfen. Aber ich weiß, dass es keine Hilfe gibt.

KARIBIK FÜR PUTZFRAUEN

Wir hocken uns in die Ecke unseres Lieblingscafés in der Gumpendorfer Straße und Ioana flucht. »Fuck, wer konnte denn ahnen, dass die beiden ein Paar sind. Das war ja fürchterlich. Und ich Vollidiot baggere ihn auch noch an. Heilige Scheiße!«

Ich kenne Ioana. Sie versucht, durch ihre raue Art ihren Schock zu überspielen. In ihrer Kindheit mit vier Brüdern war Weinen das Letzte. Trotzdem sage ich: »Ich denke, Ramesh hat jetzt andere Probleme, als über deine Annährungsversuche nachzudenken. Aber abgesehen davon, was ist mit Niko und dir, dass du fremde Männer anbaggerst?«

»Ach, Niko … das mit ihm ist gerade schwierig«, antwortet Ioana und ihr Gesicht verschließt sich. »Er ist da in etwas Ungutes verwickelt, frag mich nicht. Ich kann es dir nicht erzählen.«

Es wurmt mich, dass Ioana im Moment so viele Geheimnisse hat. Der geheime Auftrag drängt sich in meinen Kopf, an dem sie arbeitet.

Sie unterbricht meine Gedankenkette: »Kommst du klar mit dieser furchtbaren Sache, die wir gerade gesehen haben?« Sie mustert mich sorgenvoll und ich sehe ihr an, dass sie an meine Vergangenheit denkt. Sie hat mir einmal gesagt, dass sie es kaum erträgt, sich vorzustellen, wie das alles für mich war. Es hat auch keinen Sinn, es ihr zu erklären. Ioana hat den Krieg nie erlebt.

Ich versuche, die grausigen Bilder des Mordes an Yasemin sofort aus meinem Kopf zu verscheuchen. Es gibt nichts zu verstehen. Einfach weitermachen und nicht grübeln. Den anderen beim Gummihüpfen zusehen und die Säule machen. So überlebt man.

Ioana streichelt meine Hand und ruft dem Kellner zu, dass wir zwei Mojitos trinken wollen. Sechs Mojitos später geht es uns besser. Glaube ich zumindest. Obwohl die Straßenbahn sich bei der Heimfahrt arg in die Kurven legt und ich beim Aussteigen in einem Busch lande, der hier noch nie gestanden ist.

Am nächsten Tag ist Samstag. Ich schlafe erst mal bis Mittag meinen Rausch aus, dann schmuse ich ausgiebig mit Slobo. Der spürt instinktiv, dass ich Zuneigung brauche, und gibt ausnahmsweise die anschmiegsame Hauskatze statt des Tyrannen. Das kommt ungefähr einmal im Jahr vor. Nach einer Stunde findet er, dass sich nun wer anderer um mich kümmern kann.

Ich schnappe mir ein Wasserschaffel und einen alten Klappliegestuhl. Damit setze ich mich in unseren kleinen schattigen Innenhof. Das Schaffel fülle ich mit Wasser bei der alten Bassena und streue Meersalz hinein. Die Füße im Fußbad, in der Hand ein Glas selbst gemachte Limonade, seufze ich und kuschle mich in den Klappstuhl. Das ist meine ganz persönliche Karibik im Hinterhof. Die Vögel zwitschern und es hallt von den Häuserwänden, die mit Efeu bewachsen sind. Oben sehe ich ein Viereck blauen Himmel, durch das hin und wieder ein Flugzeug seinen weißen Kondensstreifen zieht. Ich stelle mir vor, dass es Schiffe sind. Ab und zu schwimmt auch ein Delfin vorbei.

Mit diesem Idyll vor Augen döse ich ein, und so findet mich Zladko schnarchend mit einer Spur von Sabber an meinem Unterkiefer.

»Hoi, Lutko«, weckt er mich. »Genug geschlafen. Es ist Sommerausverkauf und ich brauche etwas zum Anziehen.«

Das ist der Witz des Jahrhunderts. Obwohl Zladko nie Geld hat, platzt sein Kleiderschrank aus allen Nähten. Aber wenn ich darüber nachdenke, könnte ich mal wieder eine Jeans gebrauchen. Einkaufen ist eine gute hirnlose Tätigkeit und genau das Richtige für den heutigen Tag.

Zwei Stunden später hat mich Zladko durch die halbe Mariahilfer Straße geschleppt. Er hat leuchtende Augen und an jeder Hand fünf Einkaufssackerln. Ich komme mir vor wie bei einem verqueren Pretty-Woman-Trip. Wir wollen gerade das letzte Geschäft verlassen, da fällt mir ein sehr hübsches Sommerkleid ins Auge. In hellem Pastellgelb gehalten, mit einem Neckholderausschnitt und einem schwingenden Rock verkörpert das Kleid den puren Sommer. Ein bisschen Karibik eben. Danach sehne ich mich jetzt.

Ich schnappe es und verschwinde in der Garderobe. Als ich mich vor dem Spiegel drehe, finde ich mich durchaus sexy darin, auch wenn man durch den tiefen Rückenausschnitt ein paar meiner Narben sehen kann. Ich überlege, es wieder zurückzuhängen, weil mir keine Gelegenheit einfällt, bei der ich es anziehen könnte. Da schiebt Zladko den Vorhang beiseite und pfeift anerkennend. »Entschuldigen Sie, gnädige Frau, haben Sie meine Freundin, die Putze, gesehen?«

Ich strecke ihm die Zunge raus und kaufe es.

Zu Hause überrascht mich Zladko mit ein paar passenden Riemchenstilettos. »Alles Gute zum Geburtstag, Lutko«, sagt er und wir wissen beide, dass ich nicht Geburtstag habe.

Ich bin gerührt, weil Zladko sonst wegen seiner Finanzlage eher knausrig ist. Überhaupt frage ich mich, wie er den heutigen Shopping-Wahnsinn finanziert hat.

Die Schuhe passen wie angegossen und sehen wirklich schick aus. Ich räume sie gemeinsam mit dem Kleid liebevoll in meinen Schrank und vermute, dass sie dort viele Jahre bleiben werden.

Den Sonntag verfaulenze ich zur Gänze in der Karibik und lasse mich mit Junkfood vom Lieferservice versorgen.

WANZENTAG

Am Montagmorgen komme ich in die Agentur und fröstle. Die Stimmung ist angespannt, die Mädels sind ernster als sonst.

Ich höre von Susanne, Evelyns Assistentin, dass Ramesh noch vor Ort ist. Es scheint, dass er die Operation bis zur Ankunft von Samira, der afghanischen Agentin, betreuen möchte, um Yasemins Arbeit zu vollenden. Ich sehe ihn kurz in Evelyns Büro sitzen, er sieht übel aus.

Meine Rekrutinnen erwarten mich ungeduldig und überhäufen mich mit Fragen. Obwohl sie aus sicherheitspolitischen Gründen noch nicht in Operationen eingeweiht werden dürfen, haben sie Wind von dem Desaster am Freitag bekommen und wollen Genaueres erfahren. Ich sehe in ihren Gesichtern, dass sie das erste Mal die potenzielle Gefahr dieses Berufs wahrnehmen und ihre Entscheidung anzweifeln, als Putzagentinnen zu arbeiten.

Ich versuche, sie aufzubauen, und erkläre, dass unsere Missionen gewöhnlich unspektakulärer ablaufen und eher selten körperliche Verletzungen zur Folge hätten. Unaufgeregt erläutere ich, dass Sabine aus der Rechercheabteilung zwar vorigen Monat ihr Bein verloren hätte, aber schon ganz gut mit der Prothese zurechtkäme. Und dass Patricia mit ihrem verbleibenden Auge kaum noch gegen den Türrahmen renne. Und dass Danica über ihren Schädelbasisbruch letztes Jahr ganz gut hinweggekommen sei. Sie falle nur noch zweimal täglich in Ohnmacht.

Meine Rekrutinnen werden immer grüner im Gesicht, da halte ich es nicht mehr aus und pruste los vor Lachen. Als sie bemerken, dass ich sie veräppelt habe, schreien sie los und drohen mir Schläge an. Aber ich merke, dass sich ihre Anspannung gelöst hat.

Als Nächstes steht Selbstverteidigung mit Rudi auf dem Plan. Das wird ihnen helfen, sich besser zu fühlen. Rudi ist erstens ein Clown und zweitens hilft es dem Selbstbewusstsein, sich verteidigen zu können. Außerdem liebe ich die Shaolin-Kampftechnik mit Besenstiel und Staubsauger.

Dienstag ist Wanzentag. Man müsste meinen, dass Putzfrauen für die Beseitigung von Wanzen zuständig sind, aber bei uns ist das umgekehrt. Wir montieren sie.

Die Rekrutinnen lernen, professionell Wanzen anzubringen. Das ist ein besonders erfolgreiches Spezialgebiet von Putz-Spioninnen, weil kein Mensch sich wundert, wenn eine Putzfrau länger an einer Lampe rumschraubt. Die Mädels bekommen die Aufgabe, die Agentur zu verwanzen. Das macht ihnen einen Höllenspaß. Anastasia verwanzt sogar Evelyns Büro und freut sich, dass die nichts bemerkt hat.

Danach dürfen sie in der Abhörzentrale eine Zeit lang die Kolleginnen belauschen, deren Schreibtische, Telefone, Handys, Kaffeetassen und Jacken sie verwanzt haben. Etwa 60 Prozent sind bereits deaktiviert worden – unsere Agentinnen sind auch nicht auf der Nudelsuppe dahergeschwommen.

Als wir Evelyn abhören, bespricht sie gerade mit einer Kollegin ihre persönliche Vorliebe für Gruppensex, vorzugsweise mit jungen Rekrutinnen. Da weiß ich, dass meine Schülerin aufgeflogen ist.

Den Rest des Tages widmen wir uns der EDV-Spionage und Personenüberwachung. Anastasia ist ein EDV-Profi. Sie hat die Festplatte geöffnet, bevor ich das Hilfstool der Rechercheabteilung aus der Tasche ziehen kann.

Wanda ist ein Beschattungs-Naturtalent. Ich weiß nicht, wie sie das macht, aber sie verschmilzt mit ihrem Hintergrund und löst sich quasi in Luft auf. Wir nennen sie nur noch »das Chamäleon«.

Alles in allem macht sich mein kleines Grüppchen wirklich gut. Am Abend schicke ich sie früher nach Hause und mache mich auf den Weg zum Meeting.

HIRSEPUFFBÄLLCHEN & CO

Ich betrete den Konferenzraum und die Stimmung ist sehr verhalten. Das liegt sicher an den Nachwirkungen des vorigen Meetings, aber vielleicht auch daran, dass der Tisch völlig anders gedeckt ist als sonst.

Statt der frischen Croissants und dem traditionellen Marmorgugelhupf stehen heute Reiscracker und Hirsepuffbällchen in der Mitte. Der Krug mit heißem Milchschaum hat einer Packung Reismilch Platz gemacht. Mein Hass auf die TEA-BAGs wächst mit jeder Sekunde.

»Da haben sie einen großen Fehler gemacht«, flüstere ich Ioana zu, nachdem ich mich neben sie gesetzt habe.

»Was? Wer?«, fragt sie.

»Die TEA-BAGs! Sie hätten mir nicht meinen Gugelhupf nehmen dürfen. Jetzt werde ich sie aufspüren und zerschlagen.«

Ioana grinst.

Ramesh betritt den Raum und es wird totenstill. Für ihn muss das schlimmer sein, als wenn man ihn nicht beachtet hätte, und deswegen nehme ich mir eine Tasse Kaffee und gieße, ohne groß drauf zu achten, Reismilch hinein. Mit dem Geschirrgeklapper lockere ich ein wenig die drückende Stille. Ioana begreift und macht mit. Wir rühren engagiert unsere Kaffeebecher um und klingeln mit den Löffeln. Voll eifrig vorgetäuschter Geschäftigkeit greife ich mir fünf Hirsebällchen und stecke sie in den Mund. Mein Speichel vereinigt sich mit dem Gebäck zu einem Klumpen Sägespäne. Mir tränen die Augen, weil ich diese Masse unmöglich schlucken kann. Ich schütte den Reismilch-Kaffee hinterher, um den Klumpen aufzuweichen. Der Geschmack von Abwaschwasser verbreitet sich in meinem Rachen, der sich hartnäckig weigert, eine Schluckbewegung auszuführen. Stattdessen fühlt er sich von einem der Sägespäne gereizt und hustet die ganze Pampe in hohem Bogen auf den Konferenztisch.

Der Raum versinkt erneut in Geräuschlosigkeit. Und ich kann nicht sagen, ob es mir lieber ist, dass die ganze Aufmerksamkeit nun auf mich gerichtet ist, statt auf Ramesh.

Ich höre ein schnaufendes Geräusch aus seiner Richtung. Oh Gott, ich habe ihn zum Weinen gebracht, denke ich. Aber sein Schnaufen wird immer lauter und schließlich fängt Ramesh laut zu lachen an. Jetzt beginnen auch die anderen, über die Sauerei zu lachen, und bei aller Peinlichkeit freue ich mich, dass es Ramesh besser geht.

Als sich alle beruhigt haben, ergreift er das Wort. Und tatsächlich sieht er trotz seiner schwarzen Augenringe ein klein wenig entspannter aus. »Unsere Kollegin hat sich schon mit unseren Alternativlebensmitteln vertraut gemacht, und ich glaube erkennen zu können, dass sie am Anfang einer längeren Umgewöhnungsphase steht«, eröffnet Ramesh seine Präsentation. Ich mag das britische Understatement.

»Lieber verhungere ich, als mich an diesen Papp zu gewöhnen«, raune ich Ioana zu.

Während der Präsentation werden die unterschiedlichsten Milch- und Weizenersatzprodukte herumgereicht.

Wir schnuppern, kosten und kauen. Ich habe dazugelernt und nehme von allem nur eine Messerspitze in den Mund.

Die Mandelmilch kann man lassen. Und wenn ich auf die Reiscracker dick Nutella draufstreichen dürfte, könnte ich über ihre völlige Geschmacklosigkeit hinwegsehen. Geht aber nicht, weil da auch Milch drin ist. Ich verfluche die Menschen, die uns das eingebrockt haben, und sehne mich nach meinem Gugelhupf.

Ramesh erklärt, wie es genau zu Manipulation von Menschen kommt und anhand welcher Auswirkungen man erkennen kann, dass jemand »manipuliert« wird.

Interessantes Faktum ist, dass die Nahrungsmittelunverträglichkeiten, die immer mehr zunehmen, ein Widerstandsmechanismus des Körpers gegen die Manipulation sind. Menschen mit Glutenunverträglichkeit oder Laktoseintoleranz sind tatsächlich schwerer manipulierbar als solche, die diese Symptome nicht aufweisen.

Letztlich schaffen die verschiedenen Stoffe im kontaminierten Weizen und der Milch ein Tor zum Unterbewusstsein, das später durch den passenden Schlüssel geöffnet werden kann. Der Schlüssel können Wörter oder Geräusche sein. Werden an ein manipuliertes Individuum bestimmte Signale übermittelt, so führt dieses willenlos alle Anweisungen aus. Würde man ein solches Codewort im Fernsehen aussprechen, zum Beispiel während Germanys Next Topmodel, könnte man 50 Prozent aller deutschen und österreichischen jungen Frauen dazu bringen, Dinge zu kaufen, die sie eigentlich gar nicht brauchen.

Wir sind uns einig, dass das bereits stattgefunden haben muss. Schwerwiegender ist es, wenn beispielsweise der neue amerikanische Präsident auf solche Codeworte reagiert.

Ramesh zeigt als abschreckendes Exempel die letzte Rede von Mister Duck.

Vor diesem wahrlich furchterregenden Hintergrund bekommen wir die strikte Anweisung, uns bis auf Weiteres glutenfrei und milchfrei zu ernähren, weil wir als Agentinnen auf keinen Fall zu Mister Duck mutieren dürfen.

Ich bin nicht die Einzige, der diese Anweisung nicht schmeckt. Die meisten knabbern unglücklich an ihren Sägespankeksen und die Bereitschaft, gegen die TEA-BAGs in den Kampf zu ziehen, steigert sich mit jedem Hirsepuffbällchen.

Nach dem Meeting werde ich in Evelyns Büro geordert. Ich erfahre, dass Samira, die afghanische Botin, in den nächsten Tagen mit dem Schlepperzug in Wien ankommen müsste. Die Anweisung ist, mich für die Übergabe des Saatguts bereitzuhalten und auch für die Nachbetreuung, da man davon ausgeht, dass Samira aufgrund der Strapazen der Reise medizinische Versorgung brauchen wird. Der direkte Kontakt zu ihr ist im Moment abgebrochen. Möglich, dass man ihr das Handy abgenommen hat.

Ich bekomme den Auftrag, beim Gatten und der Gattin nochmals nach Fluchtrouten und möglichen Zielorten zu suchen, damit wir die Kollegin möglichst rasch und sicher in Gewahrsam bringen können. Der Gatte ist im Innenministerium unter anderem mit »Illegalen Personentransfers« befasst.

Außerdem soll ich beim Karpfen nach weiteren Informationen zur Mission Gugelhupf suchen, wie ich sie insgeheim nenne. Vor allem welche Zielobjekte innerhalb

Österreichs manipuliert werden sollen oder bereits übernommen wurden.

Dann lerne ich noch den geheimen Übergabecode auswendig und bin entlassen.

Als Ioana und ich danach zu unserem Lieblingscafé wandern, murmle ich den Code immer wieder vor mich hin, damit ihn der Mojito nicht auslöscht, den wir noch trinken werden. Nach einer Weile stöhnt Ioana: »Mann, Millie, der ganze sechste Bezirk kann mittlerweile deinen Übergabecode auswendig.«

»Echt?«

»Ja, morgen steht er im Bezirksblatt.« Sie sagt die komplizierte zehnstellige Zahlen-Buchstaben-Kombination auf, ohne mit der Wimper zu zucken. Manchmal finde ich es nervtötend, dass sie besser aussieht und ein größeres Hirn hat als ich.

PUTZI-KÜR

Es ist Freitag und die erste Ausbildungseinheit meiner vier Rekrutinnen ist vollendet. Die abschließende Performance ist immer ein Highlight in der Agentur. Wir bauen einen richtigen Laufsteg auf und alle, die gerade irgendwie Zeit haben, bilden das Publikum. Es ist eine gute Möglichkeit, unsere neuen Rekrutinnen den Mitarbeiterinnen der Agentur vorzustellen. Das ist ein Riesenbahö und endet gewöhnlich in einer wilden Party. Aufgrund der kürzlichen Ereignisse ist die Stimmung deutlich gedämpft, aber dennoch heiter.

Ich sitze mit Evelyn und Rudi, unserem Nahkampftrainer, an einem Jurytisch und beurteile die Leistungen in schönster Heidi-Klum-Manier.

Wanda kommt auf den Laufsteg getrappelt. Sie hat eine Batikhose bis zum Bauchnabel hochgezogen und trägt darüber einen geblümten Omakittel. Ihre Haare stehen in alle Richtungen. Die Hände stecken in überdimensionalen gelben Putzhandschuhen, an den Füßen hat sie zwei unförmige Gesundheitsschlapfen. In bestem Polnisch-Deutsch sagt sie. »Ohne Po kein Schmutz im Klo.«

Wir applaudieren begeistert. Der Fotograf macht ein Foto, das später in ihre Agenturmappe kommt.

Jetzt kommt Astrid, sie hat sich einen wirklich bösartigen lila Polyestertrainingsanzug angezogen, in dem jedes Gramm Fett glänzend zur Geltung kommt. Die Dreadlocks hat sie zu zwei Zöpfen aufgebunden. Der echte Hammer an ihrer Präsentation ist der Dialekt, mit dem sie uns zur Begrüßung entgegenbellt. Ich glaube, er stammt aus dem vorigen Jahrhundert aus irgendeinem abgeschiedenen Kuhdorf im nördlichen Waldviertel. Man kann kaum verstehen, was sie sagt. Wir biegen uns vor Lachen über ihre kabarettreife Leistung.

Chicas hübsche Figur ist in ihrem Kik-Outfit kaum zu erkennen. Sie hat eine riesige altmodische Brille auf, die ihre lustigen, intelligenten Augen verbirgt. Ihr Damenbärtchen übertrifft meines bei Weitem.

Zuletzt kommt Anastasia auf die Bühne und ein Raunen geht durch die Reihen. Sie hat eine kurze Zimmermädchenuniform an und sieht aus wie ein Playmate. Okaaaayyy. Sehr clever, finde ich. Sie hat das Beste daraus gemacht, dass sie einfach zu schön ist, um unauffällig zu sein, und wird wohl eher in Sondereinsätzen arbeiten, bei denen es darum geht, Männer gefügig zu machen.

Während der Performance haben die Mädels unauffällig Wanzen im Zuschauerraum verteilt, die jetzt anfangen Furzgeräusche von sich zu geben, was zu großen Heiterkeitsausbrüchen führt. Das hat Anastasia so programmiert. Ich denke, sie wird ihren ganz speziellen Einsatzbereich finden.

Zum Abschluss gibt es eine Putzfrauen-Nahkampf-Demo zwischen Astrid und Chica. Sie werfen sich wirklich ins Zeug und zeigen, was man mit Staubsauger und Besenstil alles machen kann.

Ich gratuliere meinen »Meedchen« und überreiche ihnen die Putzfrauen-Spy-Agent-Ausweise, die man nur unter einer speziellen Lesevorrichtung entziffern kann.

Ohne die sehen sie aus wie VIP-Backstage-Pässe für ein Robbie-Williams-Konzert, weswegen man viele Putzfrauen bei seinen Konzerten trifft.

Die Party lassen wir diesmal aus Rücksicht auf Ramesh ausfallen.

Kurz bevor ich mich verabschiede, mache ich mit Ioana unseren Treffpunkt für das morgige Familienpicknick aus.

DAS FAMILIENPICKNICK

Ich sitze zu Füßen von Oma Adela und lasse mir von ihr die Haare flechten. Sie macht mir ein sehr altmodisches Flechtkrönchen, so wie sie es in ihrer Jugend oft getragen hat, und ich genieße das Gewurstel und Ziehen ihrer sanften Finger in meinen Haaren.

Ioanas gesamte Großfamilie hat sich über eine Waldlichtung verteilt. Ein Gebirgsfluss gluckert am Ende der Wiese vor sich hin. Das jährliche Familienpicknick findet immer hier am Fuße der Rax statt, weil es Oma Adela so an ihre Heimat erinnert. Sie kommt aus der Maramureș im Norden Rumäniens, direkt an der ukrainischen Grenze. Eine wunderschöne hügelige Gegend, mit ein paar höheren Ausläufern der nördlichen Karpaten. Oma Adela hatte dort einen kleinen Bauernhof mit den größten Bohnen der ganzen Gegend, wie sie immer sagt.

Ich atme den leicht modrigen Duft des nahen Waldes ein, über meine große Zehe läuft eine Ameise. Der Geruch der Bäume weckt auch lang verschollene Erinnerungen an meine Kindheit. Die ewig langen Sommerferien und die Ausflüge in das Gebirge von Zlatibor. Bilder einer Bootstour mit unserem alten Schlauchboot auf der Drina steigen in mir auf. Papas lachendes Gesicht, als Mama über Bord geht. Ich verscheuche die ungebetenen Bilder und konzentriere mich auf Oma Adelas Hände.

Die alte Frau steckt mir die letzte Strähne in den Haaren fest und streichelt mit ihrer kühlen faltigen Hand über meine Wange. »Gata, flori mici«, sagt sie, was so viel heißt wie: »Fertig, mein Blümchen.« Ich finde es schön, mit 35 von jemandem Blümchen genannt zu werden. Ich liebe Adelas rundes Gesicht mit den weisen, lachenden Augen und ihre langen weiß durchzogenen Haare, die sie immer zu einem Knoten zusammengesteckt hat. Sie ist für mich wie meine eigene Oma. Ich bewundere ihre gelassene Ausstrahlung und ihre Fähigkeit, sich vor Lachen zu beuteln, wenn sie etwas komisch findet. Dabei war ihr Leben sicher nicht einfach.

Der Duft von gegrillten Würsteln steigt mir in die Nase. Ein Stück weiter unten am Bach haben ein paar von Ioanas Onkeln und Cousins einen kleinen Grill aufgestellt und debattieren darüber, ob die Würstel schon zu schwarz oder gerade durch sind. Wenn wir Südländer diskutieren, sieht das für Österreicher immer nach Streit aus.

Abseits am Waldrand sehe ich Ioana und Niko miteinander streiten. Niko hat seine Arme vor der Brust verschränkt und sieht ziemlich wütend aus, Ioana gestikuliert aufgeregt und drückt ihm immer wieder ihren Zeigefinger in die Brust. Irgendetwas stimmt nicht zwischen den beiden, ich wünschte, Ioana würde sich mir anvertrauen. Er sagt ein paar kurze Worte, begleitet von einer provokanten Geste. Daraufhin dreht sich Ioana um und stampft wütend davon.

Sie geht zum Fluss und starrt aufs Wasser. Ich stehe auf und gehe zu ihr. Sie vermeidet den Augenkontakt mit mir und das sagt mir, dass ich nicht fragen soll. Ich mustere das aufgewühlte Gesicht meiner Freundin. Sie sieht müde und unausgeschlafen aus. Ich überlege, wie ich sie dazu bringen kann, sich mir anzuvertrauen, und hole tief Luft, um sie anzusprechen, »Jojo … Du …«

»Lass uns Schwimmen gehen – ich brauch jetzt eine kleine Abkühlung«, unterbricht sie mich.

»Ja, klar, ich hol nur noch schnell meinen Eispickel«, seufze ich mit einem Blick auf das eisblaue Gebirgswasser. Doch Ioana zuliebe schäle ich mich aus meinen Kleidern heraus, bis ich nur noch einen Bikini trage, und stecke einen Zeh in den Fluss. Ioana ist bereits drin. Ist ja auch leicht, wenn man innerlich vor Wut kocht. Das wärmt.

Ich stürze mich ins Eiswasser und möchte schreien. Aber ich kann nicht. Meine Stimmbänder sind eingefroren. Ioana lacht und lässt sich von der Strömung flussabwärts treiben. Ich sehe förmlich, wie der Fluss einen Teil ihrer Emotionen davonschwemmt.

Ich habe jetzt keine Schmerzen mehr, was daran liegen mag, dass ich meine Beine nicht mehr fühlen kann. Sie scheinen sich aber noch zu bewegen.

Das Wasser treibt mich langsam an der Wiese vorbei, es ist ein belebendes, urtümliches Gefühl hier im Fluss. Nach einiger Zeit meldet mir mein Thalamus, dass es ratsam wäre, das kalte Nass wieder zu verlassen, und ich klettere ans Ufer. Hier reichen die Bäume bis zum Fluss. Ich klettere einen Hang hinauf und stehe in einem sehr dunklen Stück Wald. Es ist totenstill. Die Bäume stehen dicht aneinander und es gibt kaum Unterholz, nur die Nadeln der Fichten liegen wie ein Teppich auf dem Boden. Ich setzte vorsichtig einen Fuß vor den anderen, da höre ich ein Geräusch links hinter mir. Ich denke zuerst, es ist Ioana, aber dann sehe ich aus den Augenwinkeln eine voll bekleidete Gestalt, die sich sehr leise und schnell bewegt. Ich drehe mich hin, da ist sie hinter einem Hügel verschwunden.

»Hallo? Wer ist da?«, rufe ich.

Keine Antwort.

Eigenartig und ein bisschen unheimlich. Ich gehe in die Richtung, in der ich die Gestalt gesehen habe, obwohl ich mir nicht sicher bin, ob das ratsam ist. Als ich über den kleinen Wall steige, hinter dem die Gestalt verschwunden ist, sehe ich Ioana am Flussufer auf dem Boden liegen. Sie kommt gerade wieder zu sich.

In zwei Schritten bin ich bei ihr und schüttle sie beunruhigt. »Ioana, was ist passiert?«

»Ich weiß nicht«, stöhnt sie. »Ich bin ans Ufer geklettert und dann habe ich einen ziemlichen Schlag auf den Kopf bekommen, glaube ich.«

Sie hat niemanden wahrgenommen und der Wald liegt vollkommen ruhig vor uns. Ich helfe ihr auf und sie streicht sich langsam über eine schmerzende Stelle am Kopf. Während wir zur Wiese zurückgehen, stütze ich sie, weil sie noch ein bisschen wackelig auf den Beinen ist. »Sag bitte niemandem etwas«, raunt Ioana und ich nicke.

Als wir auf die Wiese kommen, steht Niko neben dem Grill. Könnte er es gewesen sein? Waren es diese Einheimischen, die sich jedes Jahr über das »Rumänen-Picknick« beschweren? Oder hat es mit der Arbeit zu tun? Ioana und ich müssen unbedingt darüber reden, doch jetzt ist nicht der richtige Moment dafür. Ihre Familie weiß schließlich nichts von unserem Job.

Wir machen uns hungrig über die Würstchen her und den Rest des Nachmittags werde ich in den Strudel der Familiengeschehnisse hineingezogen, in diese und jene Geschichte über Onkel Flaviu, Tante Luciana oder eins der kleinen Kinder. So komme ich kaum dazu, über den beunruhigenden Vorfall nachzudenken.

Am späteren Nachmittag packe ich meine Sachen zusammen. Denn ich habe mich noch mit Zladko in Wien verabredet. Ich verabschiede mich mit einer Umarmung von Oma Adela und Ioana. Petru, einer der Jungs, bringt mich zum Zug.

WIEN IN ROSA

Ich sitze in einem der bunten Liegestühle eines Strandcafés am Donaukanal, die extra für den Sommer aufgebaut werden, und grabe meine Füße in den warmen Sand. Eine samtige Stimme weht von den Lautsprechern der Bar herüber, chilliger Beat, dezent genug, dass er mit den Hintergrundgeräuschen verschmilzt, wenn man ihn nicht hören will. Ich nuckle an einem Mojito und fühle mich sehr behaglich. Zladko hat mich versetzt. Er kann nicht kommen, weil es in seiner Band kriselt. Das passiert nicht das erste Mal. Künstler eben. Meinen anfänglichen Ärger habe ich mit dem Mojito hinuntergespült und jetzt genieße ich es, in Ruhe das Treiben um mich herum zu beobachten. Die Strandbar ist voll junger Leute, die in kleinen Grüppchen trinken, tratschen und lachen.

Meine Gedanken schweifen zu Ioana und der unheimlichen Szene im Wald. Ich mache mir Sorgen um meine beste Freundin. Früher haben wir uns alles erzählt. Zwischen ihr und Niko ist definitiv nicht alles in Ordnung, und es gefällt mir nicht, dass sie einen Auftrag hat, der so geheim ist, dass ausschließlich sie und Evelyn über ihn Bescheid wissen. Anderseits ist Ioana eine der intelligentesten Menschen, die ich kenne, und ich hoffe, dass sie die Situation richtig einschätzt. Bullshit, korrigiere ich mich, bei unserem nächsten Treffen werde ich ihr die Wadeln viererichten oder wie das auf Wienerisch heißt und sie dazu zwingen, mir die Wahrheit zu sagen.

Der Sonnenuntergang färbt den Fluss und die Fenster des Hochhauses am gegenüberliegenden Ufer dunkelrosa. Ich mache ein Foto mit meinem Handy.

»Ah, die Fotografin«, bemerkt eine bekannte Stimme neben mir.

Ich blinzle über die Schulter und habe eine Erscheinung. Mein Ehemann steht da mit einem Bier in der Hand und sieht unheimlich sexy aus. Ich bin sprachlos und grinse ihn an.

»Ist der Platz hier frei?«, fragt er und lächelt mich mit diesem Weiche-Knie-Lächeln an.

Ich nicke begeistert und sauge mit doppelter Geschwindigkeit an meinem Strohhalm.

»Apropos Foto, ich wollte fragen, für welche Bezirkszeitung du die Fotos letztens gemacht hast, ich habe nämlich überall geschaut und nirgends etwas darüber gefunden«, will mein Mann wissen.

»Och, die Fotos ... Ja, äh die Story wurde gekillt ... äh ... ist einem Bericht über die Bezirkswahlen zum Opfer gefallen«, improvisiere ich.

»Aha, schade! Wie heißt du übrigens? Ich bin Max.«

»Millie, freut mich«, sage ich und das ist stark untertrieben, in Wirklichkeit bin ich ekstatisch.

Wir schütteln uns die Hände. Seine sind wunderschön, leicht gebräunt und er hat einen angenehmen kräftigen Händedruck. Mein Herz klopft wie verrückt.

Er lehnt sich in seinen Liegestuhl zurück und seufzt: »Aah, schön hier, findest du nicht?«

»Ja ... voll schön«, stimme ich zu und bewundere seine Ohren. Ich erstaune mich selbst mit meiner Begeisterungsfähigkeit für diesen Mann. Eigentlich bin ich nicht so … so romantisch. Er passt auch in keins meiner Beuteschemata »kurze bedeutungslose Affäre« oder »Anschmachten von weit weg«. Irgendetwas an ihm zieht mich an. Er strahlt Wärme aus und ja, er sieht gut aus, auf eine strubbelige Art. Es drängt mich, seine Haare mit meinen Händen zu kraulen. Da sehe ich einen kleinen Fichtenzweig unter einem Haarbüschel hervorlugen. Was für eine Gelegenheit.

»Du hast da einen Baum aus deinem Kopf wachsen«, stelle ich fest, und meine Hände sind schon da, wo sie sein wollen. Ich wühle ein bisschen mehr, als ich müsste, und pflücke den Zweig aus seiner Haarpracht. »Guck mal«, präsentiere ich mein Fundstück.

»Oh … das ist wohl ein Überbleibsel vom Verstecken spielen mit meiner Nichte und meinem Neffen.«

Irgendeine Information will sich in meinen frontalen Hirnlappen bohren, aber die Erkenntnis, dass mein Mann vielleicht kinderlos und noch zu haben ist, verdrängt sie.

»Das waren gar nicht deine Kinder am Spielplatz neulich?«, frage ich hoffnungsvoll.

»Nein.« Er zögert. »Das waren die Kinder meiner Schwester. Ich konnte mich noch nicht zur Familiengründung durchringen. Und du?« Er mustert mich neugierig mit seinen hinreißenden warmen Augen.

Okay, jetzt hyperventiliere ich. Was passiert hier gerade? Ich spiele mit dem Gedanken, in den Donaukanal zu köpfeln und davonzuschwimmen. Jemanden aus der Ferne anzuschwärmen, ist eine Sache, aber das hier riecht nach konkreter Anbahnung und … Mein innerer Angsthase – er sieht aus wie eine riesige sabbernde Bulldogge – rüttelt an seiner Kette und fletscht seine Hasenzähnchen.

Max' sorgenvoller Blick sagt mir, dass ich wahrscheinlich gerade etwas irre aussehe. Mein Erwachsenen-Ich antwortet: »Keine Kinder, kein Mann, heterosexuell.« Das dürfte die Sache klären.

Mein Angsthase jault, seine Schnurrhaare zwirbeln sich auf und er dreht sich verzweifelt um die eigene Achse.

»Du bist süß – schräg, aber süß«, konstatiert Max.

Wie gut, dass man in einem Liegestuhl nicht in Ohnmacht fallen kann.

»Und hast du heute einen schönen Tag gehabt?«, erkundigt sich Max und ich erzähle ihm ein bisschen von dem Picknick, Ioana und der Großfamilie. Natürlich nichts von dem Zwischenfall im Wald. Er erzählt von seinem Tag mit der Familie seiner Schwester. Unser Gespräch fühlt sich unheimlich vertraut an. Gleichzeitig ist da diese Aufregung in meinem Bauch, die immer größer wird, und ein leichtes Gefühl der Schwäche, wann immer ich ihm in die Augen schaue.

Irgendwann fragt Max, ob ich Lust hätte, ein bisschen mit ihm herumzuspazieren, und ich nicke begeistert. Wir schlendern den Fluss entlang. Nach einiger Zeit nimmt er wie selbstverständlich meine Hand. Ich erstarre. Mein Angsthase verschluckt seine Zunge vor lauter Aufregung. Ist das nicht viel zu früh für solche Intimitäten? Ich schaue Max von der Seite an, er scheint von meinem inneren Aufruhr nichts zu bemerken. Mein Erwachsenen-Ich tadelt mich: Es ist doch nur deine Hand, die er anfasst, und nicht deine Vagina, jetzt stell dich nicht so an.

Ich versuche, mich zu entspannen und die Situation ein wenig zu genießen. Seine warme Hand liegt in meiner und da fließt eindeutig Strom meinen Arm hinauf und zu dem kleinen Elektrizitätswerk in meinem Bauch hinunter. Ich kann mich nicht besonders gut konzentrieren im Moment und sage immer wieder »mhm« und »aha«, ohne zu verstehen, worum es geht.

Mittlerweile ist es dunkel geworden und wir sind in einer einsamen Ecke der Flusspromenade gelandet. Max dreht sich zu mir und zieht mich näher. Er sieht mich an, streicht mir eine Haarsträhne hinter das Ohr und flüstert: »Ich mag deine Frisur.« Damit meint er das altmodische Flechtkrönchen, dass Oma Adela mir verpasst hat. Ich kann seinen Duft riechen und sein Gesicht ist jetzt so nah, dass ich die Struktur seiner Haut und einzelne Bartstoppeln mustern kann. Meine Knie sind Wackelpudding, mein Angsthase liegt ohnmächtig auf dem Rücken und mein Erwachsenen-Ich kann kaum erwarten, was als Nächstes passiert.

Dann berühren Max' Lippen meine. Ganz sanft, als ob sie einen Kuchen kosten würden, der rechte Mundwinkel, der linke Mundwinkel, die Unterlippe. Nach und nach wird sein Kuss intensiver. Ich schmelze und alle meine inneren Wesen verschwinden. Da sind nur er und ich. Und mein Drang, mir auf der Stelle meine Kleider vom Leib zu reißen. Ich fahre mit meinen Händen über seinen Körper und spüre die festen Schultern, sein wunderbares Gesicht, seinen Po. Er tut dasselbe mit mir. Sein Mund ist mittlerweile in meinem Halsgrübchen angelangt. Ich stöhne. Mit diesem Geräusch könnte ich in einem Porno mitspielen.

Nach einer gefühlten halben Stunde trennen wir unsere eng verschlungenen Gliedmaßen und lächeln uns erstaunt an.

»Das war irgendwie unerwartet … und schön«, sagt Max heiser.

»Mhm«, nicke ich und möchte ihn eigentlich gleich wieder küssen.

Wir verschränken die Finger und folgen dem Fluss. Ich habe ein dümmliches Lächeln in meinem Gesicht. Ich kann immer noch nicht denken, aber mittlerweile ist es mir egal.

Um circa drei in der Früh sind wir quer durch Wien gelaufen. In der Luft hängt die Frage: »Zu mir, zu dir oder getrennte Wege?«

»Ich wohne im 16.«, sage ich.

»Und ich im 23.«, antwortet Max. Wir grinsen uns an. »Wenn wir vernünftig wären, dann würden wir zu mir gehen«, überlegt er. »Bis wir da angekommen sind, wären wir zu schwach für weitere Aktivitäten.«

»Ich habe aufgeräumt, das ist ein Jahrhundertereignis«, argumentiere ich für meine Wohnung. Gleichzeitig bin ich erstaunt über meine Schamlosigkeit, einen Mann, den ich kaum kenne, zu einer Nacht zu mir nach Hause einzuladen … gut, zu einer halben Nacht. So kenne ich mich nicht. Diese neue Millie ist mir unheimlich, aber irgendwie sehr sympathisch.

30 Minuten später stehen wir vor meiner Haustür. Max küsst die Innenfläche meiner Hand und dann meinen Mund. »Wir können uns auch hier gute Nacht sagen, wenn du dir nicht sicher bist.«

Ich spüre in mich hinein. Mein Angsthase regt sich gerade wieder ein bisschen, mein Erwachsenen-Ich knöpft eifrig seine Bluse auf. Ich glaube, mein Erwachsenen-Ich ist eine ziemliche Schlampe. Ich nehme Max' Hand und ziehe ihn hinter mir her ins Haus hinein.

In der Wohnung verlässt mich ein wenig der Mut. Es ist anders hier. Eng. Und es fehlt der Schutz der Öffentlichkeit. Ich frage Max, ob er was trinken will, er schüttelt den Kopf und sieht mich intensiv an. Oh Gott. Ich möchte es ja, aber gleichzeitig kriecht Angst in mir hoch. Er zieht mich zur Couch und knabbert an meinem Hals und meinem Ohrläppchen. Die Berührung erstickt sämtliche Zweifel. Ich fahre mit meinen Händen unter sein T-Shirt und bin wieder voll bei der Sache. Ein Kleidungsstück nach dem anderen fliegt in eine Ecke. Meine Haut an seiner fühlt sich großartig an.

Wir liegen splitternackt aufeinander und seine Hände waren definitiv schon überall. Ich zittere und das Ziehen in meinem Bauch ist mittlerweile fast unerträglich.

Max stöhnt: »Millie? Hast du Kondome?«

»Nein …« Ich unterbreche meine Aktivität mit seiner Brustwarze. »War nicht drauf vorbereitet.«

»Sehr sympathisch von dir, aber leider hab ich auch keine.«

Das ist jetzt nicht wahr, oder? Da bin ich einmal draufgängerisch, bereit, sämtliche meiner Regeln zu brechen, und dann hält mich so ein verdammtes Stück Latex davon ab?

Max fährt sich durch sein vollends zerzaustes Haar und seufzt. Ich kann ihm ansehen, dass er genauso verzweifelt ist wie ich. »Vielleicht ist es besser so«, sagt er und lächelt schief.

Ich glaube, ich bin verliebt.

Wir kuscheln uns schwer atmend aneinander, und während ich dem Klopfen seines Herzens lausche, schlafe ich wider Erwarten ein.

DER MORGEN DANACH

Ich wache auf und bemerke drei Dinge:

Erstens: Ich bin nackt.

Zweitens: Neben mir liegt ein nackter Mann.

Drittens: Ich hatte keinen Albtraum.

Kurz danach bemerke ich:

Viertens: Slobo sitzt auf der Lehne der Couch und schaut mich vorwurfsvoll an.

Ich flüstere: »Ich steh eben nicht so auf Männer mit Pelz, weißt du?«

Slobo schlägt beleidigt mit dem Schwanz gegen die Lehne, dreht sich um und verschwindet aus dem Zimmer. Das hat er wirklich nicht nötig.

Zunächst muss ich mich mit den Punkten eins bis drei befassen. Über die Abwesenheit meines Albtraums und der Konsequenz daraus muss ich nachdenken, wenn ich alleine bin, denn das ist eine tiefgreifende Sache. Also beschäftige ich mich mit dem Naheliegenden: Punkt eins. Bei Tageslicht ist mir die Abwesenheit meiner Kleider ein bisschen peinlich. Tatsache ist, dass Punkt zwei, der Mann, dem dieser großartig geformte Hintern gehört, mir immer noch fremd ist, trotz aller Intimität des Vorabends. Der Abend kommt mir ohnehin wie eine Halluzination vor. Aber ich hätte definitiv nichts dagegen, in Zukunft diese Halluzination gegen meine nächtlichen Angstträume auszutauschen.

Ich wurstle mich unter Max' Armen hervor und schleiche mich in Richtung meines Schlafzimmers.

»Diese Seite von dir liebe ich besonders«, höre ich eine schlaftrunkene Stimme hinter mir.

Ich drehe meinen Kopf und sehe seine begehrlichen Augen auf mein Hinterteil gerichtet. Typisch Frau, kann ich nicht widerstehen und drehe mich seitlich, um meine Brüste in den Vordergrund zu rücken. »Aha, und was gibt es an dieser Seite auszusetzen?«

»Moment, das muss ich genauer untersuchen.« Mit einem Satz ist er bei mir und hat eine Hand auf meinem Hintern und die andere um meine Brust gelegt. Beides streichelt er aufreizend. »Ja, die hier ist auch super … aber das natürlich … ich kann mich echt nicht entscheiden … vielleicht hilft ja das weiter.« Seine Hände wandern zwischen meine Beine und da ist es wieder, das Schwächegefühl von gestern. Wir küssen uns, als gäbe es kein Morgen, und irgendwann krächze ich: »Du weißt schon, dass wir immer noch unter Kondom-Knappheit leiden.«

Max schaut mich verzweifelt an. »Ich glaube, ich brauch eine Dusche, sonst komm ich nie in meine Hose.«

Natürlich muss ich ihm die Funktionen meiner Dusche genauer erklären und die Szene, die sich daraufhin abspielt, ist definitiv nicht jugendfrei. Dennoch habe ich von Bill Clinton gelernt, dass kein Geschlechtsverkehr stattfand.

Als wir es endlich geschafft haben, in unsere Kleider zu steigen, ist es halb zwölf mittags, und wir beschließen, in einem Café am Brunnenmarkt zu frühstücken.

Viel Hunger hab ich nicht, was ungewöhnlich ist. Aber ich fühle mich auch ohne Essen satt und zufrieden und ein aufgeregtes Glücksgefühl durchströmt meinen Körper jedes Mal, wenn ich in Max' Augen schaue. Wie schnell sich das Leben ändern kann.

Gegen eins muss sich Max verabschieden. Er hat seiner Schwester versprochen, bei einer Umzugssache zu helfen, und ich sollte mich eigentlich auch auf morgen vorbereiten.

»Sehen wir uns morgen Abend?«, fragt Max und mein Herz hüpft in meiner Brust.

Wir tauschen unsere Handynummern aus und trennen uns schweren Herzens.

»Übrigens«, sagt er zum Schluss und streicht mir über die Augenbrauen. »Ich mag deine Augenbrauen so viel lieber.« Dann zwinkert er mir zu, dreht sich um und geht.

Stimmt, bei unserer ersten Begegnung war ich ja mit Tarnung unterwegs. Eigenartig, dass er nicht früher etwas gesagt hat.

Ich komme zurück in meine Wohnung und fühle mich das erste Mal einsam, seit ich hier eingezogen bin. Slobo ist nirgends zu entdecken. Er schmollt. Ich versuche, Ioana zu erreichen, komme aber nur auf ihre Sprachbox. Ich hinterlasse ihr die Nachricht, dass ich eine Liebesgöttin bin und ihr alle schmutzigen Details gerne persönlich schildern würde. Und dass ich außerdem mit ihr über den Zwischenfall vom Picknick sprechen möchte.

Den Rest des Nachmittags verbringe ich abwechselnd damit, verträumt vor mich hinzugrinsen und die Akte Gugelhupf zu studieren, um mich auf den Einsatz des kommenden Tages vorzubereiten.

ERWISCHT

Am nächsten Morgen bin ich immer noch im siebten Himmel und Slobo ist immer noch im Schmollmodus. Er hat Häufchen in allen Ecken der Küche verteilt, die atemberaubend stinken.

Ich habe Mitleid mit ihm und schaufle eine Extraportion Katzenfutter in seine Schüssel. Dann schmeiße ich mich in meine Putzfrauenkluft, klebe meine dichten Augenbrauen und mein Bärtchen auf und mache mich auf den Weg zur Wohnung des Karpfens.

Pia begrüßt mich und verabschiedet sich gleich wieder, um mit ihren Kindern einen Tagesausflug zu machen. Sie drückt mir den Wohnungsschlüssel in die Hand und sagt mit einem Zwinkern: »Das ist jetzt Ihrer.«

Ich habe offenbar astreine Arbeit geleistet bei meinem Erstauftritt. Normalerweise brauche ich drei Termine, um den Hausschlüssel zu bekommen. Ich sage: »Vielen Danke und schönes Urlaubtag!« Und fort sind sie.

Ich kann mein Glück kaum fassen. Scheinbar habe ich die Wohnung den ganzen Tag für mich. Zeit genug, um mich der Mission Gugelhupf zu widmen.

Um noch ein wenig meinen Tagträumen nachhängen zu können, fange ich mit dem Putzen des Bades an und brauche doppelt so lang, weil ich beim Anblick der

Dusche an Max denken muss und was er mit mir in der Dusche angestellt hat.

Nachdem ich meine Gefühlsattacke überwunden habe, beginne ich systematisch, das Büro des Karpfens zu durchforsten.

Nach einer halben Stunde finde ich eine DVD mit der Aufschrift *BROC* in einem versteckten Seitenfach. Mein Puls beschleunigt sich. Mit zittrigen Fingern stecke ich sie in den Computer, um die Datei von dort auf den Stick zu kopieren. Ich kann die DVD schlecht mitgehen lassen, ohne dass es auffällt. Der Computer rattert und kopiert eine ganze Weile. Muss eine umfangreiche Datei sein.

Plötzlich höre ich das Drehen eines Schlüssels in der Eingangstür. Scheiße, Scheiße, Scheiße. Fieberhaft beobachte ich, wie sich der Copy-Balken schwerfällig auf die 100 Prozent zubewegt. Schwere Schritte durchqueren die Wohnung. Es muss sich um den Karpfen handeln. In letzter Sekunde entferne ich den Stick, schalte den Bildschirmschoner ein und hechte mit einem Staubtuch zum Regal, um es zu schrubben.

Die Bürotür geht auf. Der Karpfen schaut konsterniert, als er mich sieht.

Ich grüße so fröhlich, wie ich kann. »Gute Morgen, Herr, Frau nix da. Ich machen heute gründlich hier.«

Der Karpfen beobachtet mich mit Argusaugen. Ich hoffe nur, er kann sich nicht erinnern, dass der Computer heruntergefahren war. »Bitte beenden Sie das Putzen für heute, ich bekomme jetzt geschäftlichen Besuch. Wir werden Ihnen die Stunden ersetzen. Und bitte lassen Sie in Zukunft den Schreibtisch und die Regale unberührt.«

Na, wenigstens hat er von der Zukunft gesprochen. »Ja, gut«, sage ich. »Aber iste sooo staubig.« Ich fahre mit der

Hand über einen anderen Teil des Regals und erwische glücklicherweise eine schwarze Schicht Staub, um mein Argument zu unterstützen.

Der Karpfen geht zu seinem Schreibtisch und sein Blick sagt mir deutlich, dass die Unterhaltung beendet ist und er meine sofortige Abwesenheit wünscht.

Ich sage: »Gut, dann ich jetzt gehe, tschüss.« Ich packe rasch meine Sachen zusammen und flüchte. Fuck, fuck, fuck.

Als ich aus der Wohnung trete, öffnet sich gerade die Lifttür. Zwei unsympathisch aussehende Männer treten heraus. Der erste ist ein Asiate mit sehr ausgeprägten Wangenknochen und einem Adamsapfel in der Größe eines Germknödels. Dahinter steht ein schwabbeliger teiggesichtiger Brünetter mit Aschenbecherbrille und fettigen Haaren, der aussieht, als würde er gleich weinen. Ich grüße mit einem Murmeln und laufe die Stiegen hinunter, als wäre der Teufel hinter mir her. Ich versuche, mir die Gesichter der beiden einzuprägen, um sie später in der Agentur dem Zeichner beschreiben zu können.

Auf der Straße rufe ich Ioana an und lande wieder auf der Sprachbox. Langsam bin ich beunruhigt. »Ioana, ruf mich bitte an, sofort, es ist wirklich dringend.«

Dann mache ich mich auf den Weg zur Agentur. Ich muss melden, dass ich vermutlich TEA-BAGs gesichtet habe und dass meine Deckung möglicherweise aufgeflogen ist.

BAD NEWS

Ich komme in die Agentur und melde mich am Empfang, da spricht mich Susi, Evelyns Assistentin, an: »Millie, super, dass du da bist. Du sollst sofort zu Evelyn ins Büro kommen. Und Radica lässt fragen, ob du schon Kontakt mit Samira hattest.«

Ich schüttle den Kopf: »Nein, kein Anruf bis jetzt.« Ich gebe Susi den Stick mit den neuen Daten vom Karpfen und bitte sie, ihn der Recherche-Abteilung zu bringen, damit ich direkt zu Evelyn gehen kann. Auf meinem Weg zu ihrem Büro frage ich mich fieberhaft, was sie wohl von mir will. Hat der Karpfen schon angerufen, um sich zu beschweren? Ich straffe die Schultern und trete in das Büro der Chefin. Evelyn telefoniert gerade. Als sie mich sieht, würgt sie das Telefonat ab und verspricht, dass sie gleich noch mal zurückruft, weil sie jetzt einen wichtigen Termin hätte. Oh Gott, dann kommt es wirklich dick, wenn sie extra das Gespräch abbricht.

Evelyn sieht mich ungewohnt freundlich an und bietet mir einen Sitzplatz an. Sie fragt mich, ob ich etwas trinken möchte. Die Situation wird immer obskurer. Werde ich etwa gefeuert?

Ich gehe in die Offensive und beichte den Zwischenfall. Evelyn hört aufmerksam zu, macht sich Notizen, aber unterbricht mich nicht. Als ich mit der Schilderung aller

Details fertig bin, stellt sie fest: »Hm, das könnte problematisch werden, eventuell brauchen wir einen Aufräumtrupp. Aber darum kümmern wir uns später.«

Echt jetzt?, denke ich und bin noch beunruhigter.

»Millie, ich habe leider eine schlechte Nachricht für dich«, setzt Evelyn an.

Diesc Einleitung gefällt mir nicht, in meinem Magen entsteht ein kalter dunkler Knoten.

»Ioana ist verunglückt.«

»Ioana ist verunglückt?«, stammle ich. »Warum? Wann? Ist sie …? … Lebt sie?«

»Sie wurde in der Nacht von Samstag auf Sonntag ins AKH cingeliefert, von einem Unbekannten. Offensichtlich war sie Samstagabend in einen Autounfall verwickelt. Sie hat ein schweres Schädel-Hirn-Trauma und ihr Zustand ist instabil. Sie liegt zurzeit im Koma und wir wissen nicht, ob sie daraus noch mal aufwachen wird«, legt Evelyn so ruhig wie möglich die Fakten dar.

Ich springe vom Sessel auf, weil ich irgendwie das Gefühl habe zu ertrinken. Eiseskälte erfüllt meinen ganzen Körper. Mein Kopf dreht sich wie ein Hubschrauberrotor, gleichzeitig spüre ich, wie mir der Schweiß ausbricht. Samstagabend? Nach dem Picknick? Mit welchem Auto? Was bedeutet Hirn-Trauma? Ich versuche zu sprechen, aber es kommt nur ein Krächzen aus meiner Kehle. Dann wird mein Sichtfeld immer kleiner und plötzlich ist alles schwarz. Erlösendes Nichts umgibt mich.

Die Flammen rund um mich lodern. Eigenartigerweise ist mir trotzdem kalt. Ich schaue mich um, das ganze Haus brennt, zumindest die Teile davon, die noch stehen. Das Feuer ist so laut, dass es wie Geschrei klingt.

So schnell, wie sie gekommen ist, verschwindet die Feuersbrunst. Als Nächstes sehe ich einen weißen Engel. Er misst meinen Blutdruck und spricht mit mir, aber ich kann ihn nicht hören und ich schaffe es nicht, etwas zu sagen. Mein Mund ist staubtrocken und ich friere.

Ich bin wieder im brennenden Haus. Vor mir ist die Ausgangstür und ich möchte hinausgehen, doch irgendetwas hindert mich daran. Ich weiß nicht, was es ist.

Ich spüre eine Hand auf meiner Wange und das Inferno verschwindet wieder. Zwei wunderschöne ernste Augen versuchen, mich auf die andere Seite zu holen. Ich sehe Lippen, die sich bewegen, und die Stoppeln eines Dreitagebartes auf einem schönen Gesicht. Ich flüstere: »Hilf mir, Max.« Aber ich glaube nicht, dass er mich hören kann, weil ich erneut hinübertauche.

Ich bin wieder zurück im Feuer. Die Tür. Ich weiß, ich muss sie aufbekommen, sonst werde ich verbrennen. Doch etwas Schreckliches ist hinter dieser Tür. Etwas, das noch furchtbarer ist als die Flammen. Ich schaue zum Fenster neben der Tür hinaus und da sehe ich ihn. Mir stockt der Atem. Ich kenne diesen Mann.

Sie nennen ihn den »Schlächter«.

In diesem Moment verlässt ein Teil von mir meinen Körper. Ich sehe mich als zehnjähriges Mädchen in den Flammen stehen, festgefroren, unfähig, eine Entscheidung zu treffen. Mein ausgetretenes Ich schreit: »Lauf!«

Mein eigener Schrei holt mich in die Wirklichkeit zurück.

Neben mir sitzt Oma Adela, hält meine Hand und streichelt sie. Sie lächelt mich an und sagt: »Guten Morgen, flori mici. Du hattest einen bösen Traum, aber jetzt ist alles gut.« Ich sehe ihren sorgenvollen Blick und die grausame Erinnerung an Ioanas Unfall ist wieder voll da. Mir schießen die Tränen in die Augen.

»Lebt sie noch?«, flüstere ich.

»Ja, Ioana leben«, nickt Oma Adela. »Es geht ihr gut, aber noch ein bisschen sie schlafen.« Ich liebe Oma Adelas Radebrech. Als ich mir meinen für die Putzfrauentarnung angelernt habe, habe ich mir einiges bei ihr abgekupfert. Oma Adela bekommt einen koboldhaften Ausdruck im Gesicht. »War oft da ein schönes junges Mann, hab Schwester gesagt, das ist deines Ehemann, damit er darf zu dir.« Ich schaffe es sogar, ein bisschen zu erröten. Oma Adela hat wirklich einen sechsten Sinn.

»Ich möchte gerne Ioana sehen«, sage ich und Oma Adela nickt. »Ich holen Schwester.«

Eine stiernackige Schwester kommt und bugsiert mich in einen Rollstuhl. Sie wirkt gar nicht wie der Engel, der mir Blutdruck gemessen hat. Mit grummelnder Stimme teilt sie mir mit, dass sie es für keine gute Idee hielte, mich dieser Belastung auszusetzen, aber dass die alte Hexe ihr gedroht hätte, sie mit einem Fluch zu belegen, wenn sie nicht gehorche.

Ich lächle schwach und protestiere, dass ich selber gehen könne. Sofort belehren mich meine Wackelpudding-Knie eines Besseren.

Die Pflegerin schiebt mich in ein verdunkeltes Zimmer, in dem viele Apparate stehen, die piepsen, leuchten und komische Geräusche machen. Dazwischen liegt meine reglose Freundin und sieht sehr blass aus. Ich fühle wieder diese Angst in mir hochkriechen, schaffe es jedoch, sie in die Schranken zu weisen. Ich lasse mich ans Bett heranfahren und bedeute der Schwester, dass sie mir ein paar Sekunden mit Ioana geben soll. Dann nehme ich die

Hand meiner Freundin und drücke sie. Ich glaube, mir laufen die Tränen über die Wangen, aber das ist mir egal. »Ioana«, flüstere ich. »Wenn du mich hier alleinlässt, dann bring ich dich um.«

Ich beginne, ihr alles zu erzählen, was seit dem Picknick geschehen ist, und als ich über meine Nacht mit Max spreche, merke ich, wie ein bisschen Leben in meinen Körper zurückkehrt. Ich mache ihr Vorwürfe, dass sie mich nicht in ihre Geheimnisse eingeweiht hat. Am Schluss verspreche ich ihr, die Schuldigen zu finden und notfalls kaltzumachen. Ich habe zwar keine Ahnung, wie ich das anstellen soll, weil mein Agentenstatus keine Lizenz zum Töten beinhaltet, sondern lediglich die Lizenz zum Staubsaugen und Rumschnüffeln. Aber jetzt, da Ioanas Leben in Gefahr ist, haben sich für mich ohnehin alle Regeln geändert. Meine Rachegedanken sind anstrengend und ich bin versucht, kurz meinen schweren Kopf auf Ioanas Bauch auszuruhen. Als ich wieder aufwache, tut mein Nacken höllisch weh, draußen ist es dunkel, und die Anzeige auf den Apparaten zeigt mir, dass ich vier Stunden in Ioanas Bauch hineingeschnarcht habe.

Ich streichle noch mal ihre Hand und rolle allein mit dem Rollstuhl zurück zu meinem Zimmer. Die Krankenschwester hat sich, glaube ich, vor Oma Adela in Deckung gebracht.

Zurück im Bett widme ich mich umgehend meiner neuen Lieblingsbeschäftigung und schlafe sofort ein weiteres Mal ein.

NACH HAUSE

Ich wache auf und blicke in seine Augen. Mein Herz flattert wie ein verschlafener Schmetterling. Max sieht müde aus: »Du gibst dir wirklich Mühe, dich interessant zu machen«, sagt er. »Wie fühlst du dich?«

Seine Hände pirschen sich an meine heran und berühren sie vorsichtig. Ich sehe seinen Daumen, der in meiner Handfläche kleine Kreise malt, doch irgendwie spüre ich nichts. Erst nach und nach dringt die Wärme seiner Haut zu meinen Nervenzellen durch. Eine Erinnerung an Verliebtheit kämpft sich in mein Hirn.

Ich ziehe einen Mundwinkel hoch bei dem Versuch zu lächeln, lasse ihn aber wieder fallen. Viel zu anstrengend. »Großartig«, beantworte ich seine Frage. »Ich war ein bisschen müde nach unserer Nacht … dachte, ich schlaf mal länger … welcher Tag ist heute?« Ich glaube, ich lalle, meine Zunge schleppt sich durch jeden Laut … vielleicht sind das die Beruhigungsmittel.

»Es ist Donnerstagmorgen, du hast fast drei Tage durchgeschlafen.« Max zieht seine Hand ein Stück zurück, lässt sie aber neben meiner liegen. Er scheint zu spüren, dass ich noch nicht für solche Zärtlichkeiten bereit bin.

»Woher wusstest du eigentlich, wo du mich findest?«, frage ich halb zu mir selbst. Obwohl mein Hirn momentan in Watte badet, sagt mir etwas, dass das erstaunlich ist. Mein Handy ist vermutlich in der Agency geblieben und die Agency würde meinen Aufenthaltsort aus Daten- und Personenschutzgründen nie bekanntgeben.

»Mmm«, brummt er geheimnisvoll. »Ich habe halt so meine Quellen. Hunger?«, fragt er dann und hält mir einen kleinen Minischokogugelhupf vor die Nase, mein Lieblingsdessert, und er ist sogar ein wenig sitzen geblieben. Mein schlaftrunkenes Schmetterlingsherz zuckt mit den Flügeln und ich schaue ihn dankbar an. Er scheint meinen Blick für eine Aufforderung zu halten und steuert mit seinen Lippen auf meine zu.

Oma Adela kommt ins Zimmer und wir stieben auseinander. Sie lächelt Max an und begrüßt ihn, als sei er ein Schwiegersohn. »Flori mici, ich gehen nach Hause, kleine Schlaf machen. Dir geht jetzt gut?« Die letzte Frage ist mehr eine Feststellung.

»Ja, ich bin in Ordnung, danke.« Ich lächle tapfer. »Oma Adela, eine Frage hab ich noch … Wo ist Niko? Hat er Ioana besucht?«

Oma Adela schüttelt den Kopf. »Niko verschwunden.« Ihr Blick sagt, dass sie nie viel von ihm gehalten hat und er jetzt für sie gestorben ist. Dann verlässt sie das Zimmer.

Diese Information holt mich schlagartig aus meiner rosa Schmetterlingswolke. Mein Versprechen an Ioana, die Schuldigen zu finden, ist das Einzige, woran ich jetzt denken darf. Ich sehe Max an. »Ich muss hier so schnell wie möglich raus.«

Ich weiß nicht, wie er das macht, aber eine halbe Stunde später ist er mit den Entlassungspapieren bei mir und wir verlassen das Krankenhaus. Die vierschrötige Schwester winkt mir und meinem charmanten Ehemann erleichtert hinterher.

Max organisiert uns ein Taxi und wir fahren zu meiner Wohnung. Der Taxifahrer sieht ein bisschen aus wie Omar Sharif. Ich glaube, er ist Ägypter. Auf dem Rückspiegel schaukeln allerlei orientalische Anhänger. Sie haben eine hypnotische Wirkung auf mich. Im Takt zu den Klängen einer Mandoline schlafe ich an Max' Schulter gelehnt ein.

Vor meiner Haustür nimmt er mich auf die Arme und trägt mich die ganzen zwei Stockwerke zu meiner Wohnung rauf. Ich habe mich in Superman verliebt. Auf dem Weg bin ich sogar zu müde, um mich wegen meines Gewichts zu entschuldigen. Im Schlafzimmer legt er mich aufs Bett und ich döse sofort weg. Er weckt mich mit einer Tasse Tee in der Hand, um mir zu sagen, dass er gehen muss, und fragt, ob er jemanden verständigen soll.

Ich schüttle den Kopf und nuschle: »Danke«, und im nächsten Moment bin ich weg.

ZLADKOS SORGEN

Ich erwache von wildem Gehämmer an meiner Wohnungstür und höre Zladkos Stimme: »Millie … bist du da?«

Vor den Fenstern ist es dunkel. Ich setze meine Beine auf den Boden und sie fühlen sich zwar wackelig an, aber definitiv wacher. Auf meinem Nachtkasterl steht der Schokogugelhupf und schaut mich verheißungsvoll an. Ich schwöre mir, dass ich ihn essen werde, auch wenn er mich in Mister Duck verwandelt. Ein Lächeln stiehlt sich auf mein Gesicht und ich fühle mich ein bisschen besser. Schade, dass ich mich bei Max nicht ausgiebiger bedanken kann.

Auf meinem Weg zur Wohnungstür stolpere ich über einen vorwurfsvollen Kater. Oh mein Gott, der Arme muss ja halb verhungert sein, aber ich glaube, Max hat ihn schon gefüttert.

Ich wanke zur Tür und öffne sie.

Zladko schaut mich an: »Gott, Millie, wo warst du, was ist passiert? Du siehst furchtbar aus.« Sein sonst makelloses Hemd hat Knitterfalten, mir wird ganz warm ums Herz.

»Danke, du auch«, sage ich und ziehe ihn hinein zu meinem Sofa, weil ich nicht länger stehen kann.

Zladko schüttet mir sein Herz aus über die grässlichen Stunden, die er hinter sich hat, und ich tätschle ihm beruhigend die Hand. Er konnte mich nicht erreichen, wo er doch so dringend mit mir über Jakob und seine Avancen sprechen musste. Und dann sei auch noch sein Bügeleisen kaputt und er müsse in Lumpen herumlaufen. Gerade jetzt, wo demnächst ein großer Gig anstehe, der möglicherweise seinen Durchbruch bringen könne.

Nach einer halben Stunde unterbricht er sich selber und schaut mir tief in die Augen. »Lutko, erzähl endlich, wo du die letzten drei Tage gesteckt hast.«

Ich schildere eine sehr abgespeckte Variante der Ereignisse. Zladko weiß so gut wie nichts über meine und Ioanas Tätigkeit für die Agentur und so erzähle ich nur, dass sie offensichtlich nach dem Picknick in einen schweren Autounfall verwickelt war und nun im Koma im Krankenhaus liegt.

Zladko sieht mich verständnislos an. »Ioana liegt im Koma? Ich dachte, du wärst im Koma gelegen?«

Wie kommt er denn darauf? »Nein ich war in keinem Koma. Ich war nur … etwas weggetreten.« Ich erinnere mich schaudernd an meine Albträume im Krankenhaus.

Zladko sieht verwirrt aus, was ich gut verstehen kann. Es ist alles sehr kompliziert. Er schüttelt den Kopf und tätschelt meine Hände. »Lutko … was machen wir nur, wenn Ioana jetzt stirbt?«, spricht er meine tiefsten Ängste aus.

Ich erstarre. »Ioana stirbt nicht«, sage ich und stehe auf. »Sie ist zäh.« Manchmal hat Zladko das Einfühlungsvermögen einer Echse.

Plötzlich habe ich das Bedürfnis, allein zu sein, und bugsiere meinen Freund zur Tür hinaus. Ich muss mich dringend an die Arbeit machen. Als Erstes werde ich Evelyn konfrontieren. Es gilt herauszufinden, wer Ioanas Observationsobjekt war.

Ich schlurfe in die Küche und lasse mir einen dreifachen Espresso herunter. Es muss endlich Leben in meine tauben Gliedmaßen zurückkehren. Und weil Slobo so aussieht, als würde er demnächst wieder Häufchen in die Küche legen, wenn ich mich nicht bald bei ihm entschuldige, löffle ich eine große Portion Hühnerpastetengatsch in sein Schüsselchen. Er ist am besten durch ein gutes Essen zu besänftigen, das haben wir gemeinsam.

Während ich neben ihm meinen Kaffee in mich hineinschütte, kommen die Bilder von meiner leblosen Freundin hoch und das Gefühl, schlecht atmen zu können. Ich hasse es, mich so ängstlich und hilflos zu fühlen. Slobo hat sich mittlerweile zu einem Verdauungschlaferl zusammengerollt, ich kuschle mein Gesicht in sein dickes weiches Fell und höre seinem wohligen Gebrumme zu. Eine Stunde später wache ich von dem SMS-Piepsen meines Handys auf. Ich muss damit aufhören, in allen Lebenslagen einzupennen.

Die SMS ist von Max. Er schreibt, dass er die nächsten Tage beruflich unterwegs sei, und wünscht mir gute Genesung. Er melde sich danach wieder. Ich bin verwirrt und verletzt. Serviert er mich etwa ab, weil ich ihm nicht gleich im Krankenhaus um den Hals gefallen bin? Ich lese die SMS mehrmals durch. Sie ist so unpersönlich, als wären wir geschäftlich miteinander bekannt und nicht Beinahe-Sex-Partner.

Ich schlucke den Kloß hinunter, der mir den Hals eng macht, und rede mir ein, dass es ohnehin besser ist, die nächsten Tage nicht abgelenkt zu sein. Denn meine Agenda ist völlig klar. Ich muss Ioanas Attentäter zur Strecke bringen.

KONFRONTATION MIT EVELYN

Als ich am Freitagmorgen in die Agentur komme, fängt mich Radica am Eingang ab. »Hast du schon etwas von Samira gehört?«, fragt sie ein wenig schroff.

Ich habe gerade echt andere Probleme und schnauze ebenso schroff zurück: »Natürlich nicht, sonst hätte ich es umgehend der Agentur gemeldet.«

Ich will mich an ihr vorbeidrängen, um endlich zu Evelyn zu gelangen, doch sie hält mich am Arm fest.

»Kann ich bitte das Einsatzhandy sehen?«

Ich überlege mir, ihr zu sagen, dass sie sich um ihren eigenen Mist kümmern soll, aber die beste Art, sie schnell loszuwerden, ist wohl, wenn ich es ihr einfach überlasse. Deswegen verdrehe ich genervt die Augen und knalle ihr das Einsatzhandy hin, dass ich 24 Stunden am Tag bei mir trage und das noch keinen einzigen Mucks gemacht hat.

Evelyn erwartet mich schon und bietet mir einen Sessel, frischen Kaffee mit Reismilch und einen Teller Hirsepuffbällchen an. Ich ignoriere alle drei. Irgendwie sieht sie heute anders aus. Die langen weißen Haare wirken struppig, am Hinterkopf kann ich sogar eins dieser Haarnester entdecken, die sich manchmal bei langen Haaren entwickeln, wenn man zu viel am Polster hin und her wetzt. Die Linien um ihren Mund sind tiefer.

Ich stelle mich zum Fenster, obwohl ich mich noch ein wenig wackelig fühle. Aber das, was ich zu sagen habe, braucht Platz.

Evelyns Augenbraue schlägt Wellen. »Wie fühlst du dich heute?«, fragt sie.

Wir beobachten uns gegenseitig.

Ich habe den Impuls, sie dasselbe zu fragen, aber den schiebe ich beiseite. Ich muss fokussiert bleiben und an Ioana denken. »Ich komme lieber gleich zur Sache«, beginne ich und meine Stimme ist leider nicht so fest, wie ich das möchte. »Ich will von dir wissen, wen Ioana observiert hat … und in welchem Zusammenhang.«

Evelyn lehnt sich zurück, schnippt mit ihrem Kugelschreiber und schaut zum Fenster hinaus. »Ich weiß, dass du aufgeregt bist, Millica. Aber das ist außerhalb deines Zuständigkeitsbereichs und daher kann ich dir den Namen nicht nennen.« Sie sieht mir nicht in die Augen, aber ihre Körperhaltung zeigt mir, dass es keinen Verhandlungsspielraum gibt.

Was soll die Geheimniskrämerei?, frage ich mich und ein Verdacht keimt auf. Spielt Evelyn vielleicht ein doppeltes Spiel?

Wut kocht in mir hoch. Das ist insofern angenehm, als ich mit einem Mal keinen Funken Müdigkeit mehr in meinem Körper spüre. Ich weiß nicht, woher dieser unheimliche Zorn kommt, aber es fühlt sich an, als ob er seit Jahren darauf wartet auszubrechen. »Ich bin nicht aufgeregt! Ich bin stinksauer! Und ich werde das nicht akzeptieren. Das ganze Setting des Auftrags verstößt gegen alle Vorschriften unserer Sicherheitspolitik, und wenn das schiefgeht, dann bring ich dich vor das Tribunal in London. DU BIST SCHULD, WENN IOANA

STIRBT!«, schreie ich sie an und meine Stimme überschlägt sich.

Mein Plan, ruhig und überlegt vorzugehen, hat sich wohl gerade erübrigt.

Evelyn versucht demonstrativ, entspannt zu bleiben, aber ich sehe ein nervöses Zucken an ihrem linken Augenlid. »Ich weiß, dass du in einer Ausnahmesituation bist, und werde das berücksichtigen. Aber ich frage mich, ob es nicht gut wäre, dich vorübergehend zu beurlauben und aus deinen Fällen abzuziehen, bis du wieder Boden unter den Füßen hast.«

Das ist die kalte Dusche, die mein kleiner Lavasee gebraucht hat. Wenn sie mich abzieht, komme ich nie an die Fakten, die ich brauche, um denjenigen zu finden, der Ioana das angetan hat. Und wenn Evelyn wirklich faulspielt, bin ich die Einzige, die sie aufhalten kann.

»Nein, kein Urlaub … ich brauche die Beschäftigung … bitte«, flehe ich durch meine zusammengepressten Zähne.

Evelyn nickt. In diesem Moment hasse ich sie. Glühend.

Sie sieht mich lange an, will etwas sagen, unterdrückt es jedoch. Sie schaut wieder zum Fenster hinaus. Kommunikative Kriegsführung ist ihre Spezialität, stelle ich fest und befürchte, dass sie ihre Drohung wahr macht, mich abzuziehen. Doch dann scheint sie sich anders zu entscheiden.

»Gut« sagt Evelyn, kritzelt etwas in ihr schlaues Buch und fragt, ohne mich anzusehen: »Und, Millie? Gab es schon irgendein Lebenszeichen von Samira?«

Was haben die nur alle mit Samira?

Ich antworte ihr dasselbe wie Radica, dass ich es sofort gemeldet hätte, wenn ich eine Botschaft erhalten hätte.

»Sie sollte eigentlich längst in Österreich sein«, sagt

Evelyn zu mir und schaut mich dabei an, als ob ich ihr eine Erklärung dafür schuldete. Ich zucke mit den Schultern. Dann gibt sie mir ein Zeichen, dass das Gespräch beendet ist.

Ich drehe mich zur Tür und fröstle, die Temperatur in Evelyns Büro ist weit unter dem Gefrierpunkt, als ich es verlasse.

ETWAS STINKT

Als ich zu Susis Büro gehe, merke ich, dass mich einige Mädels der Agentur eigenartig ansehen. Wissen sie Bescheid wegen meines Zusammenbruchs? Manche lächeln mich an und grüßen mich, aber sie wirken unsicher.

Ich klopfe bei Susi an und sage ihr, dass ich mir die neuen Anweisungen abholen soll. Auch sie ist anders als sonst. Als hätte ich eine unbekannte ansteckende Krankheit und man dürfe mir nichts davon sagen.

Hat Evelyn absichtlich Stimmung gegen mich gemacht? Wenn ja, warum? Die Mädels wissen natürlich alle über mein Verhältnis zu Ioana Bescheid, doch das Verhalten wirkt nicht wie das Mitgefühl für jemanden, der eine schlechte Nachricht erhalten hat.

Susi gibt mir mein Einsatzhandy zurück, was auch immer sie damit gemacht haben, und eröffnet mir, dass die Frau vom Karpfen den nächsten Putztermin abgesagt hätte, mit der Ausrede, dass ihre Kinder die Masern hätten. Meine Schnüffelei wurde also bemerkt. Der Aufräumtrupp werde sich darum kümmern. Das ist eine Spezialeinheit, die in solchen Fällen Schadensbegrenzung betreibt. Ich weiß nicht genau, wie.

Sie erzählt weiter, dass sie eine unfähige Ersatzputzfrau zu den Gatten geschickt hätten, um deren Sehnsucht nach mir zu schüren, und die Gattin mich sofort nach meiner Genesung zu sehen wünsche.

Ich sage zu, dass ich am Nachmittag bei ihr vorbeischaue, weil ich ohnehin Zeit zum Nachdenken brauche und die Gatten eine ziemliche Routineangelegenheit sind.

Ich packe meine Sachen zusammen und beschließe, mich unterwegs in die Putzfrauenmontur zu werfen.

Als ich die Agentur verlasse, sehe ich, wie Radica aus der Recherche mit Susi tuschelt.

KATASTROPHE

Ich nehme die Straßenbahn, weil das Gerüttel mir hilft, mich zu entspannen, und ich brauche dringend Entspannung.

Was könnte Evelyns Agenda sein? Warum ist der Fall an dem Ioana gearbeitet hat, so topsecret, dass sie nicht einmal damit rausrückt, nachdem ihre verantwortliche Agentin k. o. gegangen ist?

Könnte sie mit der TEA unter einer Decke stecken? Oder geht es bei der Sache um etwas ganz anderes? Interne Politik?

Während ich die Fragen in meinem Kopf wälze, schweifen meine Augen über die vorbeiziehenden Straßenzüge, Häuser und Schanigärten. An einer Haltestelle bleibt die Bim stehen und mir stockt der Atem. Auf der anderen Straßenseite im Schanigarten eines Cafés sitzt Max und ihm gegenüber der Karpfen. Ich gucke noch mal. Das ist Max, seine Strubbelhaare, sein Gesicht. Und das andere ist eindeutig Pias karpfenäugiger Ehemann.

Übelkeit steigt in mir hoch und eine Welle der Panik droht über meinem Kopf zusammenzuschlagen. Ich bohre mir meine Fingernägel in die Handballen, um klar zu bleiben. Was geschieht hier?

Ich komme mir vor wie in einem Albtraum. Das komische Verhalten der Agenturleute, Evelyn und jetzt Max.

Was macht Max mit dem TEA-BAG?

Ist er selber einer von denen? Ist es wirklich möglich, sich derartig zu verstellen? Und wenn ja, arbeitet er mit dem Karpfen zusammen?

Oder hat die TEA Max aufgespürt und bespitzelt ihn? Vielleicht wegen seines Kontakts zu mir? Hätte ich das Familienfoto nicht Pia zeigen dürfen? Hat der Karpfen, nachdem er bemerkt hat, dass ich ihn bespitzle, versucht herauszufinden, was mein Auftrag ist?

In meinem Kopf rotiert es, als würde dort ein Hubschraubergeschwader ein Manöver fliegen.

Soll ich mich jetzt vor Max fürchten oder soll ich ihn warnen? Oder kann es sein, dass die beiden aus anderen Gründen zusammensitzen, aus irgendeinem absurden Zufall heraus?

Ich rutsche in meinem Sitz hinunter, um nicht gesehen zu werden, und beobachte die beiden, als die Bim langsam vorbeifährt. Sie sehen nicht vertraut aus, eher geschäftlich. Max ist vorgebeugt und redet auf den Karpfen ein. Der Karpfen sitzt zurückgelehnt mit verschränkten Armen da und sieht Max aus seinen Karpfenglupschern an.

Dann verschwinden sie aus meinem Gesichtsfeld. Die Übelkeit wird stärker. Bei der nächsten Station springe ich aus dem Wagon und übergebe mich hinter den nächsten Laternenpfahl. Ich habe kalten Schweiß auf der Stirn und zittere.

Die ältere Frau an der Haltestelle rümpft die Nase, schüttelt den Kopf und drückt ihr Handtäschchen an ihren Körper. »Saufen aber nix oarbeiten«, meckert sie laut und sucht vergebens nach einem Zuhörer, der ihre Empörung teilt.

Ich laufe zur nächsten Station, um meinen Kreislauf

zu stabilisieren und an der frischen Luft nachdenken zu können. Wie auf Knopfdruck serviert mir mein Unterbewusstsein all die komischen Zufälle im Zusammenhang mit Max auf einem Silbertablett.

Das zufällige Zusammentreffen in dem Strandcafé, der Fichtenzweig in seinem Haar, als ich ihn nach der Attacke auf Ioana dort getroffen habe. Die Tatsache, dass er mich überhaupt erkannt hat, obwohl ich bei unserer ersten Begegnung ganz anders ausgesehen habe. Dass er diese eigenartige Verwandlung nie wirklich angesprochen hat. Dass er mich nie etwas über meinen Beruf gefragt hat … obwohl ich das auch nie getan habe, weil ich zu viel damit beschäftigt war, in seinen Haaren herumzukraulen. Dass er mich im Spital aufgestöbert hat, obwohl das fast unmöglich war, und bei meiner Frage, wie er das geschafft habe, eindeutig ein Ausweichmanöver eingeleitet hat. Seine eigenartige SMS.

Ich habe das Gefühl zu versinken. Es kann doch nicht sein, dass ich mich so geirrt habe. Seit Jahren wirft mir Ioana vor, dass ich mich auf niemanden einlasse, und sagt mir, dass ich nicht ewig den Panzer des Misstrauens vor mir hertragen kann, den ich mir in meiner Kindheit zugelegt habe. Und dann passiert so etwas, als ich zum ersten Mal beginne, einem Mann zu vertrauen.

Ich schlucke ein paar Tränen hinunter und versuche verzweifelt, meinen Panzer wiederherzustellen. Aber es will nicht klappen.

Scheiß Herz. Scheiß Ioana. Ich wusste, dass ich es nicht öffnen darf, jetzt ist es offen und schmerzt.

Ich steige in die nächste Straßenbahn ein und weiß nicht, was ich machen soll. Ich habe das Gefühl, niemandem mehr vertrauen zu können. Ioana liegt im Koma.

Evelyn ist vielleicht in eine miese Sache verwickelt. Die Mädels in der Agentur sind komisch. Zladko hat in Wirklichkeit keine Ahnung von meinen Problemen. Max ist vielleicht einer von den Bösen. Und Oma Adela kann ich unmöglich mit diesem Desaster belasten.

Ich fühle mich so einsam und isoliert wie noch nie in meinem Leben.

DER ZUSAMMENBRUCH

Mittlerweile bin ich bei den Gatten angekommen. Ich möchte mich durch die Dienstbotentür hineinschleichen, um noch ein wenig in Ruhe meinen Gedanken nachzuhängen. Doch da habe ich die Rechnung ohne die Gattin gemacht. Als hätte sie einen sechsten Sinn, höre ich ihre durchdringende Stimme aus dem Wohnzimmer. »MIIIILLLIIIIIEEEE!«

Ich seufze und mache mich auf den Weg zu ihr.

Die Gattin sieht heute anders aus. Sie hat ein superfreundliches, fast echtes Lächeln in ihr Gesicht gekleistert und klatscht in die Hände. »Millie, Sie glauben gar nicht, wie ich mich freue, Sie zu sehen.« Die Agentur muss ganze Arbeit geleistet haben mit der Ersatzputzfrau. »Diese Vesna war eine Katastrophe, sag ich Ihnen, die konnte ein Geschirrtuch nicht von einem Klofetzen unterscheiden.«

Wenn ich nicht so schlecht drauf wäre, müsste ich jetzt laut lachen. Vesna ist wohl auch kein Fan der Gattin.

Die Gattin mustert mich beinahe mütterlich. »Sie sehen gut aus, Millie. Ein bisschen blass und dünn, aber Ihre neue Kosmetikerin hat wirklich Talent. Sie müssen mir unbedingt ihre Adresse geben.«

Jetzt stutze ich. Kosmetikerin? – Ach, du Scheiße. Ich habe in meinem völligen Durcheinander vergessen, meine Augenbrauen und das Bärtchen aufzukleben. Ein weiterer Hinweis auf meinen Ausnahmezustand. Das ist mir in meiner ganzen beruflichen Laufbahn als Putzagentin noch nie passiert.

»Ich bin Ihnen wirklich sehr dankbar, Millie, dass Sie heute gekommen sind, weil doch mein Mann am Wochenende Geschäftspartner empfängt. Ich hoffe, Sie wissen, wie sehr wir beide Sie schätzen.«

Ehrlich gestanden wusste ich das nicht, aber es fühlt sich gar nicht schlecht an, das zu hören.

»Bitte nehmen Sie sich Zeit und überanstrengen Sie sich auf keinen Fall. Man sieht, dass es Ihnen nicht gut geht, und wir wollen ja auf keinen Fall, dass Sie einen Rückfall haben, nicht wahr?« Die Gattin blickt mich angstvoll an, als wünsche sie sich eine Zusicherung, dass sie nie wieder mit Vesna zu tun haben wird.

»Ich bin okay, ich jetzt putzen«, erkläre ich und komme mir in meiner roboterhaften Wortkargheit ein bisschen vor wie der Terminator unter den Putzfrauen.

»Ja, husch, husch, gehen Sie nur.« Die Gattin strahlt über das ganze Gesicht.

Ich fange wie immer mit der Wäsche an. Das beruhigt mich. Es ist eine meditative Handlung, die ich schon tausendmal gemacht habe. Fast hege ich heute eine freundschaftliche Zuneigung für die Streifenhemden des Gatten, die ich mit besonderer Sorgfalt völlig faltenfrei bügle und zusammenlege, als würde mir die Ordnung der Streifen beim Ordnen meiner Gedanken helfen. Zärtlich lege ich sie zu Stapeln von zehn Stück mit exakt fünf Zentimetern Abstand zu jeder Seite in den Kasten ein. Ich frage mich, ob der Gatte vielleicht einmal ein traumatisches Erlebnis hatte und jetzt diese militante Pedanterie als wohltuend empfindet.

Als Nächstes nehme ich mir das Büro des Gatten vor. Meine Aufgabe ist es zu sehen, ob es aktuelle Berichte über Schleppervorfälle gibt. Jetzt, wo ich in Ruhe darüber nachdenke, ist es wirklich eigenartig, dass ich von Samira noch nichts gehört habe. Durch meine drei Tage im Krankenhaus habe ich irgendwie den zeitlichen Überblick verloren, aber theoretisch hätte sie schon vor einer Woche ankommen können. Das erste Mal keimt in mir die Sorge auf, dass Samira etwas zugestoßen sein könnte. Tatsächlich finde ich einen Akt zum Thema. Er ist keine elektronische Datei, sondern ein Papierausdruck, den ich in aller Seelenruhe abfotografiere. Erstens, weil ich davon ausgehe, dass mich die Gattin heute in Ruhe lässt, und zweitens, weil es mir im Moment wurscht wäre, wenn mich jemand erwischt. Ich fühle mich wie ein ausgequetschter Waschlappen und würde mich gerne wieder zu Slobo legen, um ein Jahr lang zu schlafen.

Ich sehe ein paar Fotos von den furchtbaren Zuständen auf den Schleppertouren und muss würgen. Umso mehr, als sie Erinnerungen an meine eigene Flucht wachrütteln. Ich überblättere sie rasch, weil meine Aufnahmefähigkeit für schlechte Nachrichten ihren Plafond erreicht hat. Ich habe ein ungefähres Bild über die Schlepperaktivitäten … dieser Teil des Hirns dürfte selbstständig funktionieren. Den Rest soll die Rechercheabteilung auswerten.

Ich mache im Bad weiter und beim Anblick des Duschkopfes breche ich in Tränen aus. Ich bin hin- und hergerissen zwischen Scham über meine Erinnerungen an die Dusche mit Max, der Sehnsucht nach ihm und der Angst davor, dass er mich nur benutzt hat. Ich ziehe schluchzend meinen Putzkübel hinter mir her ins Klo und beginne, mit dem Gebissreiniger die Kloschüssel zu schrubben. Dabei weine ich laut und hemmungslos vor mich hin.

Wie laut, wird mir erst klar, als plötzlich die Gattin in der Klotür steht und mich entsetzt ansieht. Ihr Blick wandert vom Gebissreiniger zu meinen verquollenen Augen, und ihre Panik, eine übergeschnappte Putzfrau zu haben, steht ihr deutlich ins Gesicht geschrieben.

»Frau Millie«, sagt sie sanft und nimmt mir den Gebissreiniger und den Putzfetzen mit Fingerspitzen aus der Hand. Ich glaube, sie fasst das erste Mal in ihrem Leben einen Klofetzen an. »Kommen Sie, Frau Millie, gehen wir eine Tasse Tee trinken.« Sie hilft mir auf und führt mich am Arm in die Küche wie ein kleines Kind.

Sie setzt mich auf den Barhocker an der Theke in der Küche und vergewissert sich, dass ich nicht runterkippe, sobald sie mich loslässt. Dann macht sie sich am Teekocher zu schaffen. Ich bin überrascht, dass sie ihre Geräte bedienen kann. Kurze Zeit später steht eine dampfende Tasse Tee vor mir. Ich finde das rührend, trotz meiner Verzweiflung, und lächle sie dankbar an. Draußen hat es 30 Grad, es ist beginnender Hochsommer und ich schlürfe an einer brühend heißen Teetasse, einfach weil es mir gerade das Gefühl gibt, doch nicht völlig allein auf dieser Welt zu sein.

Die Gattin sitzt neben mir und tätschelt zärtlich meinen Rücken. Mir wird klar, dass sie menschlich ist. Auch wenn ein Teil ihrer Fürsorglichkeit meiner Arbeitskraft als Putzfrau gilt.

»Was ist denn eigentlich passiert?«, erkundigt sie sich und ihre Stimme klingt nicht so schrill wie sonst.

Ich schnäuze lautstark und überlege, welche Geschichte ich ihr auftischen kann. »Meine Mutter ist gestorben«, platzt es aus mir heraus. Das ist das Erste, was mir einfällt und im Grunde genommen auch gar nicht so falsch, weil ich glaube, dass ich meine Mutter noch nie so sehr vermisst habe wie in diesem Moment. Ich weine wieder und irgendwie tue ich es diesmal wirklich um meine Mutter.

»Oh mein Gott«, seufzt die Gattin und schafft es trotz Botox, ihre Stirn in Sorgenfalten zu legen.

Die Gattin atmet mehrmals tief ein und aus, und ich sehe, dass sie mit sich kämpft, dann scheint sie einen Entschluss zu fassen. Sie schaut mich an und sagt: »Frau Millie, ich glaube, es ist besser, wenn Sie jetzt nach Hause gehen und sich noch ein paar Tage ausruhen.« Sie sieht dabei aus wie eine Märtyrerin, aber es ist ihr ernst mit diesem Opfer.

Meine Augen sind zugequollen und schmerzen vom vielen Heulen. Müdigkeit und Schwere lasten auf mir. Die notwendigen Recherchen sind erledigt und ich sehne mich nach meinem Bett. Ich nicke und sage: »Vieles Danke! Ich gehen.«

Die Gattin lächelt gequält, hilft mir beim Zusammenpacken meiner Sachen und geleitet mich zum Vorderausgang. Ein weiteres Zeichen dafür, dass die Welt auf dem Kopf steht.

DER TRAUM

Zu Hause lasse ich mich ins Bett fallen. Ein paar Minuten später trappelt Slobo ins Zimmer und lässt sich zu meinen Füßen nieder. Er tatzelt sich ein Nestchen zurecht, wirft sich in eine absurde Pose auf den Rücken und schläft mit offenem Mund ein.

Ich werfe mich stundenlang hin und her und beneide die Fähigkeiten meines Katers zum Ad-hoc-Tiefschlaf. Irgendwann gegen Mitternacht döse ich endlich ein.

Das Feuer röhrt. Ich stehe angewurzelt mittendrin. Die Flammen lecken an allem, was sie in die Klauen kriegen. Ich fühle mich davon eigenartig unberührt. Ich sehe ihnen beim Brennen zu und ein Teil von mir wartet darauf, dass sie als Nächstes an meinen Beinen in die Höhe kriechen wie an dem Vorhang.

Vor mir ist die Tür. Ich weiß, dahinter steht der Schlächter. Ich habe die vielen Geschichten der Frauen im Ort gehört. Auch wenn ich noch ein Kind bin, habe ich in ihren versteinerten Gesichtern die Abscheu gesehen und ahne, was er ihnen angetan hat.

Ich habe nur zwei Möglichkeiten. Ich lege mich zu meiner Familie, lasse die Flammen ihr Werk tun und beende mein kurzes Leben. Oder ich gehe vor die Tür und lasse mir von diesem Mann meine Seele zerstören.

Neben mir bricht ein Teil des Stiegengeländers herunter. Es ist aus Schmiedeeisen. Das Ende glimmt leicht rötlich und ist spitz. Wie in Trance nehme ich das Stück in die Hand. Ich glaube, meine Hand schmerzt von der glühenden Hitze, die das Eisen aufgenommen hat, aber so genau spüre ich das nicht. Etwas in mir setzt sich in Bewegung.

Ich reiße die Tür auf und mit einem Schrei, der nicht nach mir klingt, sondern nach einem wütenden Raubtier, stürze ich dem Mann entgegen und bohre ihm die Eisenstange in den Magen.

Der Mann ist völlig überrascht. Seine eisblauen Augen flackern, ich glaube, er hatte keine Ahnung, dass hinter der Tür noch jemand lebt. Er schaut auf seinen Bauch. Dort sickert dunkles Blut heraus und aus seinem Mund entfährt ein gurgelndes Stöhnen. Er streckt die Hand nach mir aus und ich weiche keinen Zentimeter zur Seite, weil ich mich nicht bewegen kann. Dann verdreht er die Augen und sackt nach vorne. Dabei reißt mich seine Hand mit auf den Boden. Ich spüre den Aufschlag und erwache.

MILLIES ERWACHEN

Ich bin schweißgebadet. Wie oft zuvor. Aber etwas ist anders. Ich bin wach … ich meine, wirklich wach. So hellwach war ich noch nie in meinem Leben. Ich habe das eigenartige Gefühl, als wären Teile von mir beleuchtet, die bisher im Dunkeln waren.

Wie konnte ich das nur vergessen? Ich blicke auf meine rechte Hand und sehe die alte Narbe. Dort habe ich den Beweis, dass es tatsächlich geschehen ist. Ich habe einen Mann ermordet, in einem Alter, in dem andere Mädchen mit ihren Puppen spielen.

Wie kann man etwas Derartiges vergessen, frage ich mich immer wieder. Ich kannte natürlich meine Narbe, sie war ein Teil von mir, seit ich mich erinnern kann. Ich dachte immer, dass ich sie mir einfach im Feuer zugezogen hätte. Seit 25 Jahren hatte ich unterschiedliche Versionen dieses Traums und nie verstanden, warum ich immer wieder das Gleiche geträumt habe. Jetzt war das verlorene Puzzlestück zu mir zurückgekehrt.

Ich heule laut und heftig. Dann lache ich. Ich fühle mich erleichtert und erschüttert zugleich. Eine Ahnung steigt in mir auf, zu was ich fähig bin. Bisher war ich überzeugt, ich sei ein harmloser Mensch. Aber offenbar kann ich töten. Das muss ich erst mal verdauen. Ich atme tief ein und schreie ganz laut, um die Spannung loszuwerden. Mir wird klar, dass das Schlimmste in meinem Leben bereits hinter mir liegt. Ich habe auf einen Schlag meine ganze Familie verloren und ein Monster getötet. Ich kann kämpfen, siegen und einen Verlust überleben. Dieses Wissen fühlt sich gut an. Das Lachen gewinnt endgültig.

Slobo sitzt in einer Ecke des Zimmers und hat Augen, so groß wie Wagenräder. Sein Schwanz schlägt hin und her, und ich sehe ihm an, dass er sich unbehaglich fühlt. Ich klopfe aufs Bett, um ihn herzulocken, doch er bleibt wachsam in der Ecke sitzen. »Bin ja nicht blöd«, sendet er mir. »Du bist ein Alien, das meine Freundin gefressen hat.«

Es ist halb vier in der Früh und ich muss etwas tun, sonst schnappe ich über.

Ich sprinte zum Bad und nehme eine Dusche, um den ganzen Angstschweiß und die Spuren der emotionalen Achterbahnfahrt der letzten Tage abzuwaschen. Als ich fertig bin, fühle ich mich viel besser.

Als Nächstes beginne ich, mein Wohnzimmer in eine Einsatzzentrale umzuwandeln. Ich hänge große Papierposter an die Wände … eigentlich sind es die Rückseiten übrig gebliebener Tapeten. Ich fühle mich euphorisch und springe von einem Poster zum anderen, während ich frenetisch Namen, Daten und Fakten niederkritzle. Dabei verwende ich gewohnheitsmäßig nicht die echten Namen sondern Synonyme. Auf Max' Plakat steht zum Beispiel *Sexgott* und darunter *Bösewicht?* Langsam füllen sich die Wände mit den Informationen, die ich in den letzten Wochen teilweise unterbewusst abgespeichert habe, und das Ganze bekommt ein System.

Slobo wechselt öfter die Sitzposition und beobachtet, was das Alien so treibt. Er ist sich nicht sicher, ob er es mag. Als das Alien ihm jedoch ein Leckerli zuwirft, gibt er seinen heroischen Widerstand auf.

»Verräter«, flüstere ich ihm zu und streichle ihm über seine buschigen Ohren.

Er gähnt und rollt sich zusammen.

Ich beginne, Slobo den Fall vorzutragen … oder die Fälle, ich bin mir absolut nicht sicher, wie alles zusammenhängt.

Ich präsentiere die einzelnen Tafeln und Zeitlinien. Dabei habe ich für jeden Verdächtigen eine Tafel reserviert. Evelyn, den Karpfen, die Rumänen-Picknick-Hasser, Niko, Max, TEA im Allgemeinen, den TEA-BAG, der Yasemin getötet hat, und schweren Herzens auch Ioana … denn ich weiß nicht, welche Rolle sie in dem ganzen Spiel spielt.

Ich überlege, ob es irgendjemanden gibt, den ich zu meinem Verbündeten machen könnte. Als Einziger kommt Zladko infrage.

In diesem Moment läutet das Telefon. Es ist Max' Nummer. Ich habe Herzklopfen. »Hallo?«

»Hallo, Millie«, höre ich seine tiefe Stimme. »Wie geht es dir?«

Mein Herz hüpft, mein Bauch kribbelt, meine Nackenhaare stehen zu Berge. »Hallo, Max … ganz gut, danke.« Am liebsten würde ich alles, was ich weiß, vergessen und ihm einfach sagen, dass ich ihn vermisse und mit ihm in den Sonnenuntergang reiten will.

»Können wir uns sehen? Jetzt gleich?«, fragt er und bringt mich damit aus dem Gleichgewicht. Steht er etwa vor der Tür?

Ich blicke in Panik auf das Plakat auf dem steht: *Sexgott/Bösewicht?* »Bist du in der Gegend?«, will ich ängstlich wissen.

»Nein – noch nicht, aber wenn du Zeit hast, schmeiß ich mich aufs Motorrad und bin in einer Viertelstunde da.«

Mein Gehirn analysiert fieberhaft die Lage: Zahlreiche Filme laufen vor mir ab … Und ich erinnere mich, wie oft ich dagesessen bin und laut geschimpft habe, weil irgendeine dämliche Tussi einem Schurken in die Arme gelaufen ist, obwohl völlig offensichtlich war, dass sie besser in die andere Richtung laufen sollte. Jetzt sehe ich das Ganze in einem völlig neuen Licht. Wenn diese Schurken annähernd Max' Charme hatten, konnten die armen Dinger gar nicht anders handeln.

Auf einer anderen Tonspur in meinem Kopf ploppt der Gedanke auf: Er hat ein Motorrad! Ich sehe mich mit offenen Haaren auf seinem Rücksitz durch die Toskana brausen – mein Hirn ignoriert Verkehrsrichtlinien wie Helmpflicht.

Bilder von nackten, eng umschlungenen Körpern drängen sich in mein Bewusstsein, die »ah« und »uuuh« und »ja, ja, ja« machen.

»Millie, bist du noch da?«, unterbricht Max meine drei Kopfkinos.

Ich räuspere mich, und ohne mein Gehirn zu involvieren, sage ich: »Klar, ich komm zu dir, okay?«

»Super, ich schick dir ein Taxi, dann bist du schneller hier«, antwortet Max, flüstert noch: »Bis gleich«, und legt auf.

Meine weiblichen Körperteile beginnen schon einmal mit dem Vorspiel, während ich mich fieberhaft auf die Suche nach dem richtigen Outfit für meine Mission mache.

Obwohl das mein Körper anders sieht und offensichtlich auch Teile meines Gehirns, muss ich zuerst klären, auf welcher Seite Max steht, bevor ich mich weiter mit ihm einlasse.

Insofern war mein Impuls gut, zu ihm in die Wohnung zu gehen, weil ich dort Teile seiner Story überprüfen kann, versuche ich, mich zu überzeugen. Mein Erwachsenen-Ich lacht schmutzig und zeigt mir den Vogel hinsichtlich meines Plans.

Ich stehe nackt vor meinem Kleiderschrank und verzweifle, da läutet bereits das Taxi. In Panik schnappe ich das neue pastellgelbe Sommerkleid mit dem Neckholder und werfe es über, zufällig erwische ich den kleinen schwarzen Stringtanga, den Ioana mir zum letzten Geburtstag mit einer schlüpfrigen Karte geschenkt hat. Zladkos hübsche Riemchenstilettos vervollkommnen das Outfit.

»Falls Max mich im Wald verscharrt, wird Zladko sich um dich kümmern, mein Schatz«, verabschiede ich mich von Slobo.

Er sieht mich erwartungsvoll an und schleckt sich sein Mäulchen. Vielleicht rückt das Alien ja noch mit einem Leckerli heraus, bevor es geht.

Ich schreibe rasch auf einen Zettel: *Bin bei Max, falls länger nicht zurück, bitte Slobo füttern*, dann nehme ich einen Ersatzschlüssel, den Zettel und werfe beides bei Zladko durch den Briefschlitz.

Ich kenne den Taxifahrer. Es ist Omar Sharif mit seinen bunten Anhängern am Spiegel. Ich glaube, er erkennt mich.

»Schöne Musik«, attestiere ich.

Sein Lächeln breitet sich über das ganze Gesicht aus und er beginnt, mir die traditionellen ägyptischen Instrumente zu erklären. Ich lerne, dass die Mandoline in Wirklichkeit eine Ud ist. Mehr nehme ich nicht auf, weil der Tumult in meinem Bauch meine gesamte Aufmerksamkeit beansprucht.

Omar braucht ungefähr eine halbe Stunde, in der ich verzweifelt versuche, mich auf die Begegnung mit Max vorzubereiten. Er setzt mich vor einem kleinen Haus in einer Gartensiedlung ab. Ich läute und er öffnet die Tür, als ob er gleich dahinter gewartet hätte.

ES GEHT ZUR SACHE

Er sieht hinreißend aus. Die Intensität meiner Gefühle ist mir ein bisschen unheimlich. Er schaut mich ernst an, nicht das übliche verschmitzte Jungs-Lächeln, und ich bin verunsichert. Zögernd gehe ich auf ihn zu, er zieht mich in die Arme und wir küssen uns intensiv. Eine Barriere in meiner Brust bricht auf und ich kann wieder atmen. Seine Lippen fühlen sich so wunderbar warm und zärtlich an, er riecht gut.

Ich seufze tief und er lacht: »Ja, ich weiß, mir geht es genauso.«

Dass er sich von mir löst, gefällt mir gar nicht. Noch weniger, was er dann sagt: »Entschuldige, Millie, meine Schwester ist unerwartet gekommen, sie muss kurz in die Apotheke und lässt ihre Kinder da. Ein kleiner Notfall, Fabian hat die Feuchtblattern.«

Okaaaay, ich wollte ja seine Hintergrundstory checken, aber jetzt gerade ist mir sein Hintergrund eigentlich piepegal. Ich nicke verständnisvoll und wünsche die Kinder zum Teufel.

Seine Schwester streichelt den Kopf des mit roten Punkten übersäten Fabian. Er hockt vor einem Legobausatz am Boden. Die kleine Sophie hüpft auf dem Sofa und ruft: »Mimi, Mimi, Mimi!«

Max lacht und sagt: »Ich habe ihr erzählt, dass meine

Freundin Millie uns besucht.« Dabei berührt er mich in meiner Armbeuge und ein Stromschlag fährt durch meinen Körper. Ich wusste gar nicht, dass ich am Ellenbogen eine primäre erogene Zone habe.

Die Schwester wirkt sehr sympathisch und sieht eindeutig ihren Kindern und Max ähnlich. So weit dürfte seine Geschichte also stimmen. »Entschuldige, dass ich störe, es dauert nicht lange, ich bin übrigens Sibylle, die Schwester von Max.«

Wir schütteln uns die Hand. »Freut mich«, sage ich. In Gedanken füge ich hinzu: Eigentlich wollte ich gerade deinen Bruder vögeln, bitte nimm die Kinder und geh.

Sie geht. Ohne Kinder. Ich tröste mich und sage mir, dass es gut ist, weil ich so besser meine Aufklärungsmission erfüllen kann. Max berührt mich am Nacken. Ich spüre diese Berührung zwischen meinen Beinen und stöhne.

»Mimi hat ein Aua«, kommentiert Sophie.

Max lächelt unschuldig und fragt mich, ob ich einen Kaffee haben möchte. Ich schlucke und nicke. »Schwarz und kurz bitte.«

Er nimmt meine Hand und zieht mich hinter die offene Küchenzeile. Himmelherrgott noch einmal, wie kann die Berührung einer Hand meine Brustwarzen steif machen? Langsam verzweifle ich mit meinem vollkommen spionageuntauglichen Körper.

Max drückt mir die Tasse in die Hand. Ich drehe mich zu den Kindern, weil ich dringend Abstand brauche, wenn ich nicht komplett die Fassung verlieren möchte.

Max stellt sich neben mich und sagt: »Sophie hat heute ihren ersten Zahn verloren.« Dabei streift seine Hand ganz langsam auf der Innenseite meines Oberschenkels hoch. Er lächelt Sophie onkelhaft zu. So ein Schurke, das macht er absichtlich.

»Die Fee hat den Zahan gehoholt«, kräht Sophie und hüpft weiter auf dem Sofa herum.

Ich klammere mich an meiner Espressotasse fest, als wäre sie ein Rettungsreifen. Seine Hand ist jetzt bei meinem winzigen Stringtanga angelangt und seine Augenbraue geht überrascht in die Höhe. Ich hätte doch die Baumwollpanties anziehen sollen. Eine Erregungswelle rauscht durch mich durch.

»Mmmmhm, ja, die Zahnfee hat immer wieder tolle Überraschungen«, sagt Max und fährt den Umriss des Stringtangas entlang. Ich stehe da wie angewurzelt. Die Espressotasse in meiner Hand zittert bedenklich. Ich versuche, die Geräusche runterzuschlucken, die aus meiner Kehle kommen, aber das gelingt mir nur bedingt.

Und dann passiert es. Die Espressotasse kippt und ergießt sich über mein Kleid. Wenigstens habe ich jetzt einen Grund, laut zu schreien.

Sophie ist hocherfreut. »Mimi hat anpatzt. Mimi hat anpatzt.« Sie lacht und hüpft aufgeregt.

Fabian mustert mich mit Verachtung. »Du bist aber ungeschickt«, tadelt er altklug.

Max amüsiert sich sichtlich, ich habe weiche Knie und rote Flecken im Gesicht.

»Oje, das schöne Kleid! Das muss die Tante Millie jetzt schnell ausziehen, damit es keine Flecken behält«, erklärt Max Sophie und zieht mich an der Hand hinter sich her die Stiegen hinauf.

Ich flüstere ihm zu: »Wir können jetzt unmöglich mhm mhm mhm machen, die Kinder könnten raufkommen.«

Er mustert mich unschuldig. »Ich dachte eigentlich nur,

dass ich dir etwas anderes zum Anziehen gebe, damit wir das Kleid einweichen und vielleicht das Höschen trocknen können.«

Mein Gesicht hat die Farbe einer Kirschtomate.

Er zeigt mir das Bad, gibt mir einen Bademantel und lässt mich allein.

Ich schaue mich im Spiegel an und sehe eine völlig aufgelöste Version meiner selbst. So viel zu nicht einlassen und zuerst die Lage klären.

Jetzt, wo ich das erste Mal alleine bin, beginne ich, meine Umgebung zu sondieren. Das Haus ist sehr gemütlich. So ein altes Knusperhäuschen mit Holztreppen und vielen kleinen Winkeln.

Ich rieche an den Kosmetikartikeln, die im Bad stehen, und erkenne den Max-Duft wieder, zumindest den chemischen Anteil daran.

Mir fällt auf, dass er eine exzellente Putzfrau haben muss. Die Armaturen glänzen, die Kloschüssel sieht aus wie neu und der Boden ist völlig streifenfrei. Ich streiche mit dem Finger über einige versteckte Staubfängerplätze. Makellos. Wenn ich es nicht besser wüsste, würde ich annehmen, eine von uns ist am Werk.

Ich ziehe mein Kleid aus und meinen Minislip. Beides weiche ich im Waschbecken mit ein bisschen Seife ein, spüle es aus und hänge es über die Badewanne. Rasch werfe ich mir den Bademantel über, weil Sophie sonst ihrer Mutter von der nackten Frau im Bad erzählt.

Auf dem Weg nach unten fallen mir diverse Familienfotos auf. Dieser Teil seiner Identität ist demnach echt, ein solches Gesamtwerk kann man unmöglich faken.

Max sitzt bei Fabian und Sophie auf dem Boden und hilft ihnen beim Bau eines Legoturms. Als ich hereinkomme, zwinkert er mir zu. Ich bin beleidigt. Wie kann er nach so einem Intermezzo tiefenentspannt hier rumsitzen?

»Mimi geht heia«, kommentiert Sophie meinen Aufzug, und als ich mich auf das Sofa setze, kuschelt sie sich zu mir. Offensichtlich ist sie müde.

In dieser Position sitzen wir, als 20 Minuten später Max' Schwester eintrifft, um die Kinder abzuholen.

»Ich hatte einen kleinen Kaffeeunfall«, beantworte ich ihren fragenden Blick in Richtung meines Bademantels.

»Oh, hoffentlich nicht die Kinder«, sagt sie.

»Nein, nicht die Kinder«, entgegne ich und sehe Max bedeutungsschwanger an.

Die Schwester grinst. Sie dürfte eine rasche Auffassungsgabe haben. Nachdem sie sich bedankt und die Kleinen zusammengepackt hat, schlägt die Tür ins Schloss.

Wir sind allein. Ich schlucke. Max sieht mich quer durch das Vorzimmer an. Sein Blick hat nichts Freundliches. Er sieht eher aus wie ein Raubtier, das vorhat, seine Beute zu verspeisen.

Mit drei Schritten ist er bei mir, schnappt mich und wirft mich aufs Sofa wie einen Sack Mehl. Dann öffnet er meinen Bademantel, streicht mit seinen großen festen Händen über meine Brust, meinen Bauch und meine Schenkel. »Endlich«, stöhnt er und zerrt sich sein Hemd über den Kopf, streift in Rekordtempo seine Hose ab. Aus der Hosentasche holt er ein Kondom und hält es triumphierend in die Höhe.

Ich muss kurz prusten, weil er wie ein siegreicher Gladiator aussieht, dann vergeht mir das Lachen. Wir fallen übereinander her und ich fühle mich wie im Rausch. Wir knüpfen dort an, wo wir das letzte Mal aufgehört hatten, um es endlich zu vollenden.

Eine halbe Stunde später liegen wir völlig erschöpft und verschwitzt auf der Couch. Ich fühle mich wie Slobo nach einer Extraschale Kaninchengeschnetzeltes.

Wir wechseln in sein Bett, weil wir es dort bequemer haben. Ich fange an, ihn behutsam auszufragen. Er erzählt, dass er für das Finanzministerium arbeitet. Mehr will er dazu nicht rausrücken. »Nicht interessant«, meint er. Lässt sich überprüfen, denke ich mir. Dann sprechen wir über seine Lieblingsbücher und die Musik, die er mag. Er fährt auf Tom Waits ab und zur Demonstration legt er eine CD auf, weil ich den Namen nicht kenne. Wie herrlich altmodisch. Wer hat denn heutzutage noch CDs? Die rauchige Stimme des Sängers gefällt mir. Er singt: »Well I hope that I don't fall in love with you«, und ich kann ihm nur zustimmen.

Max' Zimmer ist auf männliche Art sehr gemütlich. Das Bett ist groß und geräumig. Ich frage mich, wie viele Frauen er hier wohl schon vernascht hat, und fühle mich eifersüchtig. Eine unbekannte Gefühlsregung für mich.

Die Stimme in meinem Kopf, die mich warnt, dass ich kaum mehr weiß als gestern, meldet sich leise, aber nachhaltig.

»Ich muss jetzt leider gehen«, lüge ich mit Bedauern. »Ich habe nämlich morgen einen Frühtermin und kann schlecht mit dem befleckten Kleid und ohne Unterwäsche dort auftauchen.«

»Ich fand das Höschen zwar sehr klein, aber es wäre ungerecht, es als Nichts zu bezeichnen«, murmelt Max. Glücklicherweise fragt er nicht nach, mit wem ich am Sonntagmorgen einen Frühtermin habe. »Im Übrigen kann ich dich, glaube ich, nicht gehen lassen, weil ich mich nicht konzentrieren kann, wenn du nicht bei mir bist«, gesteht er und knabbert an meinem Ohrläppchen. Er greift in sein Nachtkästchen und verkündet: »Ich hab eine Idee, ich werde dich hier festbinden und als Sexsklavin halten.« Dann holt er Handschellen heraus, und ehe ich es mich versehe, bin ich an das Bett festgezurrt.

Ich lache. »Ich muss aber gehen.«

»Pech für dich – tschüss.« Er gibt mir einen Kuss und verlässt das Zimmer. Im ersten Moment finde ich das lustig, irgendwie verrucht und sexy, aber dann höre ich geraume Zeit nichts mehr von ihm und werde nervös.

In Gedanken rekapituliere ich: Ich liege hier nackt im Bett eines quasi Fremden, den ich für fähig halte, mit der TEA zu kooperieren, die möglicherweise meine Freundin auf dem Gewissen hat. Ich bin wehrlos, weil ich weder Zugriff auf meinen Taser habe noch meine Hände bewegen kann. Keiner außer Zladko weiß, wo ich bin, und ich rechne nicht damit, dass der zwei und zwei zusammenzählt. Ausgehend davon, dass ich mir vorgenommen hatte, mich nicht auf Max einzulassen, bis ich ihn entlastet habe, bin ich ziemlich weit von meinem Plan abgewichen.

Ich höre, wie er die Treppe raufkommt, und ich merke, wie zwei Dinge in mir wachsen. Angst und Erregung. Vielleicht liebe ich SM-Fesselspiele, denke ich und sehe mich schon in einer Folterkammer im Gummianzug von der Decke baumeln. Aber die wachsende Sorge, dass mir gleich was zustößt, ist sehr real.

Max betritt das Zimmer und hat einen kleinen Koffer in der Hand. Was wird das? Will er mit mir spielen oder will er mich foltern, um Informationen aus mir rauszuquetschen?

Er nimmt eine Augenbinde und zieht sie mir über.

Jetzt bekomme ich wirklich Angst. »Max, das ist echt nicht mehr lustig, bind mich los. Ich muss gehen.«

»Hast du schon gesagt«, erwidert er mit ruhiger Stimme, »aber vorher müssen wir noch etwas erledigen.«

Panik. Ich nehme wahr, wie er den Koffer öffnet und etwas herausnimmt, dann spüre ich, dass er sich über mich beugt. Spritzen und Daumenschrauben schießen mir durch den Kopf. In dem Moment setzt bei mir der Selbstverteidigungsinstinkt ein. Mit einem gezielten Tritt in seine Weichteile und vermutlich gegen sein Kinn, setze ich ihn professionell außer Gefecht. Unser Nahkampftrainer Rudi wäre stolz auf mich.

Ich winde mich hin und her und schaffe es, die Kopfbinde von einem Auge herunterzuwursteln. Ich sehe zu Max hinüber. Er krümmt sich mit schmerzverzerrtem Gesicht auf dem Boden.

Neben ihm liegen eine Dose mit Sprühschlagobers, ein Glas Nutella und frische Erdbeeren. Foltergeräte kann ich keine erkennen.

»Was? Oje, es tut mir so leid … ich … ich …« Ich fühle mich furchtbar blöd.

Als Max wieder Luft bekommt, schaut er zu mir herüber und sagt: »Scheiße, Millie, du bist wirklich voller Überraschungen. Darf ich dir die Augenbinde abnehmen, ohne dass du mir die Nase brichst?«

Ich nicke, und obwohl es mir wahnsinnig leidtut, ihn leiden zu sehen, muss ich lachen. Er sieht einfach zu komisch aus.

»Schön, dass du dich amüsierst«, sagt er beleidigt, während er sich aufrappelt. Dann macht er die Handschellen auf.

Ich komme hoch und küsse ihn an der Schulter. »Ich glaube, ich bin nicht so der unterwürfige Typ«, versuche ich mich zu rechtfertigen.

»Das hab ich gemerkt. Das nächste Mal füttere ich dich in der Küche«, gibt Max zurück und zuckt zusammen, als ich meine Hand auf sein Bein lege.

»Verzeihst du mir, Gebieter?«, hauche ich gespielt.

Jetzt muss er auch lachen. »Na also … es geht ja doch.«

»Schlagobers soll gut gegen Schmerzen sein.« Ich angle mir die Sprühschlagobersdose und schüttle sie aufreizend.

Die nächsten Stunden werden sehr vergnüglich. Und satt bin ich danach auch. Die Zeit vergeht wie im Flug, und als es draußen zu dämmern beginnt, beschließe ich schweren Herzens, nach Hause zu fahren. Max bietet an, mich mit dem Motorrad nach Hause zu bringen, und leiht mir ein Hemd und eine kurze Hose von ihm, in denen ich aussehe wie ein Kind, das die Kleider des großen Bruders aufträgt. Beim Aufsitzen zuckt er zusammen. Ich glaube, er will mein schlechtes Gewissen aufrechterhalten. Es ist zwar nicht ganz wie in meinem Kopfkino, weil Max mir einen Helm gibt und wir durch Wiens Straßen brausen und nicht durch die Toskana. Doch es ist großartig und ich presse mich begeistert an den Mann, von dem ich die Finger nicht lassen kann, obwohl ich noch immer nicht weiß, ob er gefährlich ist.

Zum Abschied küssen wir uns innig und ich denke mit einem schlechten Gewissen an die Wanzen, die ich in seiner Jacke, seinem Handy und an seinem Motorrad platziert habe.

50.000 VOLT UND SLIWOWITZ

Ich summe fröhlich vor mich hin, während ich die Stiegen zu meiner Wohnung emportänzle. Auf der vorletzten Stufe wird mein Hüftschwung abrupt von meinem Fuß abgebremst, der hängen bleibt, weil er sich über die Tatsache erschreckt, dass meine Wohnungstür offen ist.

Die TEA-BAGs sind gekommen, um mich zu erledigen, fährt es mir durch den Kopf, während ich bäuchlings auf dem Stiegenabsatz lande. Ich taste nach meinem Taser und überlege, ob ich die Notrufnummer der Agentur anrufen soll, um Verstärkung anzufordern; entscheide aber, dass das zu lange dauert, weil ich Slobo in Sicherheit bringen muss.

Ich schleiche mich langsam ins Vorzimmer hinein und sehe mit Erleichterung, dass Slobo vor seinem leeren Schüsselchen in der Küche sitzt und mich missmutig ansieht.

Im Wohnzimmer höre ich Bewegungen und Atmen. Ich sehe einen Schatten durch den Türspalt. Er ist ziemlich groß. Ich überlege, ob ich eher den Besen für meinen Überraschungsangriff nehmen soll oder den Taser. Ich bin ziemlich gut in Besen-Shaolin, doch weil der Besen im Abstellraum ist, entscheide ich mich für den Taser. Der Taser ist als Putzschwamm getarnt und sehr praktisch, weil man ihn überall hin mitnehmen kann. Er funktioniert sogar notfalls als Reinigungsutensil, obwohl unsere Materialabteilung nicht begeistert ist, wenn man ihn dafür verwendet, weil er ungefähr 1.500-mal so viel kostet wie ein normaler Putzschwamm.

Mit einem entschlossenen Fußtritt stoße ich die Tür ganz auf und drücke auf den Taser, den ich in Richtung der Gestalt ausgerichtet habe. Dann geht alles sehr schnell. Der Mann dreht sich zu mir um, während die Fangarme des Tasers auf ihn zufliegen. Und in dem Moment, als ich ihn erkenne, beginnt der Körper von Zladko auch schon unter der Einwirkung der 50.000 Volt zu zucken. Vor lauter Überraschung schaffe ich es nicht gleich, den Finger vom Schalter zu nehmen, und Zladko tanzt noch eine Weile vor sich hin, bevor er mit einem sehr überraschten Gesicht auf seine Knie sinkt.

Meine Gehirnwindungen müssen unter dem Intermezzo mit Max gelitten haben, denn erst jetzt fällt mir wieder ein, dass ich Zladko gebeten hatte, sich um Slobo zu kümmern. »Oh mein Gott.«

Zladko liegt stöhnend am Boden. »Scheiße, Millie.«

Das höre ich heute schon zum zweiten Mal und es gibt mir kein gutes Gefühl. »Entschuldige, entschuldige, entschuldige«, murmle ich und tätschle ihn am ganzen Körper, als könnte ich damit die elektrische Spannung aus ihm rausklopfen. Jetzt, wo sich mein Adrenalinfluss langsam normalisiert, sehe ich die ganzen Recherchetafeln an der Wand hängen, und mir wird klar, dass ich Zladko entweder die ganze Geschichte erklären muss, oder gezwungen bin, sein Hirn so lange weiterzugrillen, bis er es vergessen hat.

»Ich bring dir mal ein Glas Wasser«, entscheide ich mich für die erste Variante.

»Sliwowitz«, wimmert er mir hinterher.

Als ich mit einer Flasche des serbischen Pflaumenschnapses ins Zimmer komme, hat er es geschafft, sich auf die Couch zu hieven, und ist dabei, seine Frisur in Ordnung zu bringen. Diese für Zladko sehr natürliche Geste beruhigt mich ein wenig.

Verstört sieht er mich an. »Wer bist du?« Er greift nach der Flasche und stürzt einen großen Schluck hinunter. »Jane Bond? Was ist das alles hier?«, fragt er und zuckt, als er auf den Taser zeigt.

Ich ärgere mich darüber, dass ich die Tafeln offen hängen gelassen habe. Durch die Synonyme weiß Zladko zwar nicht eins zu eins, um wen es geht, dennoch hat er jetzt mehr Information über mein Doppelleben, als mir lieb ist. Kurz überlege ich, ob ich ihm die Geschichte auftischen soll, dass ich vorhabe, ein Buch zu schreiben, und dies meine Arbeitsthesen sind, aber das verwerfe ich schnell. Ich brauche ohnehin einen Komplizen, und Zladko ist der Einzige in meinem Bekanntenkreis, der nicht auf diesen Tafeln steht.

Also atme ich tief ein, nehme auch einen großen Schluck aus der Sliwowitzflasche und beginne, ihn in meine Schattenexistenz einzuweihen.

Zladko sitzt mit großen Augen da und hört zu. Er erinnert mich an Slobo, als er mich für ein Alien hielt. Hin und wieder stellt er eine Frage, dazwischen trinkt er den einen oder anderen Schluck Schnaps.

Am Ende meiner Zusammenfassung ist die halbe Flasche leer und Zladkos Augen sind glasig. »… nnnd wo sssind jetzt die omninösen Ssssamen?

Ich tätschle seine Hand. »Mach dir keine Sorgen um die Samen. Die sind in Sicherheit.« Das hoffe ich zumindest und denke bange an Samira und ihre gefährliche Reise. Etwas hält mich davor zurück, Zladko von dem Handy und der Übergabe zu erzählen. Er kann ziemlich geschwätzig sein, vor allem wenn er getrunken hat, und die Übergabe darf auf gar keinen Fall gefährdet werden. Außerdem, je weniger er weiß, desto sicherer für ihn, falls er den TEA-BAGs in die Hände fallen sollte. Jojos blasses Gesicht taucht in meinen Gedanken auf und ich verscheuche es gleich wieder.

»Okay, du willsssst aber, dassich dir bei den Recherchennn helfe? Darüber mussssich nachdennnknccchrrrrrrr.« Sein Kopf fällt auf die Couchlehne und er schnarcht laut.

Ich mache mir Sorgen, dass ich ihm das Ganze noch einmal erzählen muss, nachdem er seinen Rausch ausgeschlafen hat, und bringe ihn in eine stabile Liegeposition. Nachdem ich dem düster dreinblickenden Slobo sein Nachtmahl serviert habe, verkrieche ich mich in mein eigenes Bett. Ich schlafe, tief und traumlos.

Als ich aufwache, höre ich Zladko in der Küche hantieren. Ich hebe Slobo von meinem Bauch herunter und tapse in die Küche.

Zladko mixt gerade eine Bloody Mary. Auf dem Tisch stehen zwei Teller mit Eierspeise.

»Morgen, Jane«, begrüßt er mich und reicht mir ein Glas mit dem Tomatengetränk. »Geschüttelt, nicht gerührt.«

Ich bin zwar kein Fan von Bloody Mary, aber angesichts meines schlechten Gewissens und dem leichten Kopfschmerz nehme ich einen Schluck. Insgeheim freue ich mich, dass Zladko etwas für meine Agentenkarriere übrig hat.

Während wir frühstücken, rekapituliert Zladko meine gestrigen Erzählungen und ist erstaunlich vollständig in seiner Erinnerung. Nervig finde ich nur die Einflechtung verschiedener James-Bond-Titelmelodien, mit denen er seine Zusammenfassung untermalt. »Darf ich bitte Miss Moneypenny sein?« Er klatscht in die Hände. An seiner Ernsthaftigkeit werden wir arbeiten müssen. »Und, Jane, was machen wir als Nächstes? Soll ich uns einen Martini mixen?«

Ich überlege, ob er noch eine Dosis 50.000 Volt braucht. »Zuerst einmal muss ich wissen, ob Max sauber ist«, erkläre ich.

Zladko schaut vergnügt und raunt: »Sag das doch gleich, ich werde dein Sahnehäubchen einer Leibesvisitation unterziehen, die er so schnell nicht vergisst.«

Ich rolle mit den Augen ... Zladko glaubt, dass er jeden Heteromann konvertieren kann, wenn er ihn nur lang genug anschmachtet. »Ich habe ihn verwanzt, aber du musst ihn eine Zeit lang observieren, damit wir wissen, mit wem er Kontakt hat. Insbesondere, ob er nochmals einen der TEA-BAGs trifft, den Karpfen oder sonst einen Verdächtigen. Mein Plan ist, dass du ihm den ganzen Tag folgst, sobald er das Haus verlässt. Ich werde dich mit einer Kamera ausstatten, damit ich die Personen sehe, mit denen er spricht. Außerdem werden wir über Ohrstöpsel miteinander in Kontakt sein, damit ich dir Anweisungen geben kann.«

Zladko singt: »Goldfingerrrrr.«

Ich halte ihm den Mund zu.

»Nd wo st dne Ausrstng?«, brabbelt Zladko in meine

Hand hinein und hat damit einen wunden Punkt getroffen. Natürlich verfüge ich über kein eigenes Equipment.

Heute ist Sonntag. Da sind nicht allzu viele Leute in der Agentur. Ich werde mich in die Materialabteilung einschleichen unter dem Vorwand, dass ich eine Abhörübung für meine Rekruten vorbereiten muss.

DIE BESCHATTUNG

Wie erwartet ist kaum jemand in der Agentur. Als ich hereinkomme, begegne ich Norbert von der Security. Wir wechseln ein paar kurze Begrüßungsworte. Ich lasse die Information fallen, dass ich ein paar Sachen für die Ausbildung vorbereiten muss, und verschwinde in der Materialabteilung.

Kurz überlege ich, was ich alles brauche, und packe eine Sonnenbrillenkamera ein. Sie ist modisch genug, dass Zladko sie auch wirklich aufsetzt. Dann noch ein Headset für die Kommunikation zwischen ihm und mir und ein Richtungsmikro, damit ich Unterhaltungen verfolgen kann. Als Letztes schnappe ich ein mobiles Abhörset mit dem Format eines Notebooks und einen Taser-Schwamm für Zladko. Schließlich besteht die Gefahr, dass er in Kontakt mit den TEA-BAGs kommt.

Als ich zur Tür der Materialabteilung rausgehe, fällt mir der gesamte Krempel fast aus der Hand, weil plötzlich Wanda, meine polnische Rekrutin, vor mir steht.

Ich versuche, mir meine Nervosität nicht anmerken zu lassen.

Wanda begrüßt mich begeistert und erzählt, dass sie ihr Handy in der Agentur liegen lassen hat und dass sie glücklich ist, es wiedergefunden zu haben. »Wer suchet, der findet … oder wie wir in Polen sagen: Wer den Brei mit Knoblauch würzt, findet sein Baby auch im Dunkeln.«

Ich bin froh, dass ich als Baby nicht von einer Polin gefüttert wurde.

Wir smalltalken noch kurz und verabschieden uns.

Bemerkenswert, dass Wanda so kurz nach ihrer ersten Prüfung schon die Freigabe für den Agenturcode am Wochenende hat. Der aktuelle Fall bindet offensichtlich personelle Ressourcen und beschleunigt solche Freigaben.

Auf dem Heimweg habe ich das ungute Gefühl, verfolgt zu werden. Ich schlage den einen oder anderen Haken durch Seitengassen, sehe aber niemanden. Vielleicht bin ich einfach nur paranoid.

Wenig später patrouilliert Zladko mit seiner Ausrüstung die Straße vor Max' Haus auf und ab. Um in der ruhigen Wohngegend weniger aufzufallen, hat er sich von einem Freund einen Hund geliehen. Sehr modern im Handtaschenformat. Ich kann nur hoffen, dass Max durch unsere Romanze genauso verwirrt ist wie ich, weil Zladko sich als vollkommen unfähig erweist, sich unauffällig zu verhalten. Er schleift den Hund an der Leine über den Gehsteig, als wäre er ein Koffer, und flüstert alle fünf Minuten Sachen wie: »Mann in Desaster-Outfit auf zwei Uhr, bitte um Erlaubnis zur Liquidation.«

Ein Stromschlag durchfährt mich in dem Moment, in dem Max das Haus verlässt. Er sieht unheimlich sexy aus. Ich stöhne.

Zladko, der das natürlich hört, flüstert: »Geiles Schnittchen.«

Ich weiß nicht genau, ob er mich oder Max damit meint.

Max hat seine Motorradjacke an und den Helm in der Hand. Das hab ich befürchtet. Jetzt wird sich herausstellen, ob Zladkos altes Puch Maxi mit Max' Ducati mithalten kann.

Zladkos Kamera wackelt wild hin und her. »Moneypenny an Jane: Der Rammler verlässt den Bau.«

»Mann, Zladko, hör auf mit dem blöden Geschwätz und schmeiß dich auf dein Mofa.«

Der Handtaschenhund hat einen interessanten Duft auf der anderen Seite eines Zauns entdeckt und sich mit der Leine dreimal um den Laternenpfahl gewickelt. Zladko flucht auf Serbisch und schimpft vor sich hin, der Hund hechelt ihn völlig unbeeindruckt mit großen Glubschaugen an und beginnt, ein Würstel herauszudrücken.

Ich werde nervös, als ich höre, dass Max das Motorrad bereits gestartet hat.

Endlich hat das Tier sein Geschäft beendet und Zladko die Leine entwirrt. Er schnappt den Hund und bugsiert ihn in den Rucksack, dabei klemmt er den Finger in den Reißverschluss. Zladko flucht. Ich sehe einen blutigen Finger. Mir wird schwindlig von den vielen unkoordinierten Bewegungen, die die Kamera überträgt.

Zladko jammert ins Mikro: »Mann, Millie, ich brauche meine Finger zum Gitarrespielen. Wenn mir der abfällt, musst du mich den Rest deines Lebens versorgen.«

»Du wirst lernen, mit vier Fingern zu spielen«, sage ich gefühllos. »Und jetzt fahr endlich los!«

Zladko läuft zu seinem Mofa und kämpft mit dem Helm und der Kamerabrille. Mein Repertoire an serbischen Schimpfworten wächst sekündlich. Als ich wieder freien Blick auf die Straße habe, sind Max und sein Motorrad verschwunden.

Scheiße.

Ich öffne die Wanzen-App auf meinem Bildschirm und sehe einen roten Punkt ein paar Häuserblocks von Zladko entfernt. Er bewegt sich in Richtung Innenstadt. »Fahr los und bieg rechts ab«, leite ich ihn an und Zladko gehorcht.

Wir haben Glück, an der nächsten roten Ampel hat Zladko die Ducati eingeholt. Es folgt eine Fahrt quer durch die Stadt. Dank der vielen Ampeln kann Zladko relativ unauffällig an Max dranbleiben. Im Zentrum stellt Max das Motorrad ab und läuft zu Fuß weiter. Bei einem Eisgeschäft bleibt er stehen und kauft sich ein Eis. Zladko hält vor einem Schaufenster gegenüber der Eisdiele. In der Auslage werden Prothesen angepriesen. Ich sehe eine Armprothese und flachse: »Guck mal, da liegt schon dein Ersatzarm, falls deiner abfallen sollte.«

Zladko zeigt mir den Mittelfinger, was sicher komisch aussieht, weil er ihn sich eigentlich selbst zeigt, damit ich ihn in der Brillenkamera sehen kann.

»Du solltest vielleicht den Hund aus dem Rucksack lassen«, schlage ich vor.

Zladko hebt den Handtaschenhund aus dem Rucksack. Das Tier röchelt und schielt. Vielleicht ist das auch sein normales Gesicht, wenn er sich freut. Zladko setzt ihn auf den Boden und heftet sich an Max' Fersen.

Der winzige Hund beschimpft in einem Anfall von Größenwahn lautstark eine Bulldogge. Zladko tut mir leid. Und die Bulldogge auch. Sie sieht fast erschrocken aus. Als die Leinen wieder auseinandersortiert sind und der Besitzer der Bulldogge besänftigt ist, blickt Zladko auf und ich sehe direkt in Max' Augen.

»Warum verfolgen Sie mich?«, will Max wissen und er sieht hinreißend dabei aus.

Ich halte den Atem an.

Zladko verdient definitiv einen Grammy. Er baggert Max nach allen Regeln der Kunst an und verklickert ihm, dass er nur eine verirrte Biene sei, die dem Duft einer besonders leckeren Blume folge.

Max lacht wider Willen und lässt Zladko laufen.

Ich glaube, mir ist langsam egal, ob er ein TEA-BAG ist. Vielleicht sollte ich einfach überlaufen. Womöglich ist es ja gar keine schlechte Sache, Menschen zu manipulieren. Viele haben ohnehin nur Stroh im Kopf. Ich sinniere darüber, was Max und ich der Welt alles Gutes tun könnten, wenn wir die Herrschaft über Mister Duck übernehmen würden.

»Fuck, das war echt knapp.« Zladkos Stimme reißt mich aus meinen rosaroten Diktatorträumen. »Und jetzt?«

Mir ist klar, dass wir im Grunde kein Stückchen weiter sind, aber ich ziehe Zladko aus der Observation ab, weil es jetzt, wo Max ihn entdeckt hat, ohnehin keinen Sinn macht, ihn weiter zu beschatten. Ich gebe ihm die Anweisung, den Hund zurückzugeben und nach Hause kommen, damit wir neue Pläne schmieden können. Keine Ahnung, was für Pläne das sein sollen. Ich starre ratlos auf meine Wandtafeln.

Aufgekratzt tigere ich durch die Wohnung und räume auf. Das spricht Bände über meine Gemütsverfassung, denn das tue ich nur im äußersten Notfall. Slobo trappelt neben mir her. Ich schrubbe ein paar Töpfe und murmle vor mich hin. Der Kater sitzt auf der anderen Seite des Spülbeckens und schaut voll Abscheu auf das Wasser. Die Seifenblasen, die daraus aufsteigen, interessieren ihn. Alle paar Minuten fährt seine Pfote vor, um eine von ihnen zu erlegen.

Ich versuche, meine Gedanken zu sortieren. Es geht darum, Ioanas Attentäter zu finden. Vielleicht muss ich die Sache noch mal von der anderen Seite aufrollen. Wer war Ioanas Observationsobjekt? Das muss ich als Nächstes herausfinden. Ich überlege, ob es sinnvoll wäre, Evelyn zu verwanzen oder einfach nachts in die Agentur einzubrechen und mich in ihren Computer einzuhacken. Das wäre eine Herausforderung, weil ich kein Hacker bin. Die Hacker-Sticks, die wir bei den Kunden verwenden, funktionieren natürlich beim Agenturnetzwerk nicht. Ich könnte meine weißrussische Schülerin Anastasia und ihr Talent für Computer nützen. Sie muss ja nicht wissen, dass es sich um keine Übung handelt.

DIE ENTFÜHRUNG

Irgendwie fühle ich mich besser. Ich schnappe mir den Gebissreiniger und putze die Toilette.

Mein Handy läutet und ich hoffe, dass es Max ist, aber auf dem Display sehe ich die Nummer der Gattin. Eigenartig, die Gattin hält sich normalerweise strikt an die sonntägliche Ruhe.

Ich drücke die grüne Taste und antworte.

»Millie, Gott sei Dank!« Die Stimme der Gattin zittert und sie klingt, als ob sie geweint hätte. Ich frage mich, ob ihre Toilette verstopft ist, so aufgeregt habe ich sie noch nie erlebt. Da sagt sie: »Millie, bitte tun Sie, was die sagen, sonst töten sie uns.«

Dann höre ich eine andere Stimme und der Gebissreiniger gleitet mir aus der Hand. Ich habe ihn sofort erkannt. Es ist der TEA-BAG, der Yasemin auf dem Gewissen hat. »Ich sage das nur einmal, also hör gut zu: Bring das Saatgut innerhalb der nächsten halben Stunde zu folgender Adresse.« Er nennt eine Adresse am Gürtel, bei den Stadtbahnbögen. »Wenn du nicht kommst, sterben deine beiden Freunde und danach holen wir uns das Saatgut bei dir ab. Das wird schmerzhaft. Hast du verstanden, Millie?«

Ich nicke, bis mir klar wird, dass er das nicht hören kann. »Ich verstehe«, krächze ich.

Die Verbindung wird beendet.

Mein Herz rast. Woher kennt er mich? Als er meinen Namen sagte, klang es sehr persönlich, als würde er genau wissen, mit wem er spricht. Die glauben, dass ich das Saatgut bereits übernommen habe. Ich überlege fieberhaft, ob Zeit bleibt, Verstärkung anzufordern, aber das wird sich nicht ausgehen. Es ist Sonntag. Bis ich Agentinnen zusammengetrommelt habe, dauert das mindestens eine Stunde, und so lange habe ich nicht. Ich krame in meinem Küchenkasten, doch das Einzige, was Weizenkörnern irgendwie ähnlich sieht, ist eine alte Packung Frühstücksmüsli. Ich schütte die Cerealien in ein Plastiksackerl und hoffe, dass das funktioniert. Selbst wenn ich am Sonntag ein offenes Geschäft finden würde, hätte ich nicht die Zeit, dort nach Weizenkorn zu suchen. Ich packe meine Nahkampfausrüstung zusammen, meinen Taser-Schwamm und den Raumspray mit Narkosemittel.

Auf dem Weg das Stiegenhaus hinunter treffe ich auf Zladko, der gerade nach Hause kommt. Ich hechle nur: »Muss dringend weg. Wenn ich nicht wiederkomme, gib der Agentur Bescheid«, dann rufe ich ihm noch die Adresse zu, die mir der TEA-BAG gegeben hat.

»Soll ich mitkommen?«, bietet Zladko mir halbherzig an.

Ich muss trotz meiner Anspannung lachen, bei dem Gedanken daran, wie Zladko versucht, den TEA-BAG mit seinem Charme niederzuringen, und entgegne über die Schulter: »Nein!«

Soll ich laufen oder mit den Öffis fahren? Weil ich nicht völlig außer Puste ankommen will, entscheide ich mich für die Öffis. Die Langsamkeit der Straßenbahn bringt mich fast um den Verstand.

Endlich bin ich in Sichtweite der Adresse. Es ist ein typisches Stadtbahnbogenlager, wie es viele gibt. In den letzten Jahren wurden viele in Lokale umgebaut, eine ganze Reihe gehört Vereinen, die sie für Musikproben, als Lager oder Werkstätten nutzen. Ich habe noch fünf Minuten, um mein Vorgehen zu planen.

Wenn ich reinmarschiere und einfach das Müsli übergebe, sind die Gatten und ich innerhalb der nächsten Viertelstunde Geschichte. Darüber habe ich keinen Zweifel. Ich muss einen anderen Eingang finden und mir ein Bild verschaffen, wie viele TEA-BAGs da drinnen sind. Danach muss ich es irgendwie schaffen, die Gatten zu befreien, vorzugsweise, ohne dass die TEA-BAGs das bemerken.

Ich habe Glück. Auf der Rückseite des Gebäudes finde ich ein offenes Fenster. Ich quetsche mich durch die enge Öffnung und befinde mich in einer Putzkammer. Wie passend. Mein Blick streift kurz die Materialien und ich denke nach, was ich davon brauchen kann.

Putzutensilien, Bohnerwachs, ein Industriestaubsauber. Super. Mit ein paar Handgriffen hab ich ihn in ein Gebläse umgebaut, mit dem ich Nebel erzeugen kann. Danke, Rudi, für die gute Schulung. Ich überlege, ob ich den Narkosespray einbauen soll, entscheide mich dagegen, weil ich selbst keine Atemmaske dabeihabe. Außerdem würde ich damit ebenso die Gatten außer Gefecht setzen. Und den Gatten könnte ich unmöglich zum Fenster hinaustragen. Auch nicht in seinem schlank machenden Streifenhemd.

Ich schleiche mich zur Tür und öffne sie einen Spalt. Dahinter liegt ein großer Raum mit Gewölbe, der aussieht wie eine Werkstatt. In der Mitte stehen Werkbänke. Ein paar Kästen teilen den Raum in mehrere Bereiche. Die Fenster sind mit Kartons verklebt, nur durch ein paar Ritzen dringt Licht.

Der Gatte und die Gattin sitzen gefesselt rechts von mir auf dem Boden. Am gegenüberliegenden Ende des Raums an einem Schreibtisch erkenne ich den Teiggesichtigen aus dem Lift des Karpfens, der in ein Notebook starrt. Der Asiate steht an der Eingangstür mit einer relativ kleinen Pistole in der Hand. Den Grusel-TEA-BAG vom Telefon sehe ich nicht, bin mir aber sicher, dass er da ist. Rechts von dem Teiggesichtigen führt eine Tür in einen zweiten Raum. Vielleicht ist er dort.

Kann ich dem Gatten ein Messer zuwerfen, ohne dass die anderen beiden etwas merken? Zuerst muss ich mich bemerkbar machen. Zum Glück hat der Teiggesichtige gerade versehentlich ein Youtube-Video von dem dicken Hawaiianer angeklickt, der mit der Ukulele klimpert und dazu singt. So schallt fröhlich »Somewhere over the Rainbow« durch den Raum.

Der Asiate ist abgelenkt, weil er den Teiggesichtigen fragt, ob er gerne sterben möchte oder doch lieber den Scheißdreck abdreht. Der Teiggesichtige schwitzt, wird noch blasser und drückt verzweifelt auf dem Computer herum. Das alles erzeugt die notwendige Geräuschkulisse.

Ich räuspere mich und fuchtle in Richtung der Gatten. Der Gatte bemerkt mich ziemlich rasch und schaut sich panisch um, ob mich die TEA-BAGs sehen. Ich zeige ihm das Messer und bedeute ihm, dass ich es ihm zuwerfen werde. Seine Hände sind vorn gefesselt. Er nickt und ich werfe. Er fängt es tatsächlich. Das hätte ich ihm nicht zugetraut.

Jetzt hat mich auch die Gattin entdeckt. Sie sieht mich

mit großen verheulten Pandabäraugen an. Wasserlösliche Schminke. Irgendwie entdecke ich langsam eine gewisse Zuneigung zu ihr. Der Gatte fängt an, an seinen Fesseln zu sägen, und ich ziehe mich in mein Versteck zurück.

So weit, so gut. Mit einem Stück Papier zünde ich ein Feuer an, schalte den Staubsauger ein und blase damit den Rauch durch den Türspalt. Der Industriestaubsauger ist sehr leise und könnte auch als Klimaanlagengebläse durchgehen. Ich bete, dass nur ein TEA-BAG kommt, um nach dem Rechten zu sehen. Mit ein bisschen Glück das Teiggesicht.

Ich habe Glück. Die beiden bemerken den Rauch und den Brandgeruch. Der Asiate ruft dem Teiggesicht zu, dass er nachschauen soll. Der TEA-BAG kommt zur Tür herein und mit einem klassischen Shaolin-Besen-Knock-Out-Manöver setze ich ihn außer Gefecht. Ich schleppe ihn seitlich hinter ein Regal, sodass man nur seine Füße sieht, und verpasse ihm sicherheitshalber noch eine Ladung Narkosespray. Entspannt und friedlich schlummert er vor sich hin.

Es wird nicht lange dauern, bis der Asiate ihn suchen kommt. Fieberhaft verteile ich Bohnerwachs auf dem Boden hinter der Tür. Das macht den Untergrund spiegelglatt. Ich habe damit Erfahrung, nachdem ich einmal bei den Gatten zu großzügig damit die Parkettböden bearbeitet habe und mich kurz danach mit den Füßen in der Luft wiederfand. Als die Rutschfalle fertig ist, suche ich mir eine Deckung im Raum, aus der ich mit dem Taser zielen kann.

Der Asiate nähert sich langsam mit schweren Schritten. Er ruft zweimal nach Teiggesicht, dann ist ihm offensichtlich klar, dass sein Partner nicht antworten kann.

Ein leises knackendes Geräusch verrät mir, dass der Asiate auf der anderen Seite der Tür steht. Ich halte den Atem an.

Die Tür öffnet sich langsam wie von Geisterhand, ich sehe niemanden. Die Mündung einer Waffe biegt um die Ecke. Mir bricht der Schweiß aus, hoffentlich rutscht mir der Taser nicht aus den feuchten Händen. Ich muss warten, bis der Asiate in Reichweite der Taser-Fangarme ist, denn ich habe nur eine Chance, ihn zu erwischen. Der Arm erscheint hinter der Ecke und schließlich folgt der Kopf. Meine Atmung ist flach und schnell. Ich bin kurz davor zu hyperventilieren.

Inzwischen steht der ganze Mann in der Tür und überprüft den Raum mit der Waffe im Anschlag. Er sieht die Füße von Teiggesicht und macht einen Schritt auf ihn zu. Im nächsten Moment fangen seine Beine an, auf dem rutschigen Boden Laufbewegungen im Rückwärtsgang zu machen, um Halt zu finden. Die Füße verlieren den Kampf und steigen gegen Himmel, da zerreißt ein Schuss die Stille und an der Decke, wo das Projektil aufschlägt, klafft ein Loch im Putz. Kurz bin ich gelähmt, dann springe ich aus meiner Deckung hervor und feuere mit dem Taser. Die Fangarme fliegen auf den Asiaten zu und treffen ihn. Sein Körper fängt an zu zappeln, aber aus irgendeinem Grund geht er nicht völlig k. o., als ob er mit seiner Willenskraft den Stromschlägen wiederstehen könnte. Ich komme näher, will mir seine Waffe schnappen, die er bei seinem Sturz verloren hat. Leider tappe ich dabei in meine eigene Falle und knalle längs auf den Boden. Aus Reflex lasse ich den Knopf des Tasers los und beende somit die Stromversorgung meines Widersachers. Keine gute Idee. Der

Asiate scheint seine Muskeln schneller wieder unter Kontrolle zu bekommen, als mir lieb ist. Ich robbe auf die Waffe zu, doch der TEA-BAG rollt sich ebenfalls in Richtung der Pistole. Wir schnaufen beide wie zwei übergewichtige Schlammcatcher. Ich muss die Waffe zuerst erreichen, sonst habe ich keine Chance. Meine Hand ist fast dort, seine auch. Ich sehe ihm direkt in die Augen. Sie sind eiskalt und in keiner Weise durch die 50.000 Volt beeinträchtigt.

Plötzlich weiten sich seine Pupillen und Fassungslosigkeit überzieht seine Mimik. Sein Gesicht rutscht mit einem Ruck von mir weg. Ich blicke hoch. Der Gatte kniet in der Tür und zieht an den Beinen des Asiaten. Der Asiate fasst sich schnell und beginnt zu strampeln. Endlich bekomme ich die Pistole zu fassen und ziele auf ihn. Sie ist entsichert, ich muss nur abdrücken.

In dem Moment, in dem mein Finger den Abzug berührt, taucht die Gattin mit ihren schwarz umrandeten Pandaaugen auf und zieht dem Asiaten eine Metallstange über den Schädel. Er erschlafft auf der Stelle. Am Schädel klafft eine Platzwunde, ich glaube nicht, dass er tot ist. Sicherheitshalber krieche ich näher und verpasse ihm eine Ladung Narkoseraumspray.

Der Gatte zieht mich aus dem rutschigen Bereich heraus und wir knien alle drei zusammen in der Tür.

»Rudi, das ist unsere Putzfrau, Millica«, flüstert die Gattin und wirkt fast ein bisschen stolz dabei.

Wir schütteln uns die Hände und der Gatte raunt: »Sehr erfreut. Es waren drei. Der Anführer ist in dem Raum da hinten. Ich weiß nicht, warum er noch nicht da ist. Die Ausgangstür ist versperrt und aus massivem Metall. Wie sind Sie reingekommen?«

Ich zeige auf das schmale Fenster und blicke im gleichen Moment unwillkürlich auf den runden Streifenhemdbauch des Gatten.

Er verzieht den Mund. »Andrea, sagt mir immer, dass ich abnehmen soll. Jetzt weiß ich, dass sie recht hat.«

Wir haben weder Zeit für Reue noch für eine rasche Liposuktion. Der TEA-BAG ist sicherlich im Anmarsch. Daher krabbeln wir alle drei über den rutschigen Boden und beginnen, die Gattin zum Fenster rauszuhieven. Ihre vielen Besuche beim privaten Fitnesstrainer haben sich bezahlt gemacht. Sie gleitet graziös durch das Fenster und landet auf der anderen Seite auf dem Asphalt.

Beim Gatten wird es schwieriger. Ich schiebe und die Gattin zieht. Der Arme schnauft wie ein Walross und büßt für jede Speckfalte. Sein Gürtel verhängt sich im Fensterrahmen. Ich fange an, ihn auszufädeln, da spüre ich eine Bewegung hinter mir.

Aus dem Augenwinkel nehme ich eine Gestalt wahr, die auf mich zukommt. Rasch bücke ich mich nach meinem Taser und der Pistole, die ich auf dem Fußboden abgelegt habe, um den Gatten besser anschieben zu können. Im nächsten Moment spüre ich die volle Wucht eines Schlags in meinem Rücken. Ich sacke auf den Boden und sehe noch die Beine des Gatten aus dem Fenster gleiten. Wenigstens er hat es geschafft.

Dann kommt eine Faust auf mich zu und es wird schwarz um mich.

IN SCHWIERIGKEITEN

Es wird langsam heller in meinem Kopf. Ich weiß, dass ich noch lebe, weil mir meine beiden Arme wehtun, vor allem die Handgelenke. Vorsichtig öffne ich meine Augen und orientiere mich. Mein Kopf schmerzt, als ob das Gehirn zu groß für ihn wäre, mir ist leicht übel. Ich bekomme wenig Luft, weil ich an meinen Armen zu hängen scheine. Genau gesagt baumle ich von den Heizungsrohren an der Wand.

Mir schießt der Gedanke durch den Kopf, dass ich eine ähnliche Vorstellung bei den Fesselspielchen von Max hatte. Jetzt ist es also so weit. Ich baumle in einem Kellerlokal von der Decke, aber ich befürchte, mich erwarten keine heißen Sexspielchen.

»Guten Morgen, Millie«, sagt eine Stimme auf Serbisch zu mir. »Gut, dass du ausgeschlafen hast, denn ich habe leider nicht so viel Zeit.«

Mein Kopf dreht sich erschrocken in die Richtung der Stimme, was einen hämmernden Schmerz in meinen Schläfen verursacht. Der Schmerz ist jedoch unerheblich gegen das Angstgefühl, das mir durch die Adern fährt, als ich den TEA-BAG von Yasemins Hinrichtung sehe. Neben ihm steht ein geöffneter Koffer mit Instrumenten. Und diesmal ist keine Dose Sprühschlagobers dabei.

Er kommt ganz nahe an mich heran und mustert mein Gesicht. Ich kann ihn riechen und seinen Atem auf meinem Gesicht spüren. Das erste Mal sehe ich ihn aus nächster Nähe und er kommt mir unheimlich bekannt vor. Diese großen eisblauen Augen, die eigentlich wunderschön, aber gleichzeitig beunruhigend grausam sind, weil ihnen jegliche Menschlichkeit fehlt. Sie erinnern an die Augen einer Echse. Sie sind nicht wütend, sie sind einfach ... kalt, fokussiert, so als ob er abwägen würde, wo er den ersten Biss setzen soll. Das schmale Gesicht weist zahlreiche Narben auf und Falten, die sicher nicht vom Lachen stammen. In meinem Bewusstsein sehe ich ganz ähnliche Augen. Und mit einer Wucht, die mir einen Schrei aus den Lungen drückt, erkenne ich ihn: Es ist der Schlächter aus meiner Kindheit.

Er ist älter, seine Haare sind immer noch lockig, aber stark von Grau durchzogen und weniger dicht. Die Bewegungen seines drahtigen Körpers sind geschmeidig, deswegen sieht er aus der Entfernung jünger aus.

Wie kann das sein? Ich habe ihn getötet. Er muss tot sein. Vielleicht hat er einen Zwillingsbruder oder einen Doppelgänger.

Doch sein Blick sagt mir, dass wir uns kennen. Seine Hand streichelt fast zärtlich über mein Gesicht. Dann sagt er wieder meinen Namen. »Millica, du weißt gar nicht, wie sehr ich mich freue, dich wiederzusehen.«

Ich keuche, mir ist schwindlig und ich bekomme kaum Luft, trotzdem versuche ich, so gut ich kann, präsent zu bleiben.

»Bevor wir uns vergnügen, musst du mir leider sagen, wo das Saatgut ist«, setzt er fort und zieht sein T-Shirt über den Kopf.

Ich sehe die riesige hässliche Narbe auf seinem Bauch, die mein glühender Eisenstab hinterlassen hat. Es ist klar, dass er nicht zimperlich mit mir sein wird. Er geht zum Koffer und holt ein großes Messer heraus.

Angst treibt mir den letzten Rest Wärme aus dem Körper. »Die Samen sind in meiner Tasche, dort auf dem Boden«, sage ich, weil ich hoffe, so Zeit zu gewinnen.

»Ts, ts, ts.« Er schüttelt den Kopf und verzieht den Mund. Dann verpasst er mir eine Ohrfeige, dass mir der Kopf zur Seite fliegt, und schreit: »Glaubst du, dein Müsli interessiert mich?«

Okay, diese Finte hat gar nicht funktioniert. Kurz nachdem mein Gehirn aufgehört hat zu wackeln, kämpfe ich darum, einen klaren Gedanken zu fassen.

Er schneidet mit einer einzigen langen Bewegung mein T-Shirt vom Hals bis zur Taille auf. Ich schreie und schaue auf meinen nackten Bauch. Das Messer hat einen Striemen auf meine Haut gezeichnet.

»Ich steh nicht so auf hysterisches Geschrei, und lüg mich nicht mehr an, okay?« Unvermittelt trifft mich ein weiterer Schlag, dass ich meine Halswirbel knacken höre. »Sag, dass du mich verstanden hast«, herrscht er mich an.

»Ich hab Sie verstanden«, wimmere ich.

»Gut.« Er ist wieder ganz ruhig und freundlich. Ich weiß nicht, welche Version von ihm ich unheimlicher finde. »Wir fangen mit den Elektroden an, weil du ja Spannung liebst. Du entscheidest, wie lange wir spielen. Bedenk aber, dass längeres Spiel gesundheitliche Einschränkungen zur Folge hat.«

Ich erinnere mich deutlich an Yasemins Folter und würde am liebsten losheulen und um Gnade flehen. Doch das wäre völlig sinnlos.

Der TEA-BAG platziert die Enden der Kabel seines Apparats an meinem Bauch und auf meiner Brust, dabei plaudert er in einem Tonfall, als wären wir bei einem Kaffeekränzchen.

»Also, Millie, ich weiß, dass du Samira getroffen hast und die Samen übergeben wurden. Ich möchte gerne wissen, wo die Samen sich befinden, und verrate mir noch freundlicherweise, wo Samira steckt.«

In meinem Kopf rasen die Gedanken. Wieso denkt er, dass ich bei der Übergabe war? Er scheint völlig sicher zu sein, dass ein Treffen stattgefunden hat. Aber das hat es nicht. Oder doch? Hat sich jemand anderes für mich ausgegeben und die Samen übernommen? Könnte eine andere Partei neben den TEA-BAGs und uns davon wissen und daran interessiert sein?

Im nächsten Moment werden meine Gedankengänge durch einen unbeschreiblichen Schmerz unterbrochen, der durch meinen ganzen Körper fährt. Es fühlt sich an, als würden meine Blutgefäße bersten. Kurz bevor ich das Bewusstsein verliere, hört der Schmerz auf. Der Schlächter weiß, was er tut.

Mein Mund brennt und ist total ausgetrocknet, mein Hals tut weh. »Ich war nicht bei der Übergabe«, flüstere ich.

»Wie bitte?«

»Ich war nicht bei der Übergabe.« Meine Zunge fühlt sich taub und schwer an.

»Ach, Millie«, höre ich und der der Schmerz kehrt zurück. »Du möchtest doch nicht, dass Oma Adela ein Unglück zustößt oder deiner kleinen süßen Katze … Wie heißt sie noch? Slobodan? Milošević war übrigens ein Freund von mir, und ich finde nicht, dass dein Kater ihm gerecht wird.«

Woher kennt er den Namen meines Katers oder Oma Adela?

Er fragt mich erneut nach Samira. Immer wieder das Gleiche, aber ich weiß nicht, was ich ihm antworten soll. Ich kann nicht nachdenken, weil, wenn ich das versuche, bereits der nächste Schmerz durch mich durchfährt. Ich bestehe nur noch aus Qualen und habe das Gefühl zu halluzinieren. Hoffentlich ist es bald vorbei. Blöderweise weiß der TEA-BAG genau, wie weit er gehen kann, ohne mir Erlösung zu schenken.

Mir rinnen die Tränen aus den Augen, alles in mir schreit.

Er raunt mir ins Ohr: »Sag es mir, Millie, dann wirst du dich besser fühlen, ich verspreche, es kurz zu machen. Du willst nicht, dass ich das Gleiche mit dir mache wie mit den Frauen in deinem Dorf.«

Ich zittere, weine und flüstere. »Nein, bitte, ich weiß nichts.« Ich hebe meinen Kopf ein Stückchen, da sehe ich eine Silhouette hinter dem TEA-BAG. Ein Engel. Vielleicht ist es jetzt endlich vorbei.

Der Engel streckt den TEA-Bag mit einem gewaltigen Schlag nieder. Er sieht aus wie Max. Sterben ist gar nicht so unangenehm.

Der Engel fesselt den TEA-BAG und wendet sich mir zu. »Millie?«

»Mhm.«

»Millie, ist alles in Ordnung?«

Es *ist* Max. Warum ist er hier? Ist er doch ein TEA-BAG? Warum hat er seinen Kollegen k. o. geschlagen? Vielleicht hatte er ein schlechtes Gewissen.

Er bindet mich los, und weil ich zu schwach bin, um zu stehen, falle ich in seine Arme. Er legt mich auf den Boden und hält meinen Kopf.

Ich schaue ihn an und kann Details seines Gesichts erkennen. Das Sprechen fällt mir immer noch schwer. »Bist du ein TEA-BAG?«, flüstere ich.

»Ein was?«

»Ein TEA-BAG.«

»Nein, Millie, ich bin kein Teebeutel, ich bin Max, dein Freund, erinnerst du dich?«

Er ist mein Freund. Ein Glücksgefühl durchströmt meinen gemarterten Körper und lindert die Schmerzen beträchtlich. So hab ich uns noch gar nicht gesehen. Nur irgendetwas stimmt nicht: Wenn er keiner von denen ist, dürfte er nicht hier sein. »Wie kommst du hierher?«, will ich wissen und habe Angst vor der Antwort.

»Ich bin deinem bescheuerten Freund gefolgt, nachdem er aufgehört hat, mich zu beschatten, und als er dich zu Hause getroffen hat, hab ich mich an deine Fersen geheftet. Als du ins Fenster geklettert bist, hab ich erst mal gewartet. Du hast eine Frau und einen Mann hinausgeworfen. Die haben mir erzählt, dass du in Schwierigkeiten bist.«

»Verdammt, und dann hast du mir noch eine halbe Stunde Stromfolter gegönnt, bevor du mich befreit hast, oder was?«, krächze ich, immerhin etwas energischer.

»Leider bin ich kein Profischlossknacker, deswegen hab ich etwas länger gebraucht, um die Tür zu öffnen. Außerdem musste ich noch die Polizei und die Rettung verständigen, für den Fall, dass …« Er spricht den Satz nicht zu Ende und streichelt mir die ganze Zeit sanft über die Stirn und die Haare. »Es tut mir leid«, flüstert er. »Millie, ich weiß absolut nicht, worum es geht, aber wir sollten jetzt hier verschwinden und die Polizei aufräumen lassen.«

»Nicht die Polizei, bitte … Wir müssen zu meiner Agentur«, murmle ich.

»Zu deiner Agentur? Wozu? Millie, bist du in was Illegales verwickelt? Egal, was es ist, du kannst es mir sagen. Ich bringe dich jetzt in Sicherheit. Die Ambulanz muss schon da sein. Die werden dich untersuchen und danach reden wir.« Er hebt mich auf und ich zucke ein wenig zusammen, weil alles noch schmerzt. Dann kuschle ich mich an ihn und genieße das Gefühl der Geborgenheit.

Vor der Tür erwarten uns zwei Einsatzfahrzeuge der Polizei und ein Krankenwagen.

Die Gattin kommt auf uns zu. »Alles in Ordnung?«, fragt sie und sieht mich mit besorgtem Blick an. Diesmal gilt ihre Sorge nicht meiner Arbeitskraft.

»Geht so«, sagt Max grimmig und steuert den Rettungswagen an. Er übergibt mich den Sanitätern und berichtet ihnen kurz, was mir zugestoßen ist. Ich werde an einen Herzmonitor angeschlossen und bekomme eine Spritze, die mich sehr schläfrig und heiter macht. Max sitzt neben mir und hält meine Hand. Alles ist gut. Ich lasse los, kichere ein bisschen vor mich hin und fliege auf einer türkisen Wolke ins Weltall hinaus.

GESTÄNDNISSE

Ich wache auf, weil Schwester Ida an meinem Verband rumzerrt. Schwester Ida ist die vierschrötige Schwester, die ich von meinem vergangenen Krankenhausaufenthalt kenne.

»Hallo«, lächle ich freundlich. »Schön, Sie zu sehen.«

»Mhmpf«, antwortet Schwester Ida. »Sie brauchen sich nicht ständig einliefern zu lassen, um ihre Freundin zu besuchen.« Sie stellt den Tropf neu ein und stampft grußlos aus dem Zimmer hinaus.

Ich blicke mich um. Zwei Männer sitzen in dem Raum, das nur ein Bett beinhaltet. Ich liege in der Sonderklasse. Cool. Der eine Mann ist Max. Er schläft in einem Lehnstuhl und sieht himmlisch aus. Der andere ist ein junger Polizist, der auf seinem Handy rumscrollt.

»Sind Sie da, um mich zu bewachen oder um mich zu beschützen?«, eröffne ich die Konversation.

Vor Schreck fallt dem jungen Beamten fast das Telefon aus der Hand. Ich glaube nicht, dass er gegen den Schlächter viel ausrichten würde, falls der mich holen wollte. »Beschützen«, stammelt er und greift zu seinem Funkgerät. »Hallo, Harald? Sie ist jetzt wach.«

»Alles klar«, höre ich vom anderen Ende.

Mittlerweile ist Max aufgewacht und streicht sich seine

verwuschelten Haare zurecht. Wir lächeln uns an. Ganz kurz existiert die ganze Geschichte nicht und ich spüre eine warme Verbindung zwischen uns beiden.

»Wie geht es dir?«, fragt er und nimmt meine Hand in seine.

»Ganz gut, hast du die ganze Nacht in dem Sessel verbracht?«

»Nein, die meiste Zeit lag ich im Bett und habe mit dir Liebe gemacht«, flachst er herum. »Weißt du das nicht mehr?«

»Doch, doch, ich stehe immer noch unter Strom«, antworte ich.

Sein Blick wird ernst. Er kommt mit dem Gesicht ganz nahe und küsst mich, dazwischen flüstert er, sodass es der Polizist nicht hören kann: »Millie, wir müssen ein paar offene Worte miteinander reden. Rudi wird gleich hier sein.«

»Wer?«

»Rudolf … Er sagt, er ist ein Arbeitgeber von dir.«

»Ach so, der Gatte.« Ich kann mich nicht daran gewöhnen, ihn Rudi zu nennen.

»Ja, wie auch immer. Er wird bald hier sein und dann wird er von dir die ganze Geschichte hören wollen. Aber vorher möchte ich wissen, worin du verwickelt bist, damit ich dir helfen kann.« Er küsst mich immer intensiver und fängt an, mich zu streicheln. Erst bin ich hin- und hergerissen zwischen freudiger Erregung und peinlicher Befangenheit, doch endlich begreife ich, dass er das macht, um den jungen Polizisten zu vertreiben. Der windet sich bereits auf seinem Sessel, weil er keinesfalls Zeuge eines Beinahe-Koitus werden möchte.

»Würde es Ihnen etwas ausmachen, uns ganz kurz allein zu lassen?«, fragt Max ihn.

Der Beamte sieht förmlich erleichtert aus und murmelt, dass er ohnehin kurz austreten müsse.

Max setzt sich sofort auf, als der Polizist zur Tür draußen ist.

Ich seufze enttäuscht.

»Okay«, beginnt Max ernst, »wir haben vielleicht eine Viertelstunde und ich will, dass du mir die ganze Wahrheit sagst. Was ist da in der Werkstatt geschehen und wer bist du wirklich?« Er klingt sehr geschäftlich.

»Gut«, sage ich. »Dann erwarte ich von dir das Gleiche. Denn ich weiß, dass es kein Zufall ist, dass wir uns in dem Sommercafé getroffen haben und dass du mich das erste Mal im Spital gefunden hast«, versuche ich mein Glück.

Er nickt langsam und sagt einfach nur: »Einverstanden.«

Oh mein Gott, denke ich, und fast wünsche ich mir, dass er mir nichts erzählt, weil ich weiß, dass es meine Gefühle für ihn verändern wird.

Ich atme ein und sehe Max in die Augen. Ich hoffe, dass ich ihm vertrauen kann, und beginne zu erzählen. Es ist nicht leicht, mich kurzzufassen, weil ich eigentlich bei der Flucht aus meiner Heimat beginnen muss, um das ganze Ausmaß der Geschichte klarzumachen.

So schildere ich ihm den Brand, der meine Kindheit beendet hat, die Begegnung mit dem Schlächter, wie ich Ioana getroffen habe, meine Aufnahme bei der PSA und dann etwas genauer die Erlebnisse der letzten drei Wochen rund um den Fall der TEA. Die Fakten, die wir in den Konferenzen gehört haben, über den Plan der TEA, mithilfe von manipulierten Lebensmitteln die Welt zu erobern, die Hinrichtung Yasemins und der geplanten Übergabe des Saatguts durch Samira. Ich spreche über meinen missglückten Einsatz beim Karpfen, das eigenartige Verhalten von Evelyn und den anderen Agentinnen und Ioanas schrecklichen Unfall, der dazu geführt hat, dass sie im Koma liegt. Und von meinem Versuch, den Fall auf eigene Faust mit Zladko zu lösen, weil ich nicht mehr wusste, wem ich vertrauen kann.

In seinen Augen spiegeln sich die unterschiedlichsten Gefühle: Anteilnahme, Wut, Trauer, Belustigung, Sorge. Von manchen Dingen hat er, glaube ich, schon etwas geahnt. An anderen Stellen meiner Erzählung sehe ich Überraschung in seinen Zügen aufblitzen. Es kommt mir vor, als hätte ich mein gesamtes Leben in eine Viertelstunde hineingepackt. Außer Ioana habe ich noch nie einem Menschen so viel über mich offenbart.

»Jetzt du«, dränge ich, weil ich weiß, dass die Zeit knapp ist.

In dem Moment geht die Tür auf und die Gatten kommen herein.

Der Gatte dreht sich zu den Beamten um und gibt die Anweisung, dass wir die nächste halbe Stunde auf keinen Fall gestört werden dürfen. Dann schließt er die Tür hinter sich.

Die Gattin eilt an meine Bettkante und drückt mir die Hand. »Frau Millie, wie geht es Ihnen?« Sie ist ungeschminkt und sieht noch immer etwas mitgenommen aus. Ihr Oberteil passt nicht zu ihrer Hose. Aber sie wirkt unheimlich menschlich. Es ist, als hätte ihr die Entführung eine Maske vom Gesicht gerissen.

Ich beschließe, die beiden ab sofort in meinen Gedanken Andrea und Rudi zu nennen, das haben sie verdient.

Rudi begrüßt Max kurz und setzt sich auf einen Sessel neben mein Bett. »Millie, es tut mir leid, dass ich Sie jetzt solchen Strapazen aussetzen muss, aber es gibt dringenden Handlungsbedarf, und bevor wir die Sache den Behörden übergeben, möchte ich gerne Ihre ganze Version der Geschichte hören. Zunächst aber herzlichen Dank, dass Sie Andrea und mir das Leben gerettet haben. Denn daran besteht für uns kein Zweifel.«

Andrea nickt heftig und hat feuchte Augen. Ihre Haare wippen auf und ab. »Jeder sollte so eine Putzfrau haben wie Sie«, sagt sie heiser.

Ich bin gerührt und freue mich über den aufrichtigen Dank. Doch in mir tobt der Kampf, wie viel von dem, was ich weiß, ich sagen darf, weil die PSA eine Geheimorganisation ist, die nicht mit Regierungen und öffentlichen Behörden zusammenarbeitet. Das würde unsere Unabhängigkeit und unseren Handlungsspielraum wesentlich einschränken.

Max kommt mir zur Hilfe. »Rudolf, bevor wir beginnen, muss ein Einverständnis zwischen uns herrschen, dass vorerst nicht alle Informationen, die uns Millie erzählt, an Ihre Behörden weitergeleitet werden dürfen, weil sie Millie und ihre Arbeit kompromittieren würden. Können Sie uns das zusagen?«

Rudi wiegt zunächst in politischer Manier seinen Kopf hin und her, zuckt dann jedoch unter dem strengen Blick von Andrea zusammen und sagt: »Ja, das verspreche ich.«

Ich rapple mich ein wenig auf und beginne zum zweiten Mal, meine Geschichte zu erzählen. Diesmal lasse ich meine Vergangenheit aus dem Spiel. Ich erzähle nur, dass Ioana wie eine Schwester für mich ist, um die Wichtigkeit der Aufklärung zu unterstreichen.

Rudi ist sehr fasziniert von der Funktionsweise und dem Ausmaß der Putzfrauen-Spionage-Agentur. »Und so eine Organisation gibt es wirklich?«, flüstert er immer wieder und ich kann förmlich sehen, wie es in seinem Kopf rattert, was man mit so einem umfassenden Geheimdienst alles anstellen könnte, wenn er ihn anzapfen würde.

Als ich zu Ende erzählt habe, merke ich, dass mich die beiden mit völlig anderen Augen sehen.

»Und dann ist auch noch mittendrin Ihre Mutter gestorben.« Andrea schüttelt fassungslos vor Mitgefühl ihren Kopf.

Max sieht mich fragend an, ich zucke mit den Achseln.

Rudi hat ziemlich schnell erfasst, dass ich seine Unterlagen nach den Schlepperrouten durchwühlt habe, und fragt, ob ich erfolgreich gewesen sei.

»Nein, leider konnte ich bis dato keinen passenden Schlepperzug finden. Und Samira hat sich bisher nicht am Kontakttelefon gemeldet. Zumindest nicht, soweit ich bis jetzt weiß. Der Schlächter scheint jedoch der festen Überzeugung zu sein, dass eine Übergabe stattgefunden hat. Ich habe Angst, dass Samira etwas zugestoßen ist.« Ich bin froh, mich endlich mit jemandem beraten zu können.

Rudi nickt und berichtet: »Wir haben bei unserer Geiselnahme mitbekommen, wie der Anführer der drei TEA-BAGs mit jemandem darüber gesprochen hat, dass die Übergabe stattgefunden hat. Eine Agentin namens Millie sei da gewesen und ein Rumäne namens Niko. Und die beiden hätten sowohl die afghanische PSA-Agentin als auch das Saatgut in Empfang genommen.«

Ein Rumäne namens Niko? In meinem Kopf beginnt es zu hämmern. Um die Übergabe einzuleiten, hätte man den internen PSA-Übergabe-Code kennen müssen. Außer mir und Samira kennen den nur Evelyn, Radica und … Ioana. Ist das der Beweis dafür, dass Evelyn eine geheime Agenda hatte? Könnte es Radica gewesen sein? Warum hätte die das tun sollen? Oder hat sich Ioana tatsächlich für Millie, also mich, ausgegeben? Würde sie mich so hintergehen? Und wenn ja, warum? Was hat sie mit Samira gemacht? Und wo ist das Saatgut geblieben? Wurde sie bei der Übergabe so zugerichtet? Mir wird schwindlig.

»Millie? Du siehst so grün um die Nase aus. Soll ich das Fenster aufmachen?«, fragt Max sorgenvoll.

Ich nicke. Das geöffnete Fenster hat zwar nicht den gewünschten Effekt, weil das Krankenhauszimmer klimaanlagengekühlt ist und nun die 29 Grad heiße Luft des Wiener Sommers zum Fenster hereinwabert. Trotzdem fühle ich mich besser.

Ich beschließe, vorerst davon auszugehen, dass Ioana aus gutem Grund so gehandelt hat, wie sie es getan hat. In all dem Chaos ist mein Bauchgefühl vielleicht mein verlässlichster Kompass.

Ich merke, wie Rudi meinen inneren Dialog aufmerksam beobachtet. So harmlos er wirkt, denke ich, dass er nicht umsonst in die Position gekommen ist, in der er arbeitet. Er fragt nicht nach, sondern fährt fort: »Es gibt übrigens neue beunruhigende Informationen. Der brünette, leicht dickliche TEA-BAG hat darüber gesprochen, dass ein manipulierter österreichischer EU-Lobbyist einen neuen Gesetzesentwurf zur Saatgutverordnung ins EU-Parlament einbringen wird. Und dass es diesmal genug manipulierte Abgeordnete geben wird, um ihn zu verabschieden.«

Rudi erklärt mir, dass TEA 2013 den ersten Vorstoß in der EU gestartet hatte, Saatgutpatente gesetzlich zu verankern und somit freie Bahn für ihre Geschäfte zu schaffen. 2015 wurde dies jedoch aufgrund zahlreicher öffentlicher Widerstände zurückgezogen. Jetzt hat die TEA aber mittels der Nahrungsmittelmanipulation wesentlich besseren Zugang zu den verantwortlichen Politikern. Wir beraten, was als Nächstes zu tun ist. Wir brauchen einen EU-Insider, um so rasch wie möglich einen Zugang in das EU-Parlament zu bekommen.

Mir fällt Ramesh ein, der auf EU-Ebene agiert und mit Sicherheit großes Interesse daran hat, der TEA in die Suppe zu spucken. Wenn ich Ramesh ins Boot holen will, werde ich an Evelyn nicht vorbeikommen.

Wir kommen überein, dass wir aufgrund des Zeitmangels frontal vorgehen. Max und ich werden in der Agentur Evelyn zur Rede stellen und versuchen, Ramesh für unseren Plan zu gewinnen. Rudi betreibt Nachforschungen über den betreffenden Politiker sowie über Schlepperzüge am vorletzten Wochenende, bei denen Samira dabei gewesen sein könnte.

Andrea sitzt seit geraumer Zeit still in einer Ecke. Jetzt schaut sie mich mit entsetzten Augen an. »Heißt das, dass jede Putzfrau, die ich einstelle, bei mir rumspioniert?« Andreas Weltbild wankt in seinen Grundfesten.

Rudi nimmt sie an der Hand und zieht sie zur Tür raus: »Komm, Mäusilein, das klären wir ein anderes Mal.«

Max und ich sind allein und wir wissen beide, dass nun der zweite Teil der Geständnisse ansteht.

Diesmal seufzt Max tief und beginnt zu erzählen. Währenddessen streichelt er laufend meine Hand, als ob er sich vergewissern müsse, dass ich ihm nicht davonlaufe, wenn ich die Wahrheit erfahre.

»Du weißt ja, dass ich für die Finanzbehörde arbeite?«

Ich bin verwirrt, ich dachte, das sei eine Lügengeschichte zur Tarnung. »Jaaaa«, sage ich gespannt und vergucke mich gerade zum zehnten Mal in diese warmen ernsten Augen.

»Aber ich bin da kein gewöhnlicher Beamter«, wagt er sich vor.

»Moment mal, du bist ein Beamter?« Ich tue so, als sei das schon das Geständnis und gebe mich schockiert. »Wie konntest du mir das antun? Tut mir leid, damit kann ich nicht umgehen, zwischen uns ist es aus.«

Max lächelt schief. »Sehr witzig ... Ich bin ein Sonderbeauftragter. Und vor einem halben Jahr habe ich den Auftrag erhalten, die PSA zu durchleuchten, weil man aufgrund sonderbarer internationaler Geldflüsse und der Mitarbeiterzahlen davon ausgegangen ist, dass es sich bei PSA um eine Geldwäscheagentur handelt.«

Ich muss laut lachen, weil ich so erleichtert bin. »Ja, waschen tun wir wirklich«, kichere ich, »aber kein Geld.«

Max runzelt die Stirn und spricht weiter: »Ich habe damals eurer Chefin Evelyn einen offiziellen Besuch abgestattet, um eine Prüfung anzukündigen und zu sehen, wie sie darauf reagiert. Danach haben wir von einer internationalen Steuerberatungskanzlei einen Brief erhalten, dass der Großteil der Buchhaltung des Konzerns in Liechtenstein abgewickelt werde und daher nicht der österreichischen Steuerbehörde unterliege. Das hat natürlich unseren Verdacht verstärkt. Und so habe ich begonnen, die Kunden, Angestellten und Geschäftspartner von PSA unter die Lupe zu nehmen. Ich habe mir unter anderem drei Putzfrauen ausgesucht und sie observiert. Eine davon warst du.«

Mir wird ein wenig bang. Er ist zwar kein TEA-BAG, das ist schön, dennoch war unser Kennenlernen geplant.

Sein zufälliges Auftauchen im Sommercafé am Donaukanal, unsere romantische erste Nacht. Und davor auf dem Kinderspielplatz. Und danach, als ich öfter das Gefühl hatte, ihn zu sehen. Da war er wahrscheinlich in der Nähe und hat mich beobachtet. Dienstlich.

Mein Herz zieht sich zusammen. War das alles doch nur gespielt, um mich auszuspionieren?

Ich schaue ihn an und versuche willentlich, meine Tränenkanäle zu schließen, damit ja keine für ihn sichtbar wird. Er windet sich. Klar, dass ihm das unangenehm ist, so wie ich mich ihm an den Hals geschmissen habe.

Ich bemühe mich, mir meine Verletzung nicht anmerken zu lassen. »Du hattest also Affären mit zwei meiner Kolleginnen und mir? Alle Achtung. Wer waren denn die anderen? Susi soll ja eine Rakete im Bett sein und Radica hat angeblich ganz seltsame Vorlieben …«, plappere ich vor mich hin. Jetzt rinnt doch die erste Träne über meine Wange. Ich wische sie wütend weg.

Er sieht mich an wie vom Donner gerührt. »Millie, bist du verrückt? Du glaubst allen Ernstes, ich hätte mit dir aus dienstlichen Gründen geschlafen? Wofür hältst du mich?« Max springt vom Bett und rennt im Zimmer herum, stolpert über einen Sessel, flucht und hält sich das Schienbein vor Schmerz. »Herrgott noch mal … Millie, ich bin … ich habe … also es ist so … Ich meine, ich bin selber komplett durcheinander. Das ist ja das Desaster. Meine Gefühle für dich … sie behindern meine Arbeit. Ich hätte schon längst einen Report über dich abgeben müssen. Aber was soll ich da reinschreiben? Ist unheimlich sexy, sogar im Krankenhausnachthemdchen? Hat die schönsten Augen, die ich kenne, aber kastriert nach dem Geschlechtsakt ihre Liebhaber? … Ich …«

Dann unterbricht er die längste Rede, die ich bisher von ihm gehört habe, weil ich mittlerweile heule wie ein Wasserfall. Aus beiden Augen.

Max kniet neben meinem Bett. »Millie, es tut mir leid. Das mit dem Kastrieren hab ich nicht so gemeint. Ich hab mich sicher ganz falsch ausgedrückt. Bitte weine nicht mehr. Ich tu alles, was du willst, aber das halte ich nicht aus.«

Ich muss lachen und weinen zugleich. Das sieht sicher nicht elegant aus. »D-du mu-musst hartgesottener werden, we-wenn d-du in das Agentenbusiness einsteigen willst«, schluchzlache ich. »Ich bin nur gerade erleichtert, dass d-du mich doch m-mmagst … w-w-weil ich dich nämlich auch m-mag … Und das kommt bei mir nicht so o-oft vor. Da könntest d-du Ioana fragen, wenn sie nicht in dem verschissenen Ko-koma liegen würde.« Mein Zwerchfell beruhigt sich langsam.

Ich denke, die groben Umrisse meiner geheulten Antwort hat er verstanden, denn er lächelt. »Schön, dann hätten wir also geklärt, dass wir uns gegenseitig mögen.«

Wir sehen uns an und ich spüre Aufregung, Freude und ein bisschen Angst zwischen uns. Für mich ist das Neuland und fast so furchteinflößend wie der folternde Schlächter.

»Apropos Folter«, platze ich heraus und kann Max ansehen, dass er Mühe hat, meine gedankliche Verbindung nachzuvollziehen. »Haben sie aus den drei TEA-BAGs etwas herausbekommen?«

Max' Blick gleitet von mir zum Boden und er kratzt sich verlegen am Kopf. »Mhm, ja, ich wollte dir das nicht gleich sagen, aber der eine TEA-BAG, der dich bearbeitet hat, ist der Polizei entwischt.«

»Entwischt?« Mein Gehirn weigert sich, die Information und ihre Konsequenzen zu verarbeiten.

»Nun, die beiden anderen TEA-BAGs waren noch bewusstlos. Die Polizei meinte, das müssen extrem professionelle Schläge gewesen sein, die sie so außer Gefecht gesetzt haben. Dein Folterknecht scheint sich dagegen sofort erholt zu haben, nachdem wir den Raum verlassen hatten, und war gar nicht mehr da, als die Polizei den Laden gestürmt hat.«

Ich erinnere mich, dass Max dem Schlächter natürlich keinen Narkosespray verabreicht hat wie ich den beiden anderen, und fluche innerlich. Es hat keinen Sinn, Max zu erklären, dass dieser Mann mein halbes Dorf vernichtet und meine Eingeweide eine halbe Stunde lang gegrillt hat, bis ich dachte, dass sie explodieren. Er kann nichts dafür. Doch das Gefühl, geborgen und in Sicherheit zu sein, hat sich vollständig verflüchtigt.

»Wir müssen in die Agentur, und zwar schnell«, stelle ich fest und steige aus dem Bett. Ich fühle mich ein bisschen schummrig, aber der Gedanke, dass demnächst der Schlächter als Krankenpfleger verkleidet an meinem Bett stehen könnte, motiviert mich.

Meine Hose liegt auf einem Sessel und daneben das zerschnittene T-Shirt. Der Anblick lässt mich instinktiv meinen Bauch einziehen. Ich ziehe die Hose über und fürs Erste muss das hinten geöffnete Krankenhausnachthemd als Oberteil fungieren. Max hat gesagt, es sieht sexy an mir aus.

»Kannst du bitte bei Schwester Ida die Entlassungspapiere organisieren? Ich möchte noch einen Moment bei Ioana vorbeischauen. Falls sich die Schwester sträubt, kannst du Oma Adelas Hexenkräfte erwähnen.«

Max fügt sich wortlos meinen Anweisungen und ich mache mich auf den Weg zu Ioanas Zimmer.

Dort wartet die halbe Großfamilie und scheint ein Picknick zu veranstalten. Ein paar von den Kindern hocken auf dem Boden und spielen Karten. Zwei fahren mit kleinen Rollern durch das Zimmer. Die Mütter veranstalten ein Kaffeekränzchen. Zwei von Ioanas Brüdern sitzen am Fenster und diskutieren lautstark. Oma Adela sitzt neben Ioanas Bett und strickt. Von heilsamer Ruhe, wie man sich das in österreichischen Krankenhäusern vorstellt, ist nicht viel zu merken. Aber es beruhigt mich, dass Ioana nicht allein ist.

Ich begrüße die Runde und werde von allen herzlich umarmt. Dann kuschle ich mich kurz an Oma Adela. Ach, tut das gut.

Sie streichelt mir über die Wange und sagt: »Alles in Ordnung, flori mici? Brauchst du ein neues Bluse?«

Ich lächle. »Oma Adela, ich muss dir etwas sagen. Es ist wichtig, dass immer einer von Ioanas Brüdern bei ihr bleibt. Auch in der Nacht. Und dass ihr keinen Fremden zu ihr lasst. Verstehst du? Ich kann dir nicht sagen, warum das so ist, aber es ist wichtig.«

Sie nickt und in ihren Augen sehe ich, dass sie verstanden hat. Sie wird ihre Enkelin wie eine Löwin schützen.

Danach lehne ich mich zu Ioana ans Bett und streichle ihre Hand. Sie scheint tief zu schlafen. Aber sie sieht zumindest nicht schlechter aus als vor ein paar Tagen. Ich flüstere ihr ins Ohr, obwohl das angesichts der Lärmkulisse fast unnötig wäre: »Hallo, Jojo, ich bin's Millie ... Ich wollte dir nur sagen, ich weiß nicht, warum du zu der Übergabe gegangen bist, ohne mir etwas zu sagen, aber ich bin mir sicher, du hattest einen guten Grund. Es ist für mich okay, du musst dich deswegen nicht verstecken … Komm einfach zurück und wir bringen die Sache gemeinsam in Ordnung … Ich hab dich lieb.«

Ich habe das Gefühl, dass ihre Hand zuckt. Vielleicht bilde ich mir das nur ein. Meine Beobachtungen werden durch ein Klopfen an der Tür unterbrochen.

Max steht draußen und wedelt mit den Entlassungspapieren. Offensichtlich fürchtet er sich vor den vielen Menschen. Ich verabschiede mich bei Oma Adela und den anderen, dann gehe ich zu ihm.

ANTWORTEN UND FRAGEN

Wir rufen ein Taxi, weil die U-Bahn mir im Krankenhaushemdchen zu öffentlich ist. Das Auto, das vor uns stehen bleibt, kommt mir bekannt vor. Omar Sharif steigt aus und öffnet uns die Tür. Langsam wird er mir unheimlich. »Heiß heute, gelt?«, begrüßt er uns mit dem Blick auf mein rückenfreies Hemdchen.

Ich stimme ihm zu und frage ihn, wie er heißt.

»Omar«, strahlt er mit seinem freundlichen Lächeln, »wie der Schauspieler.«

Bin ich in einer Reality-Show gelandet? »Freut mich, Omar, ich bin Millie. Mögen Sie Kuchen?«

»Ich liiiebe Kuchen. Besonders die Gugelhupf«, plaudert Omar, »er passt super gut zu die Çay von meine Frau.«

Sehr sympathisch, aber es bedeutet, er könnte unter dem Einfluss der TEA stehen. Anderseits trifft das auf einen Großteil der Bevölkerung zu.

Wir lassen uns auf die Rückbank fallen und tauchen in die Tausendundeinenacht-Atmosphäre von Omars Taxi ein. Es duftet nach Patschuli. Wir könnten genauso gut durch Kairo tingeln. Omar hat sich in seinem Taxi seine ganz persönliche Heimat geschaffen.

Mein Blick fällt auf den kleinen Dufttannenbaum am Spiegel und Max' Geschichte fällt mir wieder ein. »Und der Fichtenzweig?«, frage ich.

»Welcher Fichtenzweig?« Max sieht mich an, als wäre ich übergeschnappt, aber er dürfe mir nicht zeigen, dass er das weiß.

»Als wir uns am Donaukanal getroffen haben, hattest du einen Fichtenzweig im Haar. Ich war mir sicher, dass das der Beweis dafür ist, dass du Ioana im Wald beim Familienpicknick niedergeschlagen hast.«

Max versinkt in nachdenkliches Schweigen. »Der Fichtenzweig war aus dem Garten meiner Schwester, weil ich an dem Tag mit Fabian und Sophie dort verstecken gespielt hatte. Jedenfalls war ich an diesem Tag nicht bei einem Familienpicknick und habe auch nicht Ioana niedergeschlagen. Ich kenne Ioana gar nicht.«

»Und wie hast du mich nach meinem Zusammenbruch im Krankenhaus gefunden? Du sagtest, du hattest deine Quellen.«

Max wirkt überrascht: »Daran erinnerst du dich? Naja, du bist nicht die Einzige, die mit elektronischen Gadgets arbeitet. Ich hatte dir einen Peilsender zugesteckt. Und als ich gesehen habe, dass das Signal eine ganze Nacht lang in einem Krankenhaus bleibt, und du dich nicht gemeldet hast, bin ich hingefahren.«

Klingt logisch. Mein Hirn rattert. So viele Fragen.

Omar hält vor dem Haus meiner Agentur.

»Tschüss, Omar«, sage ich und hüpfe aus dem Taxi.

»Tschüss, Millie«, ruft er mir hinterher.

Ein paar Passanten schielen unauffällig auf mein rückenfreies Krankenhaushemdchen. Eine Mutter zieht ihr Kind an der Hand auf die andere Straßenseite.

»Nicht, dass du denkst, das Verhör wäre schon zu Ende«, raune ich Max zu.

Er seufzt.

Ich tippe meinen Code in das elektronische Türschloss ein, aber nichts passiert. Ich tippe ein zweites Mal. Wieder nichts. Das gibt's doch nicht. Als ich das dritte Mal zu tippen anfange, höre ich Susis Stimme: »Ja, bitte?«

»Ich bin's, Millie, mein Türcode funktioniert nicht. Kannst du mich bitte reinlassen, ich muss dringend mit Evelyn sprechen.«

»Einen Moment, bitte.«

Es dauert fünf Minuten und ich frage mich, was da los ist. Dann summt der Türöffner. Wir gehen die Treppe hinauf und läuten nochmals an der Agenturtür. Susi öffnet und mustert mich wie einen unerwünschten Partygast. Als ihr Blick auf Max fällt, stockt sie und macht wortlos die Tür wieder zu. Max und ich stehen belämmert vor dem verschlossenen Eingang. Kurz bevor ich erneut läute, öffnet sich die Tür und Evelyn persönlich steht dahinter.

Ihr Blick fliegt zwischen Max und mir hin und her: »Du hast ihn also gefunden«, stellt sie fest.

»Wen gefunden?«, frage ich.

»Na, das Observationsobjekt von Ioana, wegen dem du mich bei unserem letzten Gespräch angeschrien hast«, antwortet Evelyn und schüttelt Max die Hand. »Guten Tag, Herr Engelmann.«

Ich stutze. Woher kennt sie Max? Ach ja, die beiden haben sich ja kennengelernt, als Max den Termin wegen der Finanzprüfung bei ihr hatte. Ein weiteres Indiz dafür, dass Max' Geschichte stimmt.

Evelyn bedeutet uns, ihr zu folgen. In den Gängen der Agentur folgt uns jedes Augenpaar, das anwesend ist. Die Blicke sind erfüllt von Ablehnung. Ich höre immer wieder »Millie« und »TEA-BAG«. Als wir die Tür zu Evelyns Büro hinter uns schließen, hebt ein Stimmengewirr an.

Wir setzen uns und ich platze sofort mit meinen Fragen heraus. »Was ist hier los, Evelyn? Warum funktioniert mein Türcode nicht? Warum sehen mich alle an, als wäre ich Mrs. Duck persönlich? Und was soll das heißen, Max war – ist – Ioanas Observationsobjekt?« Meine Gedanken verknoten sich. Wenn Ioana bei Max geputzt hat, dann ist entweder Max mein Hauptverdächtiger oder die These, dass Ioanas Zielperson der Täter ist, zerbröselt gerade. Mir wird klar, dass es so sein muss. Die Perfektion der Toilettenreinigung ist mir gleich bekannt vorgekommen. »Du bist das Punschkrapferl«, flüstere ich und schaue Max entgeistert an. Eifersucht wallt in mir hoch.

»Ioana ist meine Putzfrau?«, fragt Max verblüfft. »Meine Putzfrau liegt im Koma?«, fügt er dann noch hinzu.

»Aus welchem Grund habt ihr Max überprüft?«, will ich von Evelyn wissen.

»Bevor ich das beantworte, hätte ich gerne gewusst, was es mit deiner obskuren Oberbekleidung auf sich hat. Möchtest du, dass dir Susi etwas anderes zum Anziehen bringt?«, erwidert Evelyn.

Ich nicke. »Und wäre es möglich, Ramesh bei dem Gespräch dabeizuhaben?« In seiner Anwesenheit hätte ich ein bedeutend besseres Gefühl, Evelyn von den vergangenen Ereignissen zu berichten. Außerdem brauchen wir ihn ohnehin für unsere Aktion in Brüssel. Evelyn nickt und veranlasst beides.

Susi kommt mit dem schillernden Trainingsanzug herein, den meine Putzspionstudentin Astrid bei unserer Abschlussperformance vorgeführt hat. Ich hatte schon immer den Verdacht, dass Susi mich nicht besonders mag.

Trotzdem schlüpfe ich in das Polyesterteil, weil ich mich mit geschlossenem Rücken stärker fühle.

Kurz danach kommt Ramesh zur Tür herein. Er sieht dünner aus. Mit einem Nicken begrüßt er mich, aber auch sein Blick hat etwas Vorsichtiges. Himmel, was hat Evelyn denen alles erzählt?

Einen Moment lang bin ich überfordert. Ich frage mich, wer wem was zuerst offenbaren soll. Evelyn sieht nicht so aus, als wolle sie irgendetwas erklären.

Ich sehe Hilfe suchend zu Max. Er nimmt unter dem Tisch meine Hand und beginnt, langsam zu berichten, was sich die letzten 24 Stunden zugetragen hat.

Evelyn hört aufmerksam zu und stellt viele Detailfragen. Es interessiert Sie zum Beispiel sehr, wie Max mich bei den TEA-BAGs finden konnte. Als er ihr erzählt, dass er von mir beziehungsweise Zladko observiert wurde, es bemerkt und den Spieß umgedreht habe, schaut sie mich interessiert an. Etwas in ihrem Blick verändert sich, ich weiß nicht, warum. Als Max zu den Geschehnissen in den Stadtbahnbögen kommt, übernehme ich die Erzählung.

Ich schildere, wie ich die Gatten befreien konnte. Evelyn fragt, ob ich mir sicher sei, dass die Gatten nicht involviert seien. Ich nicke und Max stimmt zu. Sie wirkt nicht glücklich, als sie erfährt, dass wir dem Gatten einen Teil der Identität von PSA offenbaren mussten. Aber sie flippt nicht so aus, wie ich es eigentlich erwartet hätte, angesichts der Tatsache, dass Rudi in der Führungsebene einer Regierungsbehörde sitzt.

Als ich ihr den Hintergrund zu meiner Beziehung mit dem Schlächter schildere, werden ihre Augen einige Grad wärmer. Ich sehe, wie Ramesh mit seiner Fassung kämpft.

Meine Erzählungen erinnern ihn vermutlich viel zu sehr an die Geschehnisse um seine Freundin.

Am Ende berichten wir über den Plan der TEA, die Saatgutverordnung mit einem österreichischen EU-Delegierten durchzuboxen, und erwähnen die Absicht des Gatten, mit uns gemeinsam diese Verschwörung zu vereiteln. Diesen Teil meiner Zusammenfassung richte ich vor allem an Ramesh. »Wir müssen schnellstens ein Aktionsteam für Brüssel zusammenstellen, um die Verabschiedung der Verordnung zu verhindern«, beende ich meine Zusammenfassung und merke, dass ich die ganze Zeit geschwitzt habe. Scheiß Polyesterjacke. Ich zieh sie aus und schmeiße sie auf den Boden. Es gibt Schlimmeres, als im Krankenhaushemdchen Verhandlungen zu führen.

Evelyn richtet sich an Max: »Sie arbeiten also wirklich für die Finanzbehörde?«

Max stutzt. »Ja, was haben Sie denn gedacht?«

Evelyn geht nicht darauf ein. »Und wo und wie haben sich Millie und Sie kennengelernt?«

Max grinst mich an. »Sie hat mich auf einem Kinderspielplatz angebaggert. Aber ich muss zugeben, dass ich sie meinerseits observiert habe, weil ich Ermittlungen zu Ihrem Unternehmen durchgeführt habe.«

Evelyn unterbricht ihn: »Für das Finanzamt?«

Max runzelt seine Stirn. »Ja, wie schon gesagt. Möchten Sie gerne mit meinem Auftraggeber sprechen?«

Evelyn mustert ihn und schüttelt langsam den Kopf: »Das würde uns nicht helfen, denn wir sind ziemlich sicher, dass die TEA das Finanzministerium bereits infiltriert hat.« Sie lehnt sich zurück und scheint einen Entschluss zu fassen. »Eure Berichte klingen schlüssig und einiges davon konnten wir bereits selber verifizieren.

Außerdem haben wir mittlerweile herausgefunden, wer der echte Maulwurf war.«

»Aha«, sage ich und verstehe kein Wort. Aber mir wird langsam klar, dass die Agentur tatsächlich geglaubt hat, ich wäre zur TEA übergelaufen. Ich schlucke und habe das Gefühl, dass jemand mit einem Messer in meinen Eingeweiden rumrührt. Die Agentur war neben Ioanas Familie immer so etwas wie ein Ersatzrudel für mich, und es tut weh, aus meinem Rudel ausgestoßen zu werden.

Evelyn lächelt mir zu. »Millie, schau mich nicht an wie ein waidwundes Reh. Mit deiner ausgeprägten Vorliebe für Schokogugelhupf konnten wir uns nicht sicher sein, ob du nicht manipuliert wurdest. Und die Liebe hat schon einigen Menschen das Hirn vernebelt.«

Jetzt laufe ich rot an. Liebe? Was heißt hier Liebe. Man wird ja wohl noch ein bisschen Sex mit einem heißen Typen haben dürfen. Evelyn hebt die Augenbraue. Ich hasse es, wenn sie ihren Röntgenblick einschaltet.

»Vor circa vier Wochen habe ich aus der Zentrale die Information erhalten, dass uns die TEA aufs Korn genommen hat und plant, einen Maulwurf bei uns einzuschleusen oder bereits eingeschleust hat«, beginnt nun Evelyn ihre Erzählung. »Kurz darauf haben Sie, Herr Engelmann, bei mir als vermeintlicher Steuerprüfer vorgesprochen. Ich fand das zwar für einen Maulwurf zu offensichtlich, aber die Tatsache, dass Sie hinter unterschiedlichen Kunden und Agentinnen herschnüffelten beziehungsweise engeren Kontakt aufnahmen, machte mich vorsichtig.«

Ich erröte bei dem Ausdruck »engerer Kontakt«.

»Ich habe zur Sicherheit Ioana auf Sie angesetzt, mit dem Auftrag, Ihre Aktivitäten zu überprüfen. Sie hatte von mir die strikte Anweisung, mit niemandem darüber zu sprechen. Wir wussten auch nicht, ob besagter Maulwurf allein arbeitet oder ob er Komplizen in der Agentur hat. Daher haben wir das übliche Sechsaugenprinzip aufgehoben, wie du mir so eindrucksvoll vorgeworfen hast.«

Ich triumphiere ein bisschen über das Wort »eindrucksvoll«.

»Hinzu kam«, setzt Evelyn fort, »dass der Stick, den du bei deiner zweiten Recherche vom Karpfen mitgebracht hast, mit einer Spyware verseucht war, die beinahe unser ganzes Netzwerk lahmgelegt hätte, und wir nicht sicher sein konnten, ob du reingelegt wurdest oder das Virus bewusst eingeschleust hast. Da half es auch nicht, dass du dich am Wochenende eingeschlichen hast, um ohne Erlaubnis Agentureigentum zu entwenden.«

Wow, im Gesamtbild gesehen, muss ich zugeben, dass ich mich auch verdächtigt hätte. Was für eine Riesenverwirrung.

»Schon als es zu dem Unfall von Ioana kam, hat sich der Verdacht erhärtet, dass Max ein TEA-BAG ist. Wir dachten, Ioana wäre Max auf die Schliche gekommen und er hätte deswegen versucht, sie zu beseitigen«, erklärt sie weiter. »Allerdings konnte ich nicht glauben, dass du das Ioana wirklich angetan hättest, Millie. Deswegen folgte ich eher der Theorie, dass du dich nicht vom Gugelhupf fernhalten konntest und daher unter TEA-Manipulation standest.«

»Schade, dass du nicht der Theorie gefolgt bist, dass ich unschuldig bin«, entgegne ich ein bisschen trotzig. Aber insgeheim verstehe ich, wie es durch die vielen Ungereimtheiten zu dem Verdacht kommen konnte.

Evelyn nickt und sagt: »Ja, Millie, und es tut mir aufrichtig leid, bitte entschuldige.«

Diese offene Entschuldigung macht mich sehr verlegen. Umso mehr, als ich ja umgekehrt Evelyn verdächtigt hatte, übergelaufen zu sein.

Schweigen.

»Wer ist eigentlich der echte Maulwurf?«, wechsle ich das Thema.

»Wir gehen mittlerweile davon aus, dass deine polnische Putzspionstudentin Wanda der Maulwurf ist. Sie ist spurlos verschwunden und hat einiges an Material mitgehen lassen«, schließt Evelyn ihren Bericht.

Schockiert erinnere ich mich, dass ich Wanda am Wochenende in der Agentur getroffen habe, wo sie eigentlich mit ihrem Neulingsstatus nichts zu suchen hatte. Sie war, was Tarnen und Täuschen betraf, sehr talentiert, das musste man ihr lassen. Aber sie hatte offenbar schon vorher eine gründliche Ausbildung erhalten.

Wir sitzen alle vier in Stille und lassen diese Fülle an Informationen auf uns wirken. Ich versuche, eine Struktur in die einzelnen Geschichten zu bringen, damit ich weiß, wie wir weitermachen sollen, doch mein Gehirn scheint an eine Kapazitätsgrenze zu stoßen. Mir fallen drei brennende Fragen ein: »Habt ihr schon irgendeinen Anhaltspunkt, wer Ioana ausgeschaltet hat? Wie können wir Samira finden? Wie könnten wir die Saatgutverordnung verhindern?«

Evelyn nickt. »Ich werde sofort ein Meeting einberufen und wir arbeiten gemeinsam einen Aktionsplan aus, um genau diese Fragen zu klären.«

NEUE ROLLE

Wir sind im Konferenzraum. Heute ist alles anders. Ich sitze mit Evelyn, Ramesh und Max an der Vorderseite des ovalen Tisches. Dort bin ich noch nie gesessen und ich finde diese Schaufensterposition äußerst beunruhigend. Hinten kann man alles machen. Bösartige Kommentare tuscheln, Nase bohren oder Hirsepuffbällchen ausspeien. Vorne steht man unter genauer Beobachtung. Man muss makellos sein. Und das stresst. Mir war gar nicht bewusst, unter was für einem Druck Evelyn arbeitet.

Hinter uns steht ein riesiges Whiteboard, auf das wir bis dato nur die Fotos einiger Agenten aufgehängt haben. Der Konferenztisch ist wie beim letzten Mal mit Reiskeksen und Hirsepuffbällchen gedeckt. Ich glaube, es sind dieselben, denn sie sehen noch trockener und leicht verstaubt aus. Die Kolleginnen wirken richtig verhärmt. Sie klammern sich an ihre Espressotassen oder rühren heftig darin um. Manche starren mit feindseligem Blick auf das Gebäck. Nachdem Kaffee scheinbar das einzig übrig gebliebene Genussmittel ist, hat sich der Koffeinkonsum vermutlich verdreifacht.

Das ist aber sicher nicht der einzige Grund, warum der Raum förmlich vibriert. Circa 30 ausgewählte Agentinnen sitzen vor uns. Die Mehrheit von ihnen geht davon aus, dass Max und ich mit der TEA kollaboriert haben, und dementsprechend ablehnend mustern sie uns. Die Einzigen, die mir freundlich zuwinken, sind meine ehemaligen Rekrutinnen. »Du haste was an die Nase«, radebrecht Chica lautstark in meine Richtung und deutet einen Nasentropf an, der bis zum Kinn geht. Ich wusste es. Ich schnäuze mich unauffällig. Astrid, die Waldviertlerin, bellt irgendeinen unverständlichen Gruß in meine Richtung, dann kichern beide vor sich hin. Anastasia sieht wie immer großartig aus und mustert mich mit ihren unergründlichen Katzenaugen. Wanda fehlt. Es tut mir weh, dass sie mich so getäuscht hat. Ich mochte Wanda und frage mich, was sie dazu bewogen hat, sich auf die Seite der TEA zu schlagen.

Evelyn eröffnet das Meeting. Sie erhebt sich und eine ihrer Augenbrauen wandert in die Höhe. Daraufhin herrscht Stille. »Danke, dass ihr euch alle so rasch eingefunden habt. Herzlich willkommen an unsere neuen Agentinnen, die das erste Mal bei einem PSA-Meeting dabei sind.« Sie nickt in Richtung meiner Rekrutinnen, die prompt erröten. »Was ihr in der folgenden Stunde hören werdet, unterliegt absoluter Geheimhaltung. Zuallererst möchte ich hiermit verkünden, dass Millie von allen Verdachtsmomenten entlastet wurde. Sie arbeitet nicht für die TEA. Im Gegenteil, sie hat in einem spektakulären Einsatz gestern ihr Leben für unser Projekt riskiert. Ich möchte mich hiermit für die Verdächtigung entschuldigen und ihr meine Anerkennung für die gute Arbeit aussprechen.«

Das haut mich aus meinen Socken, so ein Lob hatte ich nicht erwartet. Ich habe einen Kloß in meinem Hals, nicke und spüre, wie mir das Blut in den Kopf steigt.

Zum Glück spricht Evelyn bereits weiter. Sie umreißt kurz, dass mir das EDV-Virus mit dem USB-Stick des Karpfens gezielt untergejubelt wurde, was möglicherweise von Anfang an der Plan der TEA war. Dann schildert sie die Entführung der Gatten rund um den Versuch der TEA-BAGs, uns das afghanische Saatgut abzuluchsen. Als sie über die Folter des Schlächters spricht, sehe ich, wie einige grün im Gesicht werden. Anastasias Augen spiegeln eine Mischung aus Neid und Bewunderung. Eventuell sollten wir uns ihr Psychogramm noch mal genauer ansehen.

Ich pendle zwischen Stolz und Scham hin und her. Glücklicherweise erwähnt Evelyn nichts von meiner Vorgeschichte mit dem Schlächter. Das braucht sie auch nicht. Er ist den Mädels sehr gut im Gedächtnis von der Hinrichtung Yasemins.

Als sie mit ihren Schilderungen zum Ende kommt, beginnen die Agentinnen spontan zu klatschen. Ich bin fürchterlich verlegen, aber tief im Inneren tut es mir gut, anerkannt zu werden. Evelyn lächelt in meine Richtung und klatscht ebenfalls. Weil ich nicht mehr weiß, wohin mit meiner Rührung, stopfe ich ein paar Hirsebällchen in meinen Mund und erkenne in der Sekunde, dass das ein Fehler ist. Mein Rachenzäpfchen erinnert sich noch zu gut an die Begegnung mit dem letzten Hirsepapp und aus dem Versuch, den Brei nicht nochmals im hohen Bogen auf den Konferenztisch zu spucken, entsteht ein halber Erstickungsanfall.

Max klopft auf meinen Rücken und Evelyn äußert die Sorge, dass das Hirsepuffbällchen möglicherweise das schaffe, was der Schlächter nicht geschafft hat. Die Agentinnen lachen.

»Jetzt möchte ich euch gerne Max Engelmann vorstellen. Er arbeitet nicht, wie zunächst vermutet, für die TEA, sondern ist Sonderermittler des Finanzamts und hat uns wegen Verdachts auf Geldwäsche aufs Korn genommen.«

Ausgelassenes Gelächter durchflutet den Raum. Die Reaktion auf diese Offenbarung entspannt die Atmosphäre.

Dann beginnt Evelyn, auf das Whiteboard zu schreiben und zu malen. Wir haben drei Aktionspunkte, mit denen wir uns die nächsten 48 Stunden intensiv beschäftigen müssen: Die Suche nach Samira und dem Saatgut. Die Aufklärung von Ioanas Unfall. Der Stopp der Saatgutverordnung in Brüssel.

NEUE ALLIANZEN

Wir stehen vor der Villa der Gatten – Rudi und Andrea, korrigiere ich mich selbst im Kopf. Gar nicht so leicht, alte Gewohnheiten abzulegen. Wir versichern uns, dass die Straße leer ist, bevor wir Evelyns Wagen verlassen. Es fühlt sich etwas eigenartig an, hier zu sein, weil ich natürlich nicht in meiner Putzfrauenidentität stecke und außerdem gleich zur Vordertür hineinmarschieren werde. Evelyn hat sich auf ein Treffen mit Rudi eingelassen, unter der Bedingung, dass es bei ihm zu Hause im privaten Rahmen stattfindet.

Rudi in die Räumlichkeiten der PSA einzuladen, war ihr doch zu riskant, und einen Besuch in seinem Büro fand sie nicht angebracht, da das Durchsuchen privater Räumlichkeiten ohne Durchsuchungsbeschluss definitiv einen kriminellen Tatbestand darstellt. Und auch, weil die Rahmenbedingungen der Zusammenarbeit zwischen ihm und der PSA noch völlig ungeklärt sind.

Max ist mit von der Partie als Berater und weil er nun mal in der Sache mit drinsteckt.

Andrea öffnet die Tür. Sie sieht erschöpft und durcheinander aus. »Hallo, Millie«, grüßt sie zuerst mich mit einem Nicken und dann die anderen. Währenddessen versucht sie verzweifelt, hinter ihrem Rücken zwei Putzhandschuhe verschwinden zu lassen. »Rudi wartet schon im Büro auf Sie. Ich komme gleich nach. Sie kennen ja den Weg.«

In mir keimt der Verdacht, dass Andrea versucht hat, ihr Haus selbst zu putzen. Ich hüstle, damit das Lachen, das in mir aufsteigt, nicht herausplatzt. »Mhm, ja, wir gehen schon mal vor.«

Auf dem Weg zu Rudis Büro stolpere ich über einen Pfad der Putzverwüstung. Die Glastür zum Wohnzimmer ist völlig verschmiert. Ich frage mich, ob sie versucht hat, die Fenster mit Haarshampoo zu reinigen. Man kann jedenfalls eingetrocknete Schaumreste darauf sehen. Der Korridor ist verziert mit Wischspuren, dafür ist er spiegelglatt wie eine Eisfläche. Im Badezimmer steht ein rauchender Staubsauger. Ich hoffe, sie hat ihn nicht dazu benutzt, die Abflüsse leer zu saugen. Langsam regt sich mein Mitgefühl.

Die Angst davor, ausspioniert zu werden, spornt Andrea offensichtlich zu ungewöhnlichen Maßnahmen an. Ich beschließe, ihr nach einer Phase der Demut eine unserer inaktiven Putzkräfte zu empfehlen.

Wir betreten das Büro und Rudi lächelt uns von hinter seinem Schreibtisch entgegen. Auch hier sah es deutlich anders aus, als ich das letzte Mal hier war. Überall liegen Landkarten und Einsatzberichte. Bisher war der Raum eher ein Pseudobüro, jetzt sieht er aus wie ein richtiges Arbeitszimmer.

Ich stelle Evelyn und Rudi einander vor. Beide mustern sich intensiv. Ich glaube, sie versuchen abzuschätzen, wie weit sie einander trauen können.

Rudi beginnt: »Freut mich, Sie kennenzulernen, Evelyn. Ich weiß zwar noch nicht genau, was ich von Ihrer Agentur halten soll, aber Ihre Mitarbeiterin hat meiner

Frau und mir das Leben gerettet, deswegen bin ich bereit, unsere Aktivitäten vertraulich und privat zu behandeln. Ich erwarte natürlich von Ihnen dasselbe. Ich möchte in keinem Ihrer Berichte namentlich auftauchen und offiziell sind wir uns nie begegnet.«

Evelyn nickt und sagt: »Selbstverständlich.« Ich merke, dass sie seine klaren Worte gut findet.

»Ich könnte mir auch vorstellen, dass wir bei erfolgreichem Abschluss unseres Projekts das ein oder andere Mal zum beiderseitigen Nutzen kooperieren könnten. Es ist uns beiden klar, dass dies nie offiziell erfolgen kann. Sollten unsere Behörden auf irgendeinem anderen Weg Kenntnis von Ihren Aktivitäten erhalten, dann habe ich noch nie von PSA oder Ihnen persönlich gehört.«

Cool. So funktionieren also geheime Politikerabsprachen. Ich sehe schon vor mir, wie in einigen Jahren ein Untersuchungsausschuss die »Agenda PSA« untersucht und darüber diskutiert, ob Ludolph nun ein Codename für Rudolph ist oder nicht.

Evelyns Augenbraue geht in die Höhe und ich sehe, dass Rudi etwas von seinem Oberwasser verliert. Evelyns Augenbraue verfehlt selten ihre Wirkung. »Wir werden sehen«, sagt sie und mustert die Karten mit den Markierungen. »Konnten Sie einen möglichen Ankunftspunkt des Schleusertransports ermitteln?«, kommt sie gleich zur Sache.

»Ja. Es gab im fraglichen Zeitraum drei uns bekannte Transporte. Einer stoppte kurz nach der Kärntner Grenze. Einer im Südburgenland bei Lutzmannsdorf. Und einer bei Mörbisch am Neusiedlersee.«

»Okay, ich denke, es ist einer der beiden Orte im Burgenland, am ehesten würde ich auf den Neusiedlersee tippen«, denkt Evelyn laut.

»Ich habe einige unserer Sonderbeamten darauf angesetzt, die Flüchtlingsunterkünfte nach Samira abzusuchen. Dabei habe ich eine Geschichte erfunden, dass sie das Mitglied einer einflussreichen Familie sei. Ich vermute aber, dass sie eher privat untergebracht ist«, sagt Rudi.

»Ja, das denke ich auch«, werfe ich ein. Ich versuche, mich in Ioana hineinzuversetzen, und überlege, wo sie Samira untergebracht haben könnte. »Ioana hat eine ziemlich umfangreiche Familie. Ich müsste herausfinden, ob vielleicht eine ihrer Cousinen im Burgenland wohnt.«

Andrea kommt mit einem Rums zur Tür herein. Sie balanciert ein Tablett mit Kaffeetassen, Zucker und einer Flasche Grappa. Sie blickt sich suchend nach einer Möglichkeit um, die Heißgetränke abzustellen. Als sie sich umdreht, sehe ich einen Brandfleck auf der Rückseite ihrer Bluse, der die Form eines Bügeleisens hat.

Ich nehme ihr das Tablett ab und verteile den Kaffee an die Anwesenden. Sie lächelt mich dankbar an und lässt sich erschöpft auf einen Sessel fallen. Dabei begräbt sie die Landkarte mit dem Neusiedlersee unter sich. Sie seufzt und fährt sich durch die zerzausten Haare. Ich befülle eine Tasse Kaffee mit zwei Stück Zucker und rühre ein bisschen Grappa hinein, weil ich weiß, dass sie das so mag. Als ich ihn ihr reiche, ist sie sichtlich bewegt. »Ach, Millie, Sie fehlen mir so.«

Ich unterdrücke ein »Ja, das sehe ich« und nicke nur: »Mhm.«

»Konnten Sie schon etwas bezüglich der Wiederaufnahme der Saatgutverordnung herausfinden?«, fragt nun Max.

Rudi schiebt die Landkarten beiseite. »Ja, der Lobbyist Oberhuber scheint der besagte TEA-Mann zu sein. Er ist ein Liebhaber der deftigen Küche und wurde vermutlich mittels Sachertorten manipuliert.« Rudi kichert. »Das ist durchaus wahrscheinlich. Ich habe ihn als einen sehr umgänglichen und freundlichen Gesellen kennengelernt und kann mir nicht vorstellen, dass er freiwillig mit der TEA kooperieren würde.«

»Wissen Sie, wann die Verordnung vorgelegt werden soll?«, forscht Evelyn.

»Ja, unglücklicherweise soll das bereits kommenden Donnerstag stattfinden. Es handelt sich dabei zwar nur um eine Erstvorlage, und bevor es zu einem Beschluss kommt, würde noch einige Zeit vergehen. Aber da wir ja auch gehört haben, dass eine breit gestreute Manipulation stattfinden soll, wäre es am besten, bereits die Vorlage zu verhindern.«

»Ja, dem stimme ich zu«, nickt Evelyn. »Es lässt uns natürlich wenig Zeit, um die Aktion zu koordinieren. Da wird Ramesh ein kleines Wunder vollbringen müssen.«

»Haben Sie die Adresse des Lobbyisten in Brüssel?«, erkundige ich mich und Rudi nickt.

Als er aufsteht und hinter dem Schreibtisch hervorkommt, um zu einem Regal zu gehen, sehe ich, dass ein Hosenbein voll von eingebügelten Falten ist, das andere ist völlig verknittert. Außerdem hat er zwei verschiedene Socken an und sein Hemd sieht aus, als wäre es zu heiß gewaschen worden. Ich halte die Luft an, und als ich in Max' Richtung sehe, tanzt Gelächter in seinen Augen.

Wir besprechen noch das ein und andere Detail. Beim Abschied sagt Rudi an uns alle gewandt: »Da wir nun gemeinsam in diesem äußerst wackeligen Boot sitzen, was haltet ihr davon, wenn wir uns duzen?«

»Gerne, Rudi«, nimmt Evelyn an und wir schütteln uns alle die Hände.

Rudi wird mir immer sympathischer. Ich drehe mich zu Andrea, um die Vereinbarung mit ihr zu besiegeln. Da sehe ich, dass sie alle viere von sich gestreckt hat und dezent schnarcht. Mich packt ein zärtliches Mitleid und ich sammle das Geschirr ein, um es auf dem Weg hinaus in den Geschirrspüler zu tragen.

Ich frage Evelyn, ob es okay wäre, wenn ich noch kurz bliebe, und sie nickt mit einem wissenden Grinsen. »Ich sehe dich morgen früh in der Agentur, da planen wir die letzten Details für Brüssel. Ich möchte, dass du die Einsatzleitung übernimmst, weil du schon den meisten Sichtkontakt mit TEA-BAGs hattest.«

Max runzelt seine Stirn. Ich kann sehen, dass ihm der Gedanke nicht besonders behagt.

Evelyn verabschiedet sich von uns, und Max fragt, ob er mir bei meinem »Rescue-Andrea-Programm« helfen kann.

Ich schüttle den Kopf »Du wärst mir nur im Weg, aber es wär super, wenn du draußen auf mich wartest«, antworte ich und steuere auf die Küche zu.

Eine halbe Stunde später ist sie blitzblank und eine Ladung Wäsche durchläuft ein passendes Waschprogramm. Vielleicht lindert das ja ein bisschen Andreas Verzweiflung.

VERRAT

Kurze Zeit später zuckeln Max und ich mit der Straßenbahn in Richtung meiner Wohnung. Wir lehnen schweigend aneinander und lassen die beleuchteten Schanigärten der abendlichen Lokale an uns vorbeiziehen. Wenn ich den jungen Leuten beim Entspannen zusehe, denke ich manchmal, dass es mehrere Paralleluniversen gibt. Sie wirken alle so sorglos und fröhlich. Stopfen ihre Hamburger-Laibchen in sich hinein oder die Pizza, ohne zu wissen, dass sie sich damit einer bösen Macht ausliefern. Und keiner von ihnen sieht aus, als wäre er gerade gefoltert worden.

Vermutlich sehe ich auch nicht so aus. Aber es ist mir passiert. Ich spüre eine Müdigkeit in mir hochkriechen. Die letzten zwei Wochen waren unheimlich intensiv. Ich weiß nicht, wie lange ich dieses Tempo noch durchhalte. Max legt seinen Arm um mich und streichelt meine Schulter. Ich glaube, er nimmt wahr, dass bei mir die Luft raus ist. Ich lächle ihm zu und sehe mir sein Gesicht an. Es kommt mir komisch vor, dass wir uns erst vor knapp drei Wochen begegnet sind. Er ist mir vertraut und gleichzeitig fremd. Immer wieder entdecke ich neue Details. Heute sehe ich das erste Mal, dass seine Nase leicht nach links gebogen ist.

»Schnarchst du?«, frage ich.

Max lacht laut auf. »Ich mag deine spontanen Eingebungen. Nein, ich glaube, ich schnarche nicht. Aber das wirst du heute herausfinden, weil ich dich nämlich bis auf Weiteres nicht mehr aus den Augen lasse.«

»Das ist gut«, murmle ich und lasse offen, ob ich das Schnarchen meine oder das nicht aus den Augen lassen. Dann fallen mir die Augen zu.

Eine gefühlte Minute später weckt mich Max. Wir sind bei meiner Haltestelle angekommen. Er nimmt mich an der Hand und zieht mich hinter sich her. Ich folge ihm wie eine betrunkene Schlafwandlerin. Ich überlege, ob ich heute nicht am untersten Stiegenabsatz übernachte, doch ich möchte Max nicht schon wieder die Schlepperei zumuten, denn er würde mich sicher hinauftragen.

In der Wohnung angekommen, schmeiße ich meine Kleider auf den Boden, kippe wie ein gefällter Baum ins Bett und murmle: »Katze füttern.« Sofort schlafe ich ein.

Ich träume, dass der Schlächter mich durch ein Gebäude verfolgt. Zuerst glaube ich, das Haus zu kennen. Es ist das der Gatten. Aber je länger ich durch die Räume laufe, Türen aufreiße und hinter mir zuschlage, desto verwinkelter wird es. Der Schlächter ist ganz nah hinter mir, ich spüre ihn. Durch eine Tür gelange ich auf die Terrasse eines hohen Turms. Es gibt nur die eine Tür hinter mir, wo der Schlächter lauert, oder den Sprung in die Tiefe. Ganz weit unten ist ein Fluss, auf dem ein Schlauchboot schwimmt. Drei Gestalten sitzen darin, winken mir zu und rufen: »Millie!« Ich breite die Arme aus und springe.

Als ich aufschlage, erwache ich. Ich kann den Aufprall spüren, will schreien, doch jemand hält mir den Mund zu.

Max' Stimme flüstert: »Millie, wach auf, da ist jemand in der Wohnung.«

Ich bin hellwach und nehme seine Hand von meinem Mund. In meinem Kopf schreit eine hysterische Stimme: Der Schlächter! Der Schlächter! Ich versuche, meinen Atem zu beruhigen und überlege, was ich an Waffen bei mir habe. In meinem Nachtkästchen müsste ein Taser-Schwamm liegen. Ich ziehe die Lade ganz vorsichtig auf und taste danach, doch da ist nichts. Scheiße, der liegt in den Stadtbahnbögen.

Im Vorzimmer hört man deutliche Schritte. Wir kriechen vom Bett herunter und verschanzen uns dahinter, sodass man uns von der Tür aus nicht gleich sehen kann.

Geräusche aus der Küche, als würde jemand Schränke auf- und zumachen, wieder Schritte und ein Klappern. Im nächsten Moment wird die Stille durch ein lautes Fauchen durchbrochen und kurz danach höre ich wildes Katzengeschrei. Es folgen furchterregende Kampfgeräusche, fallende Stühle, knallende Kastentüren. Eine männliche Stimme brüllt: »Hau ab, du blödes Vieh!«

Das ist eindeutig Zladkos Stimme. Ich stehe auf, laufe in die Küche. Zladko taumelt und knallt von einem Schrank in den nächsten. Er schlägt wild um sich, um Slobo zu erwischen, der sich an seinem Kopf festgekrallt hat. Der Kater benimmt sich, als hätte er Tollwut im fortgeschrittenen Stadium, und hackt mit seinen Krallen auf Zladkos Gesicht ein, schreit, faucht und quietscht. Sein Schwanz schlägt wie verrückt hin und her. So hab ich ihn noch nie gesehen.

»Slobo – aus!«, befehle ich und das Tier erstarrt. Er sieht mich überrascht an, springt graziös von seinem Opfer herunter, setzt sich in die Ecke und beginnt, seine Pfoten zu lecken, als wäre nichts gewesen. In seinen Tatzen hängen Zladkos Haarbüschel wie Trophäen.

Zladko rappelt sich auf und scheint völlig überrascht zu sein, mich zu sehen. Von seiner Stirn rinnt Blut herunter. Slobo hat ihn ziemlich zugerichtet. »Millie«, stammelt er. »Ich dachte, du wärst nicht zu Hause, und wollte mich um Slobo kümmern.«

»Jetzt, um ...« Ich schaue auf die Uhr. »Halb vier in der Nacht?«

Mittlerweile steht Max hinter mir in der Küche und will wissen, was los ist.

»Ich weiß nicht genau. Du kennst ja Zladko bereits von der Beschattung, er ist mein Nachbar ... und ein Freund«, füge ich zögerlich hinzu. Mein Blick fällt auf die offene Kaffeedose und einen Sack mit weißem Pulver, der geöffnet danebensteht. »Wolltest du Slobo eine Tasse Kaffee servieren?«, frage ich und gehe zu der geöffneten Packung mit weißem Pulver, um sie mir genauer anzusehen. *Mehlmischung X2000*, steht in klein gedruckten Buchstaben darauf. »Warum rührst du mitten in der Nacht Mehl in meine Kaffeedose?« Während ich die Frage stelle, dämmert mir die Antwort. Ich blicke ungläubig in Zladkos Richtung, der auf einem der letzten stehenden Küchenstühle zusammensinkt.

Er sitzt da wie in Häufchen Elend, das Blut sickert an seinen Wangen herunter. »Es tut mir leid, Millie«, flüstert er.

»Du arbeitest für die?« Ich kann es nicht fassen. Der einzige Mensch, dem ich die ganze Zeit uneingeschränkt vertraut habe, arbeitet für TEA und hatte die ganze Zeit Zutritt zu meiner Wohnung. Hat er mich ausspioniert, während wir uns zusammen Filme angeguckt haben und ich ihm alles über mein Innenleben anvertraut habe? Mir dämmert, warum der Schlächter so viel über mein Privatleben wusste.

Wut und Schmerz kochen in mir hoch. Ich stürze mich auf Zladko und schlage wie wild auf ihn ein. »Du saublödes Arschloch, ich hab dir vertraut. Warum? Warum? Was hab ich dir getan, dass du mich so hintergehst?«, schreie ich ihn an, während ich auf ihn eindresche.

Irgendwann breche ich zusammen, heule nur noch und fühle mich komplett leer. Ich hasse diese Welt, in der jeder jeden belügt, foltert oder allein lässt.

Max zieht mich zu sich auf den Sessel und tröstet mich wie ein kleines Kind.

Zladko rappelt sich langsam auf und setzt sich ebenfalls zurück auf den Sessel, von dem ich ihn runtergeprügelt hatte.

Ich schaue den Verräter aus verschwollenen Augen an. Er sieht aus wie immer. Abgesehen von den Bissspuren auf seinen Ohren, den blutigen Kratzern auf seiner Stirn und der blutigen Nase, die ich ihm verpasst habe. Wie kann das sein? Er sieht überhaupt nicht böse aus. Wurde er manipuliert?

»Warum?«, frage ich erneut, diesmal ruhiger.

Zladko zuckt mit den Schultern und seufzt. »Ich hatte es satt, jeden Euro umdrehen zu müssen. Immer diese mühsamen Bittgänge zu den Veranstaltern und ihr abschätziger Blick, ob man wohl nur ein Verlustgeschäft ist. Die Auftritte vor irgendeiner besoffenen Provinzfeuerwehr, die lieber im Takt von ›Anton in Tirol‹ grölen will, als sich auf was Neues einzulassen, und dich deswegen schon beim ersten Song von der Bühne buht. Und dann diese ganzen Castingshows, ohne die du kaum einen Auftritt bekommst … die dich als Künstler in den Wahnsinn treiben, weil es nicht darum geht, ob du deine Musikalität entwickelst und auf deine Seele hörst, sondern alle nur neugierig drauf sind, ob und wie du scheiterst, damit sie erleichtert sein können, dass nicht sie es sind, die da auf der Bühne stehen und sich schämen müssen. Und alle Leute, die dich ständig fragen, was du beruflich machst und dich mitleidvoll anlächeln, wenn du sagst, du bist Musiker, sie aber noch nie deine Songs im Radio gehört haben, weil die Chefs dort deine Musik nicht mögen. Und die Frage, wie alt du eigentlich bist, die impliziert, dass du längst beruflich etabliert sein solltest. Und dann meine allerliebste Frage: Aha …Musiker … und davon kann man leben? Kann man nicht, Millie, man kann es nicht, und ich habe es soooo satt. Und dann hat Jakob, unser Schlagzeuger, gesagt, er hätte eine Einnahmequelle für mich. Es wäre gar nicht schwierig und wirklich lukrativ. Ich bräuchte nur regelmäßig Bericht über meine Nachbarin erstatten. Was sie so treibt, mit wem sie sich trifft. Zuerst hab ich ungläubig gelacht und war mir sicher, dass da ein Irrtum vorliegt. Du hast ja nie etwas anderes gemacht, außer zu putzen, dich um deinen wahnsinnigen Kater zu kümmern und hin und wieder mit deiner Ersatzfamilie herumzuhängen. Was sollte daran schon interessant sein. Ich dachte, damit schade ich dir sicher nicht und vielleicht kann ich ja sogar mein Einkommen ein bisschen mit dir teilen. Ich konnte ja nicht wissen, dass du Jane Bond bist.«

Ich muss zugeben, dass ich vor lauter Überraschung über diesen Gefühlsausbruch nicht mehr wütend bin. So hat Zladko noch nie über sein Musikerdasein gesprochen. Er hat immer nur locker flockige Sprüche losgelassen und eigentlich dachte ich, die Meinung anderer Leute ginge ihm am Arsch vorbei. Ein Funken von Mitgefühl keimt in mir auf.

Zladko fügt hinzu: »Außerdem arbeitest du ja auch für so eine Organisation und spionierst andere Leute aus, also tu nicht so entsetzt.«

Ich schüttle den Kopf. »Ja, aber wir sind die Guten. Du musst wissen: Du arbeitest für Goldfinger und ich für den MI 6.« Eine Frage keimt in mir auf: »Zladko, hast du denen erzählt, dass ich die Samen übernommen habe?

Zladko wischt sich mit dem Ärmel das Blut aus dem Gesicht und nickt. »Sie haben mich immer wieder angeschrien und nach den Samen gefragt. Und nachdem ich sie nirgends in deiner Wohnung finden konnte, hab ich ihnen gesagt, dass du meintest, sie wären in Sicherheit. Damit schienen sie zufrieden zu sein.«

Jetzt ist mir klar, warum der Schlächter sicher war, dass ich die Übergabe durchgezogen hätte.

Eine neue Ahnung regt sich. »Du hast also meine Wohnung durchsucht?«

Max mischt sich ein: »Moment mal, Millie. Versteh ich das richtig, dass er ein Teebeutel ist?«

Zladko verzieht verbittert den Mund. »Ich bin kein Teebeutel, Darling. Wenn, dann bin ich ›Darjeeling First Flush‹, lose Schüttung.«

»Nein … ist er nicht«, sage ich zu Max. »Er ist nur … verwirrt. Aber was machen wir jetzt mit dir?« Ich sehe zu Zladko. »Ich kann dich nicht frei rumlaufen lassen, bevor der Fall nicht abgeschlossen ist.«

Zladko schaut mich unter seinen Wimpern an wie ein ängstlicher Junge. »Millie, ich will denen nichts mehr sagen, schon lange nicht mehr, aber ich hab mittlerweile Angst. Da ist so ein Typ, der ist letztes Mal bei der Bandprobe aufgetaucht, und ich weiß nicht, was Jakob gemacht oder nicht gemacht hat. Er hat ihn halb umgebracht. Dem trau ich echt alles zu.«

»Der Schlächter«, sagen Max und ich wie aus einem Mund. Ich spüre, wie meine Beine zu zittern anfangen. Max drückt mich fester an sich.

Zladko räuspert sich. »Wenn ich schon dabei bin zu gestehen ... Ich dachte bis vor Kurzem wie gesagt, dass es eigentlich nichts besonders Interessantes in deinem Leben gibt, jedenfalls haben sie meine Schilderungen über deine Katzengeschichten und unsere Filmabende ziemlich gelangweilt. Als ich deine rumänische Ersatzfamilie erwähnt habe und das Picknick vorletzte Woche, haben sie genau nachgefragt, wo und wann das stattfindet. Mir war ganz schlecht vor Angst, dass sie dir was antun, deswegen hab ich danach unser Treffen abgesagt. Ich weiß, ich bin ein solcher Feigling, Millie. Ich hatte gehofft, einen Teil meiner Sünden wiedergutmachen zu können, indem ich dir bei der Beschattung von Mister Beautiful hier helfe.«

Meine Gedanken rasen. Das Picknick? Bei dem Ioana angegriffen wurde? Kann es sein, dass sie eigentlich mich wollten?

Max zieht mich von seinem Schoß runter und setzt mich auf den Sessel, um sich vor mich hinzuknien. »Millie, das wird mir zu gefährlich. Wir müssen Rudi und der Polizei Bescheid sagen. Sie müssen das Schwein einfangen.« Sein ernstes Gesicht und die Sorge in seiner Stimme machen mein Herz ganz warm.

»Ja, ich weiß«, antworte ich und fühle neue Stärke in mir. Mein Traum über die Flucht aus meinem Elternhaus und die Erkenntnis, dass ich das Schlimmste im Leben bereits hinter mir habe, drängen sich in mein Bewusstsein. Und es stimmt. Natürlich möchte ich nicht, dass der Schlächter mich in die Hände bekommt, und ich mache mir Sorgen um Max, Slobo und Oma Adela. Aber ich habe das Schwein zweimal überlebt und ich habe ihm damals ordentliche Verletzungen zugefügt. Er ist mir gegenüber nicht rational, und das werde ich nutzen, um ihn zur Strecke zu bringen.

»Ich habe eine Idee«, verkünde ich und stehe auf, um mich anzuziehen.

ANDREA BEKOMMT HILFE

Es ist mittlerweile halb sieben in der Früh und wir läuten bei der Villa der Gatten an. Nach ein paar Momenten öffnet sich zaghaft die Tür. Der Gatte steht in seinem schicken schwarzen Satinmorgenmantel und passenden Pantoffeln im Vorzimmer. In der Hand hält er ein altes Jagdgewehr. Ich kenne es vom Aufräumen und weiß, dass es nicht funktioniert, er hat es wohl zur Abschreckung mitgenommen. Hinter ihm mit großen verschreckten Kaninchenaugen steht Andrea in ihrem rosaroten Seidenkimono. Die Schlafmaske baumelt noch hinten aus ihren Haaren raus.

»Meine Güte, ihr seid es«, stammelt Rudi und seufzt. »Wir dachten schon, es sind die Bösewichte.«

Ich muss lachen. Es macht den Schlächter um vieles kleiner, wenn man ihn als Bösewicht bezeichnet. Rudi lässt Zladko, Max und mich herein und Slobo, der unglücklich in seinem Katzenkorb hockt.

Kurz darauf sitzen wir alle in Rudis Büro und ich erkläre mein Anliegen. »Zladko braucht Schutz, aber es wäre unmöglich, ihn unter Polizeischutz zu stellen, weil wir nicht wissen, wo die TEA überall ihre Finger drin hat. Ich dachte mir, wenn er hier bei euch bleiben könnte, nur ein paar Tage, könnte er Andrea zur Hand gehen. Und er schnüffelt unter Garantie nicht rum.« Ich zwinkere Andrea zu.

Sie mustert Zladko hoffnungsvoll.

»Er macht auch super Cocktails«, füge ich hinzu.

Andreas Augen beginnen zu leuchten, ich glaube, ein eigener Hausboy, der putzt und Cocktails mixt, ist das Ziel ihrer Träume.

Zladko schaut überrascht, doch er erkennt seine Chance und schenkt Andrea sein bestes Gigolo-Lächeln. »Soll ich uns allen mal ein Caffè Coretto zur Beruhigung machen?«

»Oh ja, das wäre wunderbar«, haucht Andrea und nestelt in ihren Haaren, um sie zurechtzuzupfen, wobei sie die Schlafmaske ertastet und unauffällig entsorgt. Zladko ist eine Augenweide, und sie weiß nicht, dass er für ihre Reize unempfänglich ist.

Während Zladko Kaffee macht, erzähle ich Rudi die ganze Geschichte über den Schlächter und meine Vergangenheit. Im Krankenhaus gestern habe ich diesen Teil der Geschichte ja ausgelassen.

Rudi runzelt die Stirn und schaut ziemlich ernst drein. Keine Spur von seinem üblichen Politikergehabe. Er nickt immer wieder und ich sehe, dass ihn meine Geschichte nicht kaltlässt. Auf der anderen Seite hat er wohl durch seinen Job einiges gehört und ist nicht völlig fassungslos.

Ganz anders sieht Andreas Gesicht aus. Sie ist aschfahl und murmelt immer wieder: »Das ist ja fürchterlich … oh Gott … grauenvoll«, und verkriecht sich immer tiefer in ihren Kimono.

Zladko kommt mit einem Tablett Kaffeetassen und einer Flasche Grappa für den Caffè Coretto zur Tür rein und offeriert ihr eine Tasse. Andrea ignoriert die Tasse, schnappt sich die Flasche und trinkt ein paar große Schlucke daraus. Dann hält sie die Flasche wortlos Zladko hin, der sich höchst erfreut ebenfalls ein paar Schlucke genehmigt. Während wir das Gespräch fortsetzen, sitzen die beiden nebeneinander und teilen sich die Flasche, was sie zunehmend entspannt. Ich glaube, es haben sich zwei verwandte Geister gefunden.

»Das ist eine ernste Sache, Millie, und wir sollten überlegen, ob wir dich aus der ganzen Sache nicht rausnehmen und an einen sicheren Ort bringen«, sagt Rudi. »Ich habe da einen guten Bekannten aus alten Zeiten, der ausgestiegen ist, weil er den ganzen Wahnsinn irgendwann nicht mehr wollte. Er hat einen kleinen Bergbauernhof in Tirol und ich vertraue ihm zu 100 Prozent. Das wäre ein sicherer Unterschlupf, bis wir den Schlächter aus dem Verkehr gezogen haben.«

Ich schüttle den Kopf. »Ich werde mich nirgends sicher fühlen, bevor ich nicht weiß, dass es den Schlächter nicht mehr gibt. Und ich denke, seine Obsession, mich zu finden, ist ein Vorteil für uns und die einzige Möglichkeit, ihn aus der Deckung zu locken. Er hat mich zweimal überrascht, das erste Mal war ich erst zehn Jahre alt und das zweite Mal wusste ich nicht, dass er noch lebt. Jetzt bin ich vorbereitet und beim dritten Mal werde ich ihn endgültig zur Strecke bringen.« Es fühlt sich gut an, das zu sagen. Es stärkt mein Selbstvertrauen und ich fange an zu glauben, dass ich das schaffen kann.

Zladko singt leise »She's the killer queen« von Queen, Andrea kichert und singt mit. Sie hat gar keine schlechte Stimme. Die beiden wirken bereits sehr aufgelockert.

»Eine Bitte hätte ich noch«, wende ich mich an Rudi. »Könntest du Ioana bei deinem Freund in den Bergen unterbringen? Ich habe kein gutes Gefühl dabei, dass sie in dem Krankenhaus liegt und sich nicht wehren kann. Es würde mich entspannter machen, wenn ich wüsste, dass sie in Sicherheit ist.«

Rudi verspricht mir, das in die Wege zu leiten. »Und der Kater soll mit auf die Alm?«

Ich beuge mich hinunter zu Slobo. »Mein Schatz, du musst jetzt tapfer sein und eine weite Reise machen, die dir vielleicht nicht gefällt. Aber es ist notwendig, dass du auf Ioana aufpasst.«

Slobo pfaucht und streckt seine Pfote mit ausgefahrenen Klauen durch das Gitter des Katzenkorbs. Ich glaube, er hat mich verstanden. Seit ich seinen Auftritt mit Zladko gesehen habe, weiß ich, dass er eine geheime Kampfmaschine ist. Zladko wirkt erleichtert, dass er nicht auf Slobo aufpassen muss.

Um 8 Uhr verabschieden wir uns von den vieren. Max und ich fahren direkt mit einem Taxi zur Agentur.

Diesmal fährt uns nicht Omar. Schade, ich habe mich schon an ihn gewöhnt. Ich frage den Taxler, ob er zufällig den Fahrer aus Ägypten kennt.

»Omar, der aussieht wie Sharif?«, fragt der Taxler.

Ich nicke.

»Der musste nach Hause, weil es Probleme mit dem Asylverfahren seines Sohns gibt.«

»Oh«, sage ich. Armer Omar.

BRÜSSEL

Max und ich sitzen in einer kleinen romantischen Crêperie in der Innenstadt von Brüssel. Wir sind am frühen Nachmittag mit dem Flieger aus Wien angekommen und haben in ein kleines Hotel in der Nähe des Regierungsviertels eingecheckt. Langsam tue ich mir schwer, mit den Ereignissen mitzuhalten. Kaum vorstellbar, dass wir heute in der Früh noch bei den Gatten gesessen sind. Morgen sind mehrere Vorbereitungsmeetings in der Brüsseler Zentrale anberaumt und am Donnerstag geht es um die Wurst, also eigentlich um die Samen.

Aber jetzt gerade haben Max und ich seit Langem das erste Mal ein paar Momente für uns. In der Mitte unseres kleinen wackeligen Tischchens flackert eine Kerze vor sich hin. Die Abendluft ist lau, aber lange nicht so sommerlich wie zu Hause. Bis vor Kurzem gab es einen für Brüssel typischen Regenguss und das Pflaster glänzt noch nass. Ein charmanter junger Kellner serviert uns zwinkernd eine Flasche Rosé.

Es ist das erste romantische Abendessen seit unserem Abend im Strandcafé, und wir fühlen uns fast wie ein normales Paar. Unsere Gläser klingen und ich versinke in Max' warmen Augen. Er greift über den Tisch und streichelt meine Wange. »Bonsoir, belle Mademoiselle«, radebrecht er und lächelt.

Ich glaube, er ist kein besonderes Sprachtalent. Dafür war sein Nachmittags-Regenüberbrückungsprogramm sensationell. Mir wird ganz heiß, wenn ich daran denke.

Sein Gesicht wird ein bisschen ernster. »Wenn wir das hier überstanden haben, müssen wir ein paar Entscheidungen treffen.« Mein Hals schnürt sich zusammen. Ich will keine Entscheidungen treffen. Das klingt so ernst.

»Ich kann meinen Chef nicht länger hinhalten, ich glaube, er hegt schon einen Verdacht, dass irgendetwas mit meiner Arbeit nicht stimmt«, sagt er. »Ich mag meine Arbeit und möchte sie eigentlich nicht verlieren.«

Ich nicke. Das wird nicht einfach. Wenn Max die PSA beim Finanzministerium auffliegen lässt, wird das an der Agentur nicht spurlos vorübergehen. Hoffentlich fällt Rudi eine Lösung ein.

Max lacht. »Jetzt schau nicht so finster, wir schaffen das schon. Wir könnten ja auch etwas Schönes unternehmen, wenn die Sache hier vorbei ist. Urlaub in der richtigen Karibik zum Beispiel.« Ich habe Max von meinem kleinen Karibik-Innenhof erzählt.

»Urlaub wäre super«, stimme ich zu. »Aber ich hätte da eine andere Idee für das Ziel.« Ich bin unsicher, ob es der richtige Zeitpunkt ist, das mit Max zu teilen. Ich weiß nicht einmal, ob ich selber überhaupt dafür bereit bin. Aber in den letzten Wochen, durch all diese Ereignisse, ist ein Wunsch in mir gereift. »Würdest du mit mir nach Serbien fahren?«

LETZTE LAGEBESPRECHUNG

Wir sitzen in der Einsatzzentrale der belgischen PSA. Alles kommt mir sehr vertraut vor, denn auch hier stehen verschrumpelte Hirsebällchen und missachtete Reismilch auf dem Tisch.

Michelle ist die Leiterin der belgischen Truppe. Sie ist klein, drahtig und hat einen dunklen Pagenkopf, der an Mireille Matthieu erinnert. Mit am Tisch sind Mojo, ein junger Agent mit kongolesischem Hintergrund, und Saadet, eine Agentin, die aus Marokko eingewandert ist. Beide arbeiten für die PSA in der Reinigungseinheit, die für die Regierungsbehörden der EU zuständig sind.

In unserer kleinen österreichischen Sturmtruppe sind Ramesh, Anastasia, Max und ich.

Michelle gibt uns einen Crashkurs in EU-Politik. »Für unseren Coup gegen die neue Saatgutverordnung sind vor allem die EU-Kommission und das Parlament beziehungsweise der Rat relevant. Der betreffende Lobbyist Monsieur Oberhuber stößt die Verordnung an. Anders als bei der Gesetzgebung in Österreich, hat in der EU nur die EU-Kommission das Recht, eine Gesetzesinitiative vorzuschlagen. Unter der Kommission könnt ihr euch so was Ähnliches wie die Ministerien vorstellen. Die einzelnen Kommissionsbüros sind ebenso wie Ministerien nach Sachinhalten gegliedert. In unserem Fall müssen wir uns mit der Kommission für Landwirtschaft und ländliche Entwicklung beschäftigen. Das Ganze läuft normalerweise so ab, dass ein Lobbyist sich an die Kommission mit dem Vorschlag einer Verordnung wendet, und wenn seine Argumente überzeugend genug sind, wird unter Berücksichtigung seiner Expertise ein Gesetzesentwurf ausgearbeitet. Dieser Gesetzesentwurf wird danach an das Parlament übermittelt und gleichzeitig in einer öffentlichen Pressekonferenz vorgestellt. Diese Präsentation könnt ihr übrigens alle über Youtube verfolgen.«

Ich bin ziemlich überrascht. Bisher hab ich mich ja nicht mit EU-Politik und solchem Zeug auseinandergesetzt, doch ich dachte immer, das findet alles hinter verschlossenen Türen statt, eine Art geheimes Gemauschel einer überlegenen Elite, die den kleinen Bürger am Ende – wenn überhaupt – vor vollendete Tatsachen stellt. Ich nehme mir vor, in Zukunft öfter zu verfolgen, was die Anzugmänner in Brüssel treiben.

Michelle fährt fort: »Nach dieser Präsentation beginnt die Überarbeitung der Richtlinie oder der Verordnung in mehreren Schritten durch das Parlament und den Rat. Das dauert einige Zeit und es kommt dazwischen immer wieder zu Konferenzen, bis schließlich ein Gesetz verabschiedet wird.«

Ramesh ergreift das Wort: »Wenn unsere Informationen stimmen und ein beträchtlicher Teil der Parlaments-Abgeordneten unter dem Einfluss der TEA steht, sollten wir bereits die Übermittlung beziehungsweise Präsentation vor der Presse verhindern.« Michelle nickt. »Exactement … und dafür haben wir genau 24 Stunden Zeit, denn die Präsentation ist für morgen früh angesetzt.«

Wir schauen uns alle entschlossen an.

Ich kratze die Unterlagen zusammen, die ich mit Evelyn, Ramesh und Anastasia vor unserem Abflug gestern nach Brüssel ausgearbeitet habe, und räuspere mich. Weil ich auf Englisch noch nie präsentiert habe, bin ich nervös.

Ramesh hält mir einen Teller hin: »Hirsepuffbällchen gefällig? Zur Auflockerung?«

Ich muss laut lachen und bin Ramesh dankbar für seinen englischen Humor. Dann beginne ich, den Einsatzplan vorzustellen.

OBERHUBER RUHT SICH AUS

Anastasia und ich stehen im Aufzug von Oberhubers Haus. Er wohnt im Regierungsviertel, in einem dieser Full-Service-Apartmenthäuser. Anastasia trägt eine enge Zimmermädchen-Uniform, bei der ihre Brüste fast zum Ausschnitt herausquellen. Das Röckchen ist ebenfalls reichlich kurz geraten und spannt sich über ihren wohlgeformten Hintern. Neben ihr komme ich mir vor wie Cindarellas hässliche Stiefschwester.

Ich schiebe den kleinen Servierwagen mit dem Menü vor mir her durch den Gang. Schweinsbraten mit Knödel und Kraut und zur Nachspeise Sachertorte. Das seien Oberhubers Lieblingsspeisen, wurde uns übermittelt.

Wir klingeln an seiner Türglocke und warten. Nach einiger Zeit hören wir ein Schlurfen und Schnaufen. Dann wird die Tür geöffnet. Oberhuber erweckt den Anschein eines gemütlichen Tanzbärs. Er hat lockige Haare und einen riesigen Bauch, auf den er eine Hand abgelegt hat, als wolle er ihn beschützen. Er trägt eine Anzughose und ein gestreiftes Hemd, das Rudi gefallen würde. »Can I help you?«, fragt er verblüfft, als Anastasia und ich mit dem Servierwagen vor ihm stehen.

Anastasia lächelt ihn mit ihren bezaubernden Schmolllippen an und sagt mit einem sexy russischen Akzent auf Englisch: »Rrroom serrrvice, we brring your lunch.«

Oberhuber streichelt seinen Bauch und ich bemerke, wie ihm das Wasser im Mund zusammenläuft. Ich weiß nicht, ob das auf Anastasias Sexappeal zurückzuführen ist oder auf den duftenden Servierwagen. Zu meiner Überraschung bleibt er standhaft. »Tut mir leid, ich habe nichts bestellt.«

Anastasias Gesicht verwandelt sich augenblicklich in ein Bild der Verzweiflung. »Njiiicht? Oh niet, das kann njicht sein.« Sie sieht mich ängstlich an. Offensichtlich will sie gute Putzfrau, böse Putzfrau spielen.

»Du dumme Pute«, reagiere ich sofort mit einem schweren deutschen Akzent. »Jetzt sieh endlich in den Bestellungen nach!«

Ich sehe einen Funken Vergnügen in Anastasias Augen. »Sehr wohl, einen Moment, ich schaue nach.« Sie bückt sich hinunter zum Wagen und dreht sich dabei so, dass Oberhuber freien Blick auf ihren Stringtanga hat.

Einen kurzen Moment lang habe ich Angst, dass er einem Herzinfarkt erliegt. Sie sucht scheinbar verzweifelt nach der Bestellung, nicht ohne dem Abgeordneten einen guten Blick auf ihre prallen Brüste zu gewähren.

Oberhuber ist von Mitgefühl ergriffen und stottert. »Alright, alright, jetzt erinnere ich mich … ich hab ja doch was bestellt.«

»Na also«, sage ich streng. »Wo wollen Sie sie hin haben?«

Oberhuber wird rot und stottert: »Ich, ich …«, und sieht dabei verschreckt auf Anastasias üppige Weiblichkeit.

»Ich meine die Mahlzeit«, belle ich ihn an und muss mich sehr zusammenreißen, um nicht loszuprusten.

»Oooch.« Oberhuber schwitzt. »Ähm, stellen Sie sie doch bitte auf den Wohnzimmertisch.«

Anastasia trägt das Menü unter meiner strengen Aufsicht auf. Zum Spaß korrigiere ich sie dabei immer wieder. Ich komme mir vor wie eine Domina. Anastasia legt Oberhuber eine Serviette auf den Schoß und nestelt so lange herum, bis ihm fast seine Glubschaugen rausfallen.

»Danke, danke, meine Damen. Das passt schon so.« Offenbar hofft er, dass wir verschwinden. Diesen Gefallen können wir ihm leider nicht tun. »Wir warten«, befehle ich streng, »Sie essen, dann nehmen wir das Geschirr wieder mit.«

Oberhuber beginnt gehorsam, den Schweinsbraten in sich reinzustopfen. Ich bezweifle, dass er den ausgezeichneten Geschmack zu schätzen weiß. Anastasia tänzelt um ihn herum und streift ihn mal mit ihren Brüsten, mal mit ihrem Hintern. Fast könnte er einem leidtun.

Nach ungefähr zehn Minuten fangen die Drogen zu wirken an, die wir ins Essen gemischt haben. Oberhuber gähnt und seine Augenlider sinken. Sein Blick wird glasig und er murmelt noch: »Danke, das war sehr lecker.« Dann sinkt sein Kopf nach hinten und er hängt laut schnarchend im Sessel.

»Alles klar«, sage ich zu Anastasia. »Wir haben circa eine Stunde.«

Wir machen uns auf die Suche nach Oberhubers Notebook und werden nach Kurzem fündig. Anastasia macht sich daran zu schaffen, während ich die Wohnung nach sonstigen Unterlagen durchforste.

Innerhalb weniger Minuten hat Anastasia Zugang zur Festplatte und kopiert sie. Sie errichtet auf einem unserer Server einen virtuellen Oberhuber-Computer, sodass wir notfalls als er kommunizieren können. Sie durchforstet den Posteingang und ruft mir zu, dass Oberhuber das fertige Dokument der Kommission bereits abgesegnet hat und es offensichtlich schon an die Pressestelle weitergeleitet wurde.

Das hatten wir nicht anders erwartet. Nachdem der virtuelle Computer mit allen Identitäten und Passwörtern errichtet ist, löschen wir die Dateien, die mit der Gesetzesvorlage zu tun haben, und überspielen stattdessen vorbereitete Dokumente, die darauf hinweisen, dass Oberhuber in illegale Absprachen verwickelt ist. Sein Konto manipuliert Anastasia so, dass ein paar saftige Zahlungen von dubiosen Quellen aufscheinen.

Heute Nachmittag wird die entsprechende Brüsseler Behörde einen anonymen Hinweis erhalten, den Computer konfiszieren und Oberhuber in Gewahrsam nehmen. Sicherheitshalber wollen wir ihn die nächsten Tage aus dem Verkehr ziehen. Es ist notwendig für unseren Zweck, dass der Experte und Lobbyist für das Gesetz nicht verfügbar und sein Ruf beschädigt ist.

Sollte sich später herausstellen, dass er ausschließlich unter der Einwirkung der TEA-Manipulation gehandelt hat, werden wir ihn da wieder rausholen.

Nachdem unsere Arbeit getan ist, verwischen wir unsere Spuren und verschwinden.

Oberhuber schlummert selig vor sich hin.

AUFRÄUMUNGSARBEITEN

Wir stehen vor dem EU-Regierungsgebäude, wo in einer Stunde die öffentliche Präsentation der Gesetzesvorlage stattfinden soll. Ein hässlicher Plattenbau in Beige-Grau mit einer endlosen Reihe länglicher schmaler Fenster.

Das Aktionsteam besteht aus Mojo und Saadet, unseren Insider-Guides, sowie Ramesh und mir. Wir sind alle über Ohrstöpsel untereinander und mit Michelle, Anastasia und Max verbunden. Max hat sich als Vertreter der Presse eingeschleust, damit er die Vorgänge im Publikumsbereich im Auge behalten kann. Er hat keinerlei Erfahrung mit dem Putzequipment und mehr als zwei neue Putzkräfte wären unglaubwürdig gewesen. Es war schwierig genug, unser Erscheinen mit den beginnenden Sommerurlaubsabwesenheiten zu erklären.

Michelle koordiniert den Einsatz von einem Van aus, der in einer Seitenstraße parkt. Mit ihr im Van sitzt Anastasia, die sich in die Sicherheitskameras des Gebäudes eingehackt hat, damit wir mögliche TEA-BAGs identifizieren können.

Wir tragen die blauen Uniformen der hiesigen Reinigungsfirma und haben alle gechipte Zutrittskarten, keine Ahnung, wie Michelle das so schnell hingekriegt hat.

Gestern haben wir mit der Abendreinigung die Büroräume der Landwirtschaftskommission durchforstet und, soweit wir wissen, gute Arbeit geleistet. Alle relevanten Gesetzesvorlagen wurden ersetzt. Anastasia hat es sogar geschafft, auf den Sicherheitsserver zuzugreifen und die Backups auszutauschen. Jetzt gilt es, bereits verschickte Dokumente einzufangen beziehungsweise bereitliegende Ausdrucke auszutauschen.

Wir müssen durch eine Sicherheitsschleuse wie alle anderen Gäste. Die Kontrollen sind seit den Attentaten in Brüssel und Frankreich noch schärfer geworden. Wir haben keinerlei Möglichkeit, Waffen hineinzuschmuggeln. Das hat etwas Beruhigendes, weil eventuell anwesende TEA-BAGs die gleichen Voraussetzungen haben. Glücklicherweise sind die Reinigungswägen unserer Kollegen, die bereits drinnen auf uns warten, mit der PSA-Basis-Ausstattung ausgerüstet.

Die Dame von der Security tastet mir gerade die Beine ab und hat Glück, dass ich ihr nicht vor Schreck einen Fußtritt verpasse. Am Ende der Halle steht nämlich der Karpfen. Ich weiß nicht, ob er mich auch gesehen hat. Im ersten Impuls drehe ich mich weg, damit er mein Gesicht nicht erkennen kann, aber dann versuche ich zu verfolgen, wohin er geht, und drehe mich wieder zu ihm hin. Er ist weg. Scheiße. Wenn der Karpfen da ist, ist vielleicht auch der Schlächter in der Nähe. Ich scanne die ganze Eingangshalle und kann niemanden entdecken.

Glücklicherweise hat die Security keinen Pulsmesser, meiner rast irgendwo bei 150. Die Security-Frau sieht mich skeptisch an, weil sich auf meiner Stirn ein paar Schweißperlen sammeln. »Sie haben nicht zufällig eine Schmerztablette?«, improvisiere ich. »Ich habe nämlich gerade meine Tage bekommen und diese Bauchkrämpfe bringen mich um.«

Sie schüttelt verständnisvoll den Kopf und lässt mich gehen.

Hinter der Absperrung flüstere ich in mein Mikro: »Achtung, TEA-BAG in Eingangshalle gesichtet. Es ist der Karpfen. Ich wiederhole, habe den Karpfen gesichtet.«

Ich steuere auf das linke hintere Ende der Halle zu, wo sich Mojo, Saadet und Ramesh versammelt haben. Ich gestikuliere und verdrehe die Augen, aber Mojo dreht sich ganz entspannt um und schlendert durch die Tür, die in die hinteren Versorgungsgänge des Gebäudes führt. Ich bin dankbar für sein professionelles Verhalten, weil es auffällig wäre, wenn in der Halle vier Putzleute zu diskutieren begännen. Während wir nebeneinander herlaufen, um zu der Ausrüstungskammer zu kommen, informiere ich die anderen, in welchem Zusammenhang ich den Karpfen kennengelernt habe.

Mojo präsentiert kurz die Funktionalität der Putzwägen. Im Prinzip funktionieren sie so wie unsere. Es ist eine Erleichterung, dass die Dinger ziemlich genormt sind. Ich überprüfe die Ladung meines Putzschwamm-Tasers und schleudere einmal den Shaolin-Besen im Kreis. Schönes Teil, liegt gut in der Hand und ist hervorragend ausbalanciert. Der Tank mit dem Narkosegas-Behälter schaut aus wie neu. Die kleine Gasmaske sieht ein wenig in die Jahre gekommen aus, aber es ist eher unwahrscheinlich, dass wir sie brauchen.

Ich klebe mir den Hausplan, den wir gestern ausgearbeitet haben, auf den Putzwagen. Die mir zugeteilten Gänge und Räume sind darauf rot markiert. Weil uns nicht mehr viel Zeit bleibt, starten wir.

Ich steuere auf den ersten Raum zu, indem ich immer wieder den Wischmopp in den Wasserkübel tunke und in einer Pseudo-Wischbewegung vor mir herschiebe. Dabei murmle ich gelegentlich in mein Mikro, wo ich gerade bin und was ich sehe. Anastasia hat uns zwar auf dem Monitor, aber sicher ist sicher.

Der erste Raum ist clean. Der zweite auch. Als drittes komme ich zu einem Backoffice und dort werde ich fündig. Ein Stapel kopierte einseitige Pressemitteilungen liegt auf einem Schreibtisch. Ich sammle sie ein, lege stattdessen einen Stapel vorbereiteter Papiere hin und durchsuche den ganzen Raum inklusive Papierkorb. Da höre ich hinter mir die Türklinke. Meine Nackenhaare sträuben sich, mein gesamtes Nervensystem schaltet auf Alarm. Ich ringe darum, meine Atmung zu verlangsamen, um nicht zu hyperventilieren.

Blitzschnell springe ich auf meinen Reinigungswagen, schnappe mir den Wischmopp und den Wassereimer und fahre wie ein Ritter mit obskurer Lanze auf die sich öffnende Tür zu. So hab ich zumindest einen Höhenvorteil und das Moment der Überraschung auf meiner Seite.

Die Tür geht auf. Ich stürze mit Riesengeschrei auf den Eindringling hinunter und schütte ihm zuerst den Eimer Wasser über den Kopf, um ihn mit dem Wischmopp am Boden festzunageln. »Iiiiifeee iiiilliiie öööö auuufff!« Irgendwie kommt mir die dumpfe Stimme bekannt vor. Scheiße, es ist Ramesh.

Ich höre panische Rufe durch meinen Ohrstöpsel. »Millie? Was ist los? Bist du verletzt?« So aufgeregt hat Anastasia noch nie geklungen.

Ich antworte: »Alles okay.«

Ramesh ist klatschnass und sieht gerade gar nicht James-Bond-mäßig aus, eher wie ein wütender Fischotter.

Ich entschuldige mich und helfe ihm auf.

Ramesh berichtet, dass sein Ohrsender ausgefallen ist und er mich gesucht hat, um herauszufinden, ob meiner noch funktioniert. Ich melde den Ausfall von Rameshs Mikro und Anastasia bestätigt mir, dass sie keine Verbindung zu ihm hat. Nach kurzer Rücksprache mit Michelle stimmen wir überein, dass die Operation von unserer Seite abgeschlossen ist. Alle Dokumente sind ausgetauscht und auf den diversen Rechnern dürften sich nur noch von uns präparierte Dokumente befinden. Daher ist der Ausfall des Mikros nicht weiter tragisch. Wir vereinbaren, das Gebäude über den Aufzug zur Garage zu verlassen und am vereinbarten Treffpunkt zu warten. Mojo und Saadet absolvieren noch ihre routinemäßige Reinigungsrunde.

Im Lift hat Ramesh sich eine frische Reinigungsuniform angezogen und ist nur noch an den Haaren nass. Er wirkt nun gewohnt smart und hat mir fast vergeben. Wir freuen uns auf das, was sich gleich im Presseraum abspielen wird.

»Ich kann es gar nicht glauben, dass alles so glattgegangen ist. Als ich den Karpfen sah, dachte ich schon, dass wir geliefert sind«, meine ich.

»Ja, stimmt, es ist fast perfekt gelaufen«, sagt er und zieht die Augenbrauen beim Wort »fast« in die Höhe. Ich sehe ein belustigtes Funkeln in seinem Blick. »Ich möchte echt mal einen deiner Putzfrau-Spionage-Kurse besuchen, Millie. Deine Equipment-Nutzung ist legendär.«

Wir schauen uns an und müssen lachen. Die Szene mit dem Reinigungswagen-Ritterpferd muss echt absurd ausgesehen haben. Ich gebe über mein Mikro an Michelle durch, dass wir auf dem Weg in die Garage sind, bekomme aber keine Antwort aus dem Van. Vermutlich der schlechte Empfang im Lift.

Als im zweiten Untergeschoss die Tür aufgleitet, stehen vier Personen in der Dunkelheit vor dem Lift. Einer davon ist der Schlächter, das weiß ich, ohne ihn genau zu sehen. Die anderen kann ich nicht genau erkennen. Aber ich sehe die Waffen, die auf uns gerichtet sind und mich davon abhalten, den Knopf nach oben zu drücken. Meine ehemalige Schülerin Wanda steigt wortlos zu uns in die Kabine und stülpt uns Säcke über den Kopf, dann spüre ich einen Schlag und es wird dunkel.

ALTER SCHMERZ

Mein Kopf hämmert und meine Arme schmerzen, sie sind an etwas gefesselt. Ich öffne nur ungern die Augen, weil sie erstens wehtun und ich zweitens Angst davor habe, was ich sehen werde. Was ich bereits jetzt wahrnehme, ist, dass ich an einem Sessel festgebunden bin und bis auf die Unterwäsche ausgezogen wurde. Vorsichtig hebe ich ein Augenlied, um auf mein Höschen und meinen BH zu schielen. Gott sei Dank ist es nicht Ioanas Stringtanga, in dem ich diese abermalige Begegnung mit dem Schlächter durchstehen muss. Und der BH passt einigermaßen zur Unterhose. Gleichzeitig ist mir natürlich völlig bewusst, wie lächerlich es ist, sich über solche Banalitäten den Kopf zu zerbrechen. Ich sollte mir eher Gedanken machen, wie man mit einem Massenmörder umgeht, wenn man gefesselt, ohne Waffen und ohne Backup-Truppe in einem Keller sitzt. Aber ich bin nun mal eine Frau, und man möchte ungern in unpassender Unterwäsche in der Notaufnahme landen.

Langsam beginnt mein Gehirn, die wesentlichen Aspekte meiner Situation zusammenzusetzen. Mit meinen Kleidungsstücken sind wohl alle Sender und Mikrofone beseitigt worden und damit jede Verbindung zu meinen Leuten. Das bedeutet, ich bin allein. Unter den

Wimpern sondiere ich den Rest des Raumes. Ramesh ist nicht hier. Aber auch kein TEA-BAG.

Mein Sessel steht in der Mitte eines muffig riechenden Backziegelgewölbes, eventuell eine Werkstatt, vermutlich ein Keller, weil ich nur verklebte Oberlichten sehe. Irgendwie scheint der Schlächter eine Vorliebe für solche Räumlichkeiten zu haben.

Sicher hat er Ramesh und mich für die Befragung getrennt. Das ist Verhörtechnik. Zumindest hat uns das unser Nahkampftrainer Rudi irgendwann in einer Schulung erzählt. Es ist ja nicht so, dass Verhöre in Unterwäsche zu meinem Tagesgeschäft gehören. Überhaupt finde ich in diesem Moment, dass in unserer Ausbildung zu wenig Augenmerk auf solche Situationen gelegt wurde. Das muss ich dringend mit Evelyn besprechen … falls ich noch dazu komme.

Ich überlege, was ich meinen Rekrutinnen erzählen würde. Stellt euch vor, ihr seid in einem Keller in Brüssel – wahrscheinlich –, in annehmbarer Unterwäsche, aber sonst ohne Waffen, gefesselt. Vor der Tür steht ein mörderischer Soziopath, der es auf euch abgesehen hat. Was tut ihr zuerst? Weinen. Wäre eine Möglichkeit. Um Hilfe schreien. Das traue ich mich nicht, immerhin bin ich zumindest allein, was besser ist, als in Gesellschaft des Schlächters zu sein.

Ich seufze. Nicht dass ich besonders heldenhaft wäre, aber langsam geht es mir auf den Keks, dass ich ständig in solchen Schwierigkeiten lande, und es macht mich wütend. Ich möchte mit Max in seinem schnuckeligen Häuschen wohnen und dort gemeinsam unsere Kinder aufziehen.

Jetzt, da ich das vielleicht nicht mehr erleben werde,

kann ich mir eingestehen, dass ich diesen Wunsch habe. Etwas, das ich nie zu wünschen gewagt hätte, weil ich als Kind gelernt habe, dass es kein Happy End gibt. Ich ärgere mich über mich selbst. Scheiß Gefühlsduselei. Das ist gerade das Letzte, was ich brauche.

Der Ärger ist gut. Er gibt mir die Illusion von Stärke. Außerdem weckt er mich auf. Ich rüttle an meinen Fesseln. Es sind Kabelbinder, ich habe keine Chance, sie zu lösen, ohne dass ich mir die Hände abnage. Klappmesser habe ich keins in meinem BH. Ich bin schließlich nicht Lara Croft und an den Sessel gefesselt würde es mir ohnehin nicht helfen.

Ein Stück rechts von mir entdecke ich ein Metallgerüst mit scharfen Kanten. Ich könnte mit dem Sessel umkippen und hinüberrobben, um die Kabelbinder aufzureiben. Vermutlich breche ich mir dabei die Arme, aber einen Versuch ist es wert.

Ich beginne, mit dem Sessel hin- und herzuwackeln, und just als ich über den Schwerpunkt kippe, fliegt die große Metalltür auf. Ich knalle auf der Seite auf und fluche vor Schmerz. Leicht verschwommen sehe ich acht Paar Beine hereinkommen. Oder sind es vier? Mein Hirn schaukelt.

»Sieh mal an, die kleine Millie versucht wieder einmal zu flüchten«, höre ich die süffisante Stimme des Schlächters auf Serbisch. Hinter ihm treten der Karpfen, Wanda und ein junger Typ herein, den ich nicht kenne. Er ist der Einzige, der ein bisschen ängstlich aussieht. »Stell sie auf, Jakob.«

»Hallo, Jakob«, gebe ich mein Bestes, um meine Angst zu überspielen, »schöne Grüße von Zladko.«

Jakob zuckt zusammen, hebt mich aber trotzdem samt Sessel auf und stellt mich aufrecht hin. Jakob mit dem himmlischen Hintern, erinnere ich mich an die Erzählungen von Zladko.

Dann begrüße ich Wanda und den Karpfen.

Wanda nickt mir zu. Sie sieht völlig verändert aus, irgendwie größer und jünger, ein echtes Chamäleon. Ihr Rekrutinnen-Alter-Ego war mir deutlich sympathischer.

Der Karpfen mustert mich mit seinen toten Augen und wirft mir vor: »Hallo, Millie … Sie haben mein Bücherregal diese Woche nicht abgestaubt … und jetzt wird es wohl staubig bleiben.«

Ich glaube, er meint das ernst. Vielleicht hat er eine Schraube locker.

Der Schlächter beobachtet mich während des ganzen Austausches von Kopf bis Fuß, dann klopft er sich auf den Schenkel. »Sehr schön, meine Lieben. Jetzt beenden wir unser kleines Kaffeekränzchen. Martina, du kümmerst dich um den Inder. Und zeig unserem Lehrling, was ein gutes Verhör ist.«

Ramesh lebt also und er ist in der Nähe. Auch wenn er wohl nicht mehr Bewegungsfreiheit hat als ich, beruhigt mich das irgendwie. Und Wanda heißt offensichtlich Martina. Das passt viel besser zu ihrem neuen Ich.

Die drei drehen sich um und gehen zur Tür.

Jakob zischelt zu Martina: »Muss das wirklich sein?«, und erhält von ihr nur ein »Hoit de Pappn, wannst g'sund bleiben wüllst«. Dem Dialekt nach zu schließen kommt Martina in Wirklichkeit aus Simmering.

Als die schwere Metalltür zuschlägt, ist es totenstill.

Der Schlächter und ich sind allein. Schon wieder. So habe ich mir unsere Begegnung nicht vorgestellt. Ich erinnere mich an meine vollmundige Behauptung, auf den Schlächter vorbereitet zu sein und seine Fixierung auf mich für die Situation zu nutzen. Tja. Läuft grad nicht. Der Schlächter zieht sich einen Sessel heran, sodass er ungefähr einen halben Meter vor mir sitzt. Ich frage mich, wie ich es anstellen kann, dass es nicht allzu wehtut, verdränge den Gedanken aber gleich wieder mit dem Befehl, positiv zu bleiben.

Der Schlächter lässt seinen Blick über meinen Körper fahren, sodass ich Gänsehaut bekomme. »Du bist schön«, sagt er. »Ich frage mich, ob wir uns nicht zuerst vergnügen sollten, bevor ich dich bestrafe.«

Ich will auf keinen Fall ängstlich aussehen, was mir zunehmend schwerfällt. Ich murmle: »Noch mehr Vergnügen wäre hedonistisch«, und frage mich, warum mir solche Worte einfallen. »Du weißt ja, dass es schlecht für dich ausgehen wird. Das war bisher immer so, wenn wir uns getroffen haben«, provoziere ich ihn. Leider zittert meine Stimme dabei.

Der Schlächter schaut mich mit seinen stechenden eisblauen Reptilienaugen an, ein Mundwinkel zieht sich in die Höhe und er stößt ein fast hustendes Geräusch aus. Eine unheimliche Art zu lachen. »Ja, ich muss zugeben, dass mir unsere bisherige Bilanz zwischendurch die Laune verschlechtert hat. Aber das ist jetzt anders. Das wissen wir beide, Millie.«

Da hat er leider recht. Ich versuche, mich auf einen Ausweg zu konzentrieren. Noch hat er nicht mit seiner Folter begonnen und mein Gehirn ist klar. Wegen der Fesseln sind meine Optionen begrenzt. Ich könnte jetzt um Hilfe schreien. Aber vermutlich würde mich ohnehin keiner hören. Besser wäre es wahrscheinlich, Zeit zu schinden, um meinen Kollegen die Gelegenheit zu geben, mich aufzuspüren.

»Meine Erinnerung an unsere erste Begegnung ist leicht verschwommen. Möglicherweise liegt das daran, dass ich noch ein Kind war und gerade aus einem brennenden Haus gelaufen bin. Aber was genau ist damals eigentlich passiert?« Ich halte den Atem an. Geht er auf meine Verzögerungstaktik ein?

In seinen kalten Augen blitzt kurz ein starkes Gefühl auf. Ich glaube, es ist Wut. Dann kneift er die Lider zusammen und beugt sich vor. Seine Fäuste ballen sich. Nach einigen Sekunden lehnt er sich wieder zurück und ist kontrolliert wie zuvor. »Schön, dass du dich erkundigst. Vielleicht ist es gut, das zu klären. Damit du später, wenn du schreist, den Grund für deine Schmerzen kennst.«

Angstschweiß rinnt mir die Achseln hinunter. »Ja, das wäre fein.« Innerlich bete ich mir vor: Auf Zeit spielen, auf Zeit spielen.

Er knöpft sein Hemd auf und zum zweiten Mal sehe ich die große hässliche Narbe auf seinem Bauch. »Nachdem du mich abgestochen hast, bin ich vier Stunden lang aufgespießt auf dem kalten Boden gelegen, bevor mich meine Kollegen zu einem Arzt bringen konnten. Viele Minuten, in denen ich mir ausgemalt habe, wie ich dich langsam foltern werde, wenn ich dich in die Hände bekomme. Nach der provisorischen OP, bei der ich fast abgekratzt wäre, hatte ich zwei Wochen lang bestialische Qualen zu erleiden und Fieberschübe, weil es keine Schmerzmittel gab. Die zwei Jahre danach habe ich mich von Flüssignahrung ernährt, weil ich jedes Mal vor Schmerzen kotzen musste, wenn ich etwas gegessen habe. Nur der Gedanke an Rache hat mich am Leben gehalten.«

»Da ist es mir anders gegangen«, verfolge ich meine Taktik weiter. »Ich habe gar nicht mehr an Sie gedacht. Ich würde sogar sagen, ich hatte Sie völlig vergessen.« Ich höre ein gruseliges Knacksen. Es sind seine Fingerknöchel. Sein Gesicht bleibt ungerührt. Seine Selbstbeherrschung ist beeindruckend.

»Dann habe ich begonnen, dich zu suchen. Aber du warst wie vom Erdboden verschluckt. Also musste ich meinen Plan vorerst auf Eis legen. Ich habe ein Unternehmen gegründet, das sich mit Liquidierungen befasst, und in den Nachkriegswirren war ich recht gut beschäftigt. Vor circa zehn Jahren ist ›The Executive Alliance‹ an mich herangetreten und hat mich zunächst für Operationen in Serbien und später in ganz Europa beauftragt. Und so kam es unverhofft zu unserer zweiten Begegnung.«

»Das ist alles sehr spannend. Könnte ich vielleicht ein Glas Wasser bekommen?«, frage ich. Ich weiß zwar nicht, ob es gut ist, ihn so zu provozieren. Aber erstens könnte Wasserholen weitere Zeit herausschinden und zweitens klebt meine Zunge mittlerweile an meinem völlig vertrockneten Gaumen.

Da ist es wieder, dieses gespenstische Lachen. Er beugt sich vor und atmet ein, als würde er sich an meinem Angstschweiß ergötzen. »Deine Leute werden dich nicht finden, Millie. Wir haben eure Sender zerstört und hier in Molenbeek gibt es niemanden, der sich um dich schert.«

Dennoch holt er eine Flasche Wasser und schüttet sie mir ins Gesicht. Zumindest ein paar Tropfen davon bekomme ich in den Mund. Es fühlt sich gut an, auch wenn seine Einschätzung der Lage nicht beruhigend ist. »Und wie haben Sie mich gefunden?«, kämpfe ich darum, das Gespräch in Gang zu halten.

»Die TEA hat mir die Leitung der Saatgutverordnungsagenda in Österreich übertragen. Das hat die Infiltration der PSA beinhaltet. Und erfreulicherweise hat mir Martina, die du als Wanda kennst, nach ihren ersten Gesprächen vor acht Wochen bei PSA ein Foto von dir vorgelegt. Zuerst war ich mir nicht sicher. Du hast dich gut entwickelt, Millie«, meint er und sein Blick streift über Teile meines Körpers, an denen ich ihn lieber nicht spüren möchte. »Aber dein Name und dein Gesicht, da war ich sicher, dich endlich gefunden zu haben.«

Er kommt näher. Legt seine Hand um meinen Hals, als wolle er mich würgen, lässt sie dann weiter über meine Brust und meinen Bauch fahren. Auf meinem Schenkel kommt sie zum Liegen. Panik schießt in mir hoch. Sein Blick ist zwischen meine Beine gerichtet.

»Und Ioana? Warum habt ihr die umbringen wollen?« Ich brauche ein Thema, das ihn von mir ablenkt. Außerdem will ich wissen, ob er für das Koma meiner besten Freundin verantwortlich ist.

»Ioaaana?«, er zieht ihren Namen in die Länge und scheint nicht erfreut, dass er ihm nichts sagt. »Ich kenne keine Ioana.«

Jetzt bin ich baff. »Dann waren das nicht deine Männer, die uns bei der Rax am Fluss überfallen haben?« Langsam geht es mir mehr darum zu verstehen, was passiert ist als um ein Ablenkungsmanöver.

Der Schlächter schnaubt: »Na also, jetzt kommen wir zur Sache. Die Rax, du warst also doch bei der Übergabe. Dann sag mir jetzt endlich, wo die Samen sind, damit wir dieses Spiel hier beenden können.«

Ich bin verwirrt. Was hat die Rax mit der Übergabe

der Samen zu tun? »Aber ich hab die Samen nicht«, sag ich mehr zu mir selber als zu ihm.

Das ist ein Fehler, denn nun habe ich die Führung über das Gespräch verloren.

Der Schlächter steht mit einem Ruck auf und geht zu einem Gerät, das wie ein großer Bunsenbrenner aussieht. Er dreht ihn auf und eine zischende weiße 20 Zentimeter hohe Stichflamme schießt heraus. »Du lieferst mir jetzt besser ein paar sinnvolle Antworten. Ich habe nicht ewig Zeit, denn ich muss den Schlammassel aufräumen, den ihr im Parlament hinterlassen habt.«

Ich sehe den langen Metallstab, den der Schlächter langsam über der Stichflamme erhitzt, und mein Hirn wird unbrauchbar. Ich kann nur noch daran denken, dass er mich demnächst aufspießen wird. In meinem Kopf schreie ich nach Max und bete, dass es Telepathie doch gibt. Langsam färbt sich die Spitze des Metalls rötlich.

»Wir werden mit ein paar kleineren Löchern anfangen, an Stellen, an denen du nur wenig Blut verlierst. Du sollst es ja genießen. Es sei denn, du sagst mir jetzt, wo die Samen sind. Dann wird es kurz und schmerzlos.«

Ich hechle und improvisiere: »Sie sind noch dort. Die Samen. Bei der Rax.«

»Ja, das wissen wir, denn Jankov und der Asiate haben beobachtet, wie du und der Rumäne die Afghanin abgeholt habt, und sind euch Richtung Rax gefolgt. Aber als sie euch eingeholt hatten, waren die Afghanin und der Samenbehälter nicht mehr da. Also, wo habt ihr sie gelassen?«

Die Spitze der Eisenstange glüht weiß-rot und der Schlächter kommt auf mich zu. Ich bete darum, ohnmächtig zu werden, bevor ich zu viel spüre. Sein fast ekstatischer Blick ist unerträglich. Er fährt ein paar Zentimeter vor meinem Körper senkrecht hinunter und rammt die Stange zwischen meinen Beinen in den Sessel. Der Stoff der Sitzgelegenheit knarzt und raucht und ich spüre die sengende Hitze. Mein Denken setzt aus und ich schreie. So laut ich kann.

In diesem Moment knallt die Metalltür auf und zwei schwarz vermummte Gestalten stürmen herein. Ein Schuss fällt. Der Arm des Schlächters zuckt in die Höhe und er fährt herum, springt auf die Seite, um sich hinter einem Regal zu verschanzen. Die Eisenstange fällt fast in Zeitlupe seitlich um. Ich versuche, mein linkes Bein, so weit es geht, aus dem Weg zu halten, aber die Stange streift mich, kurz bevor sie auf den Boden kracht. Der Schmerz, der durch mein Bein fährt, ist scharf und klar, und ein Muskelreflex bringt meinen Sessel zum Kippen. Ich liege am Boden und atme durch. Das Adrenalin scheint gegen den Schmerz zu helfen. Ich rieche zwar verbranntes Fleisch, doch es hat nichts mit mir zu tun. Im Raum ist es still. Ich höre nur mein leiser werdendes Keuchen. Ein zweiter Schuss zerreißt die Stille. Nun ist es fast dunkel. Nur die Notbeleuchtung über der Tür leuchtet schwach. Ich frage mich, ob die Vermummten Nachtsichtgeräte haben, und halte die Luft an. Von links hinten schleicht jemand näher. Einen halben Meter von mir entfernt glüht im Dunkel die Eisenstange. Ich hieve mich mit dem Sessel auf sie zu, drehe mich auf die Seite und halte die Kabelbinder gegen die leuchtende Spitze. Es funktioniert. Die Kabelbinder schmelzen und meine Hände sind frei. Ich bin euphorisch.

Was nun? Der Schlächter ist nach links weggekrochen und dort orte ich auch die vermummten Gestalten. Die

Tür des Raums liegt schräg rechts. Ich krieche zur Wand, bemüht, in Deckung zu bleiben. Weder dem Schlächter noch einem verirrten Projektil will ich versehentlich in den Weg laufen.

Fast muss ich laut auflachen. Vor mir steht ein Kübel mit Putzutensilien. Halleluja! Gesegnet sei meine Zunft. Ich robbe drauf zu und untersuche den Inhalt. Es ist nicht üppig, aber besser als nichts. Eine Lauge, die ich unverdünnt in eine Sprühflasche reingieße. Ein Öl, mit dem ich mir die Arme und Beine einschmiere. Wenn man sich die Arme mit Butter einreibt, rutscht der Gegner beim Raufen ab. Ein Besen und ein Heizungsputzer, der aussieht wie ein überdimensionaler Pfeifenreiniger. So bewaffnet, krieche ich im Halbdunkel weiter auf die Tür zu. Es krachen erneut zwei Schüsse und ein Schmerzensschrei ertönt. Dann ist es wieder still. Ich kann mich nicht erinnern, ob der Schlächter eine Waffe bei sich hatte.

Noch drei Meter bis zur Tür. Der Bereich dort ist von der Notbeleuchtung angestrahlt, und wenn ich hinauswill, bin ich vorrübergehend gut sichtbar. Ich könnte natürlich hier abwarten, bis meine Retter den Schlächter erledigen. Anderseits, wer weiß, ob nicht der Schlächter zuerst sie k. o. schlägt. Also arbeite ich mich weiter auf die Tür zu. Ich blicke ins Dunkel, um zu erkennen, wo die anderen Personen sind. Gegenüber der Tür sehe ich schwach eine vermummte Gestalt, die Kontakt mit mir aufnehmen will. Sie deutet hinter mich, da spüre ich ihn schon.

Der Schlächter zieht an meinem Bein und versucht, mich zu sich hinzuziehen. Er hat eine Waffe in der Hand, die auf mich gerichtet ist. Ich strample wie wild und entkomme relativ leicht, weil ich durch das Öl glitschig bin. Der Schlächter flucht, die Hand mit der Pistole schwankt.

Das nütze ich und sprühe ihm einen Spritzer Lauge ins Gesicht. Sie trifft ihn in die Augen und er schreit. Die Waffe fällt auf den Boden. Ich stoße mit dem Besen hinterher und putze ihm kräftig das Gesicht. Mit einem Schrei stürze ich mich auf ihn, lege ihm den Heizungsputzer um den Hals und ziehe, so stark ich kann. Er gurgelt, doch seine Gegenwehr ist stark.

Plötzlich passiert etwas Eigenartiges. Es ist, als würden sich Raum und Zeit auflösen. Ich bin im brennenden Haus meiner Eltern und sehe alles glasklar. Die brennenden Vorhänge, die brennende Kellertür, von der ich weiß, dass dahinter meine Familie begraben ist. Und den Schlächter vor der Tür, der viele Frauen meines Dorfes missbraucht hat. Eine übermenschliche Kraft durchfährt meine Glieder und in diesem Moment bin ich völlig angstfrei. Ich prügle auf ihn ein mit Fäusten und Füßen und allem, was ich habe, als wäre ich eine Maschine. Ich brülle und weine und tobe dabei. Vielleicht habe ich Schaum vor dem Mund und glühende Augen. In jedem Fall bin ich furchterregend. Das sehe ich ihm an. Meinem Opfer. Denn jetzt ich bin ich seine Schlächterin.

Als ich zu einem finalen Hieb ansetzen möchte, reißt mich jemand von ihm herunter. Das Licht wird heller und zwei Männer richten einen Scheinwerfer und Waffen auf den Mann, dessen Namen mir auf einmal wieder einfällt. Er heißt Drago. Der Schlächter heißt Drago.

Die vermummten Gestalten nehmen ihre Masken ab und sprechen in ein Funkgerät, dass der Raum »clear« ist. Sie führen Drago ab, fast müssen sie ihn tragen. Ich fühle mich wie in Trance. Der eine von ihnen berührt mich am Ellenbogen und fragt mich, ob alles in Ordnung ist. Ich bin mir nicht sicher, ob er Angst hat, mich zu erschrecken, oder davor, dass ich ihn anfalle. Ich nicke und lächle erschöpft.

Er führt mich langsam zur Tür hinaus und eine Kellertreppe hinauf. Auf der Straße draußen ist die Hölle los. Mindestens 15 Einsatzwagen, Rettung, Feuerwehr, Polizei, Schaulustige. Ein Sanitäter wirft mir eine Decke um die Schulter und führt mich zu einem Wagen. Dort falle ich Max in die Arme. Er sieht verrückt aus. Seine Haare stehen ihm zu Berge. Er drückt mich an sich, weint, lacht und busselt mich ab. Dann küssen wir uns ganz lang. Alles um uns herum verschwindet. Nur noch er und ich, eingehüllt in eine Wolke von Innigkeit. Vielleicht gibt es ja doch noch ein Happy End.

ENDE GUT – ALLES GUT

Wir sitzen im Büro des Gatten. Langsam fühle ich mich wie zu Hause. Die Zeiten, als ich hier nur geputzt habe, scheinen mir wie die Erinnerung an ein früheres Leben. Evelyn klatscht in die Hände vor Begeisterung. Gerade habe ich meinen Bericht über unsere Brüsseler Erlebnisse beendet.

Die Tür schwingt auf, Andrea und Zladko kommen mit Cocktails herein. Sie lachen und sehen aus, als wären sie die allerbesten Freunde. Zladko hat eine schwarze Anzughose und ein weißes Hemd an. Ein besonders hübscher Oberkellner. Ich nehme an, das ist Andreas Werk.

Als sein Blick auf mich fällt, merke ich, dass er unsicher wird. Sein Verrat wird noch länger zwischen uns stehen. Aber jetzt, wo ich das strategische Kalkül von Drago, dem Schlächter, kenne, betrachte ich sein Handeln etwas milder und lächle ihm zu.

Ich finde zwar, dass es etwas früh für Cocktails ist, aber anderseits: Das Leben ist kurz. Wenn mich das nächste Mal jemand foltert, will ich nicht bereuen müssen, zu wenig Mojitos getrunken zu haben. Also lasse ich einen großen Schluck des fruchtigen Drinks meine Kehle hinunterrinnen und seufze wohlig.

Evelyn richtet sich an Max. »Erzählen Sie zuerst, wie die Pressepräsentation weitergelaufen ist, nachdem Millie und Ramesh entführt wurden. Haben Sie mitbekommen, was den beiden zugestoßen ist?«

»Nein«, räuspert sich Max. »Nachdem die TEA ja auch mein Mikro sabotiert hatte, hab ich das erst viel später herausgefunden, als Michelle hereinstürmte. Zuerst dachte ich einfach, dass die beiden großartige Arbeit geleistet hätten. Ihr hättet das Gesicht der Pressesprecherin sehen sollen, als sie begonnen hat, den Text vom Prompter zu lesen. ›Äußerst effizient und vielseitig – der Kobold VT300 Bodenstaubsauger kombiniert einzigartige Reinigungsleistung mit höchster Energieeffizienz. Für sichtbare Ergebnisse in jedem Heim!‹«

Ich grinse. Den Werbetext meiner Lieblingsstaubsaugermarke habe ich ausgesucht.

»Die Hälfte der Journalisten krümmte sich vor Lachen. Die andere Hälfte war empört, weil sie sich verarscht fühlten. Übrigens sind heute die Zeitungen voll davon, dass es eine Hackerattacke in Brüssel gab.«

Ich glaube, das und die Verhaftung von Oberhuber werden die Verordnung vorerst auf Eis legen. »Und wie habt ihr Ramesh und mich gefunden?«, will ich nun endlich erfahren, »unsere Sender waren doch alle zerstört.«

»Tja, das war wirklich das Genialste, was ich je erlebt habe«, erzählt Max begeistert. »Michelle hat sofort nach eurem Verschwinden eine Hilfemeldung an das belgische Putzfrauen-Netzwerk ausgegeben. Dann brauchten wir nur mehr den Hinweisen zu folgen. Eine rief aus einem Friseurladen an, in dem sie putzte. Sie hatte den Karpfen erkannt, der im Kiosk nebenan Getränke kaufte. Eine andere war gerade unterwegs zur Putzerei und wurde beinahe von einem Van umgefahren. Sie erkannte den Schlächter. Und schließlich hat eine gemeldet, dass sie das Stiegenhaus in einem alten Gebäude in Molenbeek geputzt hat, um es für eine Immobilien-Besichtigung vorzubereiten, und sie gesehen hätte, wie zwei Menschen hineingetragen worden seien. Da wussten wir, dass ihr das sein müsst.«

Der Gatte ist völlig aus dem Häuschen: »Das ist das potenteste Spionagenetzwerk, von dem ich je gehört habe, Wahnsinn!« Seine Augen glitzern und Evelyn wirkt leicht beunruhigt.

»Das ist ja alles schön und gut«, bemerke ich zu Evelyn. »Wir haben die Gesetzesvorlage vorerst verhindert und der Schlächter sitzt in einem Hochsicherheitsgefängnis. Aber da ist immer noch der Gugelhupf, der gerettet werden muss. Drago ist schließlich nur einer der Schergen der TEA. Ich bin mir sicher, dass er schnell ersetzt ist. Wir wissen nach wie vor nicht, wo das Saatgut ist. Und selbst wenn wir es finden, haben wir damit weder die TEA vernichtet noch den Gugelhupf gerettet. Bis wir aus den ein bis zwei Kilo Weizen genug geerntet haben, um die Weltbevölkerung damit zu versorgen, vergehen Jahre.« Ich schäme mich, weil ich mich um den Gugelhupf sorge, wo es doch eine viel wichtigere Frage gibt: »Und wie geht es Ioana? Gibt es irgendeine Verbesserung? Der Schlächter hat bestätigt, dass es eine Übergabe zwischen Samira und jemandem von uns gegeben haben muss.«

Evelyn nickt. »Ja, du hast recht. Wir sind noch nicht am Ziel, aber wir haben Riesenfortschritte gemacht. Ioana hat uns Samiras Versteck verraten, Samira ist in Sicherheit. Und Ioana geht es gut. Sie ist wach und erholt sich langsam von ihren Verletzungen. Wir wollten dir das nicht gleich zu Beginn sagen, weil wir sonst dieses

Gespräch sicher nicht hätten führen können. Entschuldige.« Meine Chefin lächelt reuevoll.

Ich springe auf. »Waaaas?! Wo ist sie? Was hat sie gesagt? Ich will sie sehen.« Ich bin schon auf halbem Weg zur Tür.

Evelyn antwortet: »Nun, sie ist dort, wo du sie klugerweise hingeschickt hast. An einem geheimen Ort in den Tiroler Bergen. Es gibt dort weder Handy noch Internet, damit keine Ortung möglich ist. Daher wirst du sie persönlich besuchen müssen. Wir dachten, es wäre eine gute Idee, wenn du und Max das Saatgut zu Rudis Bergbauernfreund nach Tirol bringen könntet. Es ist geplant, dass er die ersten zwei Jahre des Anbaus übernimmt.«

Ich ziehe Max am Ärmel. »Auf geht's, worauf wartest du? Ich will jetzt auf der Stelle nach Tirol fahren und sehen, dass meine Freundin wohlauf ist. Alles andere interessiert mich nicht mehr. Vorläufig jedenfalls.«

Evelyn seufzt.

Rudi beschwichtigt: »Moment, Millie, es gibt noch so viel zu tun.«

Andrea wirft ein: »Lass sie, Bärchen, sie muss sich jetzt um ihre Familie kümmern.«

Zladko winkt mir verlegen hinterher. »Sag Ioana, dass es mir leidtut.«

Ich nicke und stürme aus der Villa, als wollte ich zu Fuß nach Tirol laufen.

BESUCH BEIM ALMÖHI

Wir keuchen irgendein scheißsteiles Oberlechner Kar hinauf. Max pfeift fröhlich vor sich hin. Ich fluche. Bergsteigen mag schön sein, aber nicht, wenn man es eilig hat. Und wenn eine Brandwunde am Bein bei jedem Schritt scheuert. Und wenn der Freund so verdammt fit ausschaut. Mein Freund. Ich grinse. Daran muss ich mich erst gewöhnen.

Die Anreise nach Tirol gestaltet sich etwas umständlicher als erhofft. Unseres Wissens waren zwar alle TEA-BAGs, die davor an unseren Fersen geklebt hatten, entweder tot oder in polizeilichem Gewahrsam. Doch die TEA ist mächtig und wir müssen unter allen Umständen verhindern, dass sie den Aufenthaltsort des Getreides herausfinden. Also schlagen wir einige Haken, buchen Zimmer, die wir nicht bewohnen, und schlafen stattdessen bei Kolleginnen des Putzfrauen-Netzwerks.

Ich war nie zuvor so stolz, Teil von etwas so Großem zu sein, wie in diesen Tagen. Wir lernen wunderbare Frauen mit unglaublichen Lebensgeschichten kennen. Viele haben ähnlich harte Erlebnisse hinter sich gebracht wie ich und schlagen sich mit einer unheimlichen Zähigkeit durchs Leben.

Mein Zusammensein mit Max kommt mir vor wie Flitterwochen. Einmal erwähne ich ihm gegenüber, dass der

Sex eine ganz besondere Qualität hat, nachdem man fast zu Tode gefoltert wurde. Max verdreht die Augen und spricht die Hoffnung aus, mich in Zukunft auch ohne vorhergehende Folter zum Höhepunkt bringen zu können. Männer sind so empfindlich!

Ich weiß jetzt, dass ich mit ihm zusammen sein möchte. Und mein Erlebnis mit dem Schlächter hat mir gezeigt, dass man das Leben beim Schopf packen muss. Deswegen versuche ich, so gut es geht, meine Angst vor Nähe zu unterdrücken. Meist gelingt mir das ganz gut. Besonders, wenn Max mich so hinreißend anlächelt wie jetzt gerade. Er steht leicht verschwitzt auf einem Felsvorsprung, seine sehnigen Arme in die Hüften gestemmt, und sieht aus wie der Held in einem kitschigen Heimatfilm. »Ich habe Hunger und Durst und muss Lulu«, quengle ich, damit ich nicht vollends von Rührung übermannt werde.

»Vielleicht bekommen wir ja dort etwas zu essen«, meint Max und zeigt zu einer Hütte ein Stück weiter oben.

Ich fühle mich, wie vom Taser gebeutelt. Das ist die Hütte. Die Tür geht auf und Ioana tritt heraus. Meine Jojo. Sie steht da und lebt und winkt. Jegliche Müdigkeit fällt von mir ab und ich beginne einen Sprint, den ich selbst nicht für möglich gehalten hätte.

Nach nur dreimaligem Ausrutschen in Kuhfladen, hab ich sie erreicht. Wir fallen uns in die Arme und ich röchle, weil ich kaum Luft bekomme. Ich glaube, wir wirken wie Heidi und Clara bei ihrem Wiedersehen, nur dass Heidi sich nicht fast vor Anstrengung übergeben musste wie ich. Ioana lacht und hilft mir zur Hüttenbank, auf die ich mich mit einem Stöhnen fallen lasse.

Kurz danach tritt der Almöhi aus der Tür, der eigentlich Matthias, kurz Hias heißt, und begrüßt mich. Mittlerweile ist auch Max eingetroffen. Er lächelt Ioana an. »Hallo, Ioana, schön, dass es dir wieder gut geht. Wir haben dich vermisst.«

Ich stutze. »Wer ist wir?«

Max zwinkert. »Na, ich und mein Wäschekorb.«

Stimmt, das hatte ich ganz vergessen. Ioana hat ja bei Max spioniert – ähm geputzt –, daher kennen sich die beiden. Ich schnappe mir besitzergreifend seine Hand und sage: »Ioana, das ist Max, mein Freund.« Es ist das erste Mal, dass ich es laut ausspreche.

Ioana bekommt große Augen. »Da schläft man mal ein paar Minuten und schon hast du eine Familie gegründet«, flachst sie und lächelt mich dabei begeistert an.

»Ich hab dir bereits alles über ihn im Krankenhaus erzählt. Sag nicht, du hast das verschlafen«, meckere ich zurück.

Wir lachen. Es ist schön, wieder zu unserem alten unbeschwerten Umgangston zurückzufinden. Obwohl ich gleichzeitig weiß, dass nichts mehr so ist wie früher.

Jetzt bringt sich Almöhi Hias ins Spiel. Er und Max schütteln sich die Hände und Max übergibt ihm den Beutel mit den Samen, den er im Rucksack den Berg raufgeschleppt hat. Wir öffnen ihn und bestaunen das wertvolle Gut. Die Zukunft des Gugelhupfs befindet sich in diesem bescheidenen rauen Jutesack. Na gut und eigentlich auch die Zukunft der Demokratie.

Wir schweigen alle kurz ergriffen. Dann packt Hias ihn wieder ein und bringt ihn in sein Lager. Max begleitet ihn. Ioana und ich bleiben allein zurück. Wir setzen uns auf die von der Sonne gewärmte Bank vor der Hütte und schweigen ein bisschen. Das fühlt sich wunderbar vertraut an.

Slobo kommt angetrappelt und nimmt huldvoll meine begeisterte Begrüßung entgegen. »Du hast ganz schön lang gebraucht, um nachzukommen, aber ich bin nicht nachtragend«, telepathiert er und kringelt sich auf der Holzbank neben mir zusammen. Er sieht dicker aus als zu Hause und hat Hühnerfedern in seinem Pelz. Ich habe ein schlechtes Gewissen und zupfe ihm die Federn verstohlen aus dem Fell. Offensichtlich genießt er sein neues Dasein als Almkater.

Die nächste Stunde erzähle ich der fassungslosen Ioana meine Erlebnisse, bevor sie über ihre spricht. Sie wirkt blass und deutlich dünner als vor dem Unfall. Ich habe das Gefühl, dass sie etwas von ihrer Leichtigkeit verloren hat, und möchte sie umarmen. Sie erzählt, dass Niko in eine böse Sache mit einer Schlepperbande verwickelt gewesen sei. Sie wollte ihm helfen, da auszusteigen. Ich merke, wie schwer es ihr fällt, darüber zu sprechen. Sie sagt, er habe es sattgehabt, ständig nur befristete Jobs zu haben und für den Mindestlohn zu schuften. Ein Kollege habe ihm einen Job mit wesentlich besseren Bedingungen angeboten als Lkw-Fahrer mit geheimer Fracht. Nikos Argument war, dass er etwas Gutes tue, indem er diesen Menschen auf ihrem Weg in die Sicherheit helfe. Und dass er für sich und Ioana eine Zukunft aufbauen wolle. Es sei für ihn schwer gewesen, dass Ioana als PSA-Agentin wesentlich besser verdient habe als er. Das führte zu heftigen Streitereien zwischen den beiden, bei denen Ioana immer eindringlicher verlangte, dass er einen Schlussstrich ziehen müsse. Eines Tages stimmte er zu, nach der nächsten Fuhre aufhören zu wollen.

Er sagte, dass es eine besonders lukrative Lieferung sei, weil ihm ein Typ 50.000 Euro für die Übergabe einer

Afghanin geboten hätte. Damit hätte er dann endlich das Geld zusammen, dass er für seine eigene kleine Lieferfirma bräuchte.

Ioana war sofort klar, dass es sich bei der Afghanin um Samira handelte, und sie drohte ihm, dass sie ihn vor der gesamten Familie bloßstellen würde, wenn er ihr nicht half, Samira in Sicherheit zu bringen.

Die Übergabe fand in der Nacht vor dem Familienpicknick in der Nähe des Neusiedlersees statt und eigentlich ging alles glatt. Bis sie bemerkten, dass sie verfolgt wurden. Sie konnten die Verfolger zunächst abschütteln und brachten Samira und die Samen in einem Berggasthof unter, der von entfernten rumänischen Verwandten betrieben wurde.

Niko war fuchsteufelswild über seinen Verlust der 50.000 Euro, außerdem war klar, dass er nun untertauchen musste, da die Schlepperorganisation seinen Ausstieg und Verrat nicht einfach so hinnehmen würde.

Darum ging es auch bei dem Streit beim Picknick.

Offensichtlich hatten die Verfolger aber später ihre Spur beim Picknick wieder aufgenommen. Auf der Heimfahrt nach Wien wurden sie von zwei Autos auf der Autobahn in die Zange genommen und schließlich abgedrängt, was zu dem katastrophalen Unfall führte, bei dem Ioana so schwer verletzt wurde.

»Ich habe dir nichts erzählt, Millie, weil ich mich geschämt habe«, gesteht Ioana und reibt sich die Stirn.

Seit dem Unfall habe Jojo nichts mehr von Niko gehört. Eine einzige SMS von einem unbekannten Handy mit den Worten: *Alles okay, Kuss, Niko.* Vermutlich sei er irgendwo in der Maramureș bei entfernten Verwandten untergekrochen. Ioana sieht traurig aus, als sie das erzählt.

Ich drücke ihre Hand und sage nichts. Was soll ich auch sagen? Niko war ein netter Kerl, manchmal, aber irgendwie dachte ich immer, dass Ioana einen Besseren verdient hätte. Vielleicht Ramesh? Ich sinniere und der Gedanke gefällt mir. Natürlich ist es viel zu früh, so etwas vorzuschlagen. Ich streichle ihr nochmals die Hand und wir schweigen. So sitzen wir eine ganze Weile, froh über die Gesellschaft der anderen.

Schließlich steht Ioana auf, streckt sich und schlüpft in die Rolle der Gastgeberin. »Möchtest du was trinken? Ziegenmilch? Wasser? Schnaps?«

Ich lache. »Wasser wäre gut. Den Schnaps heb ich mir für später auf.«

Sie gießt mir ein und ich trinke durstig. »Fast so gut wie Zladkos Mojitos«, stelle ich fest und fühle mich so zufrieden wie ewig nicht mehr.

»Und? Wie viele Kinder werdet ihr haben?«, zwinkert mir Ioana zu.

»Fünf«, antworte ich und schaue verträumt auf Max, der gerade über die Wiese auf mich zusteuert.

Am Abend sitzen wir zusammen bei einer Riesenpfanne Käsespätzle. Sie duften intensiv. Man könnte den Geruch, glaube ich, auch als Nahkampfmittel verwenden. Aber sie schmecken himmlisch. Hias hat den Käse selber gemacht, daher ist er garantiert unmanipuliert. Die Nockerl sind aus Kartoffelteig und gewöhnungsbedürftig.

Wir reden über die Zukunft des Weizens.

Ich jammere verzweifelt, dass es ewig dauern wird, bis ich meinen Lieblingsnachtisch wieder essen kann, ohne befürchten zu müssen, anschließend hypnotisiert zu werden.

Hias wiegt den Kopf. »Samira hatte ein Kilo Weizen in ihrer Tasche. Das entspricht ungefähr 20.000 Körnern. Daraus können im ersten Jahr circa 800.000 Körner gewonnen werden und im Jahr darauf 32 Millionen. Den Rest erledigt dann die exponentielle Kurve. Zusätzlich arbeiten, wie ich höre, die Agenten in der Mongolei und in Patagonien an dem gleichen Projekt.«

Ich schaue immer noch zweifelnd.

Hias meint, dass es wunderbare Alternativ-Rezepte gäbe, mit Kamut- oder Reismehl.

»Ja – oder mit Hirsebällchen«, fällt Max fröhlich ein, weil er sieht, wie sich meine Zehen in den Boden krallen.

Ich nehme eine Gabel Käsespätzle und schleudere sie ihm ins Gesicht.

EIN NEUBEGINN

Ich liege in einem hölzernen Ruderboot und lasse einen Fuß im Fluss baumeln. Es ist herrlich still. Hin und wieder hört man einen Fisch aus dem Wasser springen oder ein Insekt summen. Die Mittagssonne wärmt unsere Körper. Mein Kopf fühlt sich angenehm leicht an und kuschelt sich auf Max' nackten Bauch, der nach Sonne und Sommer riecht. Wir haben beide sehr wenig an, weil wir gerade zum dritten Mal an diesem Tag Sex hatten. Mmmmh. Ich fühle mich glücklich und schwerelos. Wer hätte das gedacht?

Unser Holzboot dümpelt auf der Drina. Das ist der Fluss in der Nähe meines Elternhauses in Serbien. Was für eine emotionale Reise. Ich habe mein altes Dorf gesehen, dass sich unglaublich verändert hat. Es ist kaum wiederzuerkennen. Viele neue Bauten sind dazugekommen. Andere wurden dem Erdboden gleichgemacht. Vielleicht ist es gut so, dadurch fällt es mir leichter, ein wenig Distanz zu halten. Das Dorf scheint jedenfalls seinen Frieden gefunden zu haben. Und ich bin meinem auch ein Stück näher gekommen. Ich fühle mich meiner Familie ganz nahe und in Gedanken stelle ich ihnen ihren Schwiegersohn in spe vor.

Der Schwiegersohn wird gerade unanständig und lässt

seine Hand an eine Stelle gleiten, die mich ganz schwach macht. Ich ergebe mich.

Das Boot beginnt sanft zu schaukeln.

THE END

DANKSAGUNG

Ich danke meinem Mann Manfred, den besten, den ich mir vorstellen kann, dass er mir bei meinen kreativen Projekten so begeistert zur Seite steht. Danke an meine Mama, meine Schwester Veronika, meine Tante Ilse und meine Freundin Bettina Schwarzl für das tapfere Probelesen und ihre wohlwollenden Hoppauf-Rufe. Danke an Julia Frick, Regisseurin und Autorin, die mich inspiriert, motiviert und dran glauben hat lassen, dass ich ein Buch schreiben kann. Danke meinem Freund und Bühnenpartner Rainer Obkircher, der mich auf meinem kreativen Weg schon so lange treu begleitet, für seine Unterstützung. Danke meiner Freundin Karoline Gans, für ihre wunderbare emotionale und künstlerische Unterstützung. Danke an meinen Lektor Daniel Abt, der mir behutsam geholfen hat, aus meinem Werk ein richtiges Buch zu fertigen. Danke an Alexander Schulz für seine Geduld und danke an alle anderen unglaublich freundlichen und engagierten Mitarbeitern des Gemeiner-Verlags, mit denen ich bisher zu tun hatte. Danke an Anna Roschger, Buchhändlerin, die mich ermuntert hat, das Manuskript an einen Verlag zu schicken. Und danke an die beste aller Putzfrauen, Andrea, die mich über so viele Jahre begleitet und mein Zuhause regelmäßig in ein blitzblankes Paradies verwandelt hat.

Weitere Titel finden Sie auf den folgenden Seiten und im Internet:

WWW.GMEINER-VERLAG.DE